LA ESCUELA DEL AMOR

LA ESCUELA DEL AMOR

Beatriz Escalante

PLAZA JANÉS

La escuela del amor

Primera edición: octubre, 2009

D. R. © 2009, Beatriz Escalante

D. R. © 2009, derechos de edición mundiales en lengua castellana:
Random House Mondadori, S. A. de C. V.
Av. Homero núm. 544, col. Chapultepec Morales,
Delegación Miguel Hidalgo, 11570, México, D. F.

www.rhmx.com.mx

Comentarios sobre la edición y el contenido de este libro a:
literaria@rhmx.com.mx

ISBN 978-607-429-640-2

Impreso en México / *Printed in Mexico*

A mi numerosa, divertida
y acogedora familia.
Pertenecer a esta tribu fue
mi primer golpe de suerte.

1

Fernanda se sentó tímidamente en una esquina de la cama. Apoyó las dos manos con delicadeza, como si no quisiera arrugar el abultado edredón de plumas de ganso. Luego miró a través del ventanal y deseó que las luces del horizonte no pertenecieran a la ciudad de México. Estaba segura de que algún día viviría en Europa; en Italia, en Roma... Esa tarde, sin embargo, su trabajo consistía en revisar un magnífico departamento para promoverlo desde su agencia inmobiliaria.

El *penthouse* en donde se encontraba en ese momento era un escenario que haría feliz a cualquier persona. Tenía una alberca semiolímpica con caldera para nadar en agua tibia; una terraza llena de buganvilias rojas y tulipanes amarillos; un salón con chimenea para pasar un buen rato entre amigos las noches de viernes, para asar brochetas y comerlas acompañadas con un fondue de queso gruyere... Fernanda se imaginó que si ese departamento fuera suyo, lo mejor sucedería cerca de las 12 de la noche, cuando se despidieran los últimos invitados, y pudiera quedarse sola en la cama con *el hombre de su vida*. Juntos en ese espacio íntimo, aunque increíblemente amplio. Miró a su alrededor y suspiró. Sus tacones resonaban a lo largo de la recámara *master*, la cual medía 180 metros cuadrados, sin contar el vestidor que era ideal para una actriz, una modelo o cualquier mujer moderna comprometida con la moda.

Sentada en la cama alcanzaba a mirarse en un espejo de pared. Una mujer linda le sonrió desde la luna enmarcada en madera. Tenía el cabello a la altura de los hombros, rizado (como el de Julia Roberts); castaño claro como el de sí misma, pues Fernanda nunca se lo había teñido. Su cuerpo era espectacular; naturalmente bien formado y muy firme a causa de sus rutinas con entrenador personal en el gimnasio; las pantorrillas denunciaban muchas tardes de su adolescencia dedicadas a bailar tanto jazz como ballet. Lo único que le molestaba de su cuerpo era no tener la cintura muy marcada; pero tampoco se había atrevido a quitarse las últimas costillas flotantes, como alguna vez le había aconsejado un médico amigo de la familia. Pero lo mejor de ella era la bondad. A causa de ese rasgo de carácter su sonrisa era incluso más bella que sus labios; y su mirada era luminosamente serena como un amanecer en la playa.

Fernanda sonrió justo al mismo tiempo que la mujer del espejo. Los hermosos ojos color miel se escondieron de la luz en cuanto bajó los párpados perfectamente maquillados. Entonces creyó sentir la fragancia de Dolce & Gabana; pero no la de Light Blue que ella emanaba levemente desde el cabello hasta las uñas con pedicure francés. Fingió captar ese aroma que la fascinaba y continuó con los ojos entrecerrados. Según ella, no había olor más adecuado para un exitoso empresario, amante de la diversión y del deporte, que esa combinación de maderas, característica de D&G para caballero. Sin abrir los ojos, siguió dándole vuelo a su imaginación: sonrió como si estuviera sintiendo el roce de un bigote, a medio centímetro de su cara, y unos labios masculinos se posaran suavemente sobre la piel de su mejilla… Suspiró. Ésa era la forma en que un verdadero hombre tendría que acercarse a una mujer: con una mezcla de seducción y firmeza. Entonces deseó oír la frase de amor exacta, la que es única para cada mujer, y que —como combinación correcta— abre la caja fuerte del corazón. Pero en ese instante su teléfono celular repiqueteó con un sonido estridente al otro lado del *penthouse*. Fernanda se levantó de un brinco, corrió hasta el vestíbulo en donde había dejado su bolsa, y alcanzó a contestar la llamada.

—Sí, estoy en el inmueble de Interlomas —le respondió a su socia—. Es exactamente como en las fotos. ¿Te dije que quieren rentarlo amueblado? Ajá. Te juro que si lo promovemos en embajadas lo colocaremos en menos de 10 minutos. ¡Hay un Bull auténtico, y hasta firmado en uno de los pasillos! Y un par de Tamayos de formato mediano en la biblioteca. No sé si van a llevárselos o deberemos asegurarlos.

—¿Ya revisaste si hay humedades, polilla o aluminio corroído? —quiso saber Christianne.

—Todavía no. En eso estaba justamente cuando me llamaste.

—Pues felicítame, Fer. Yo ya tengo todo listo. Estoy saliendo de la notaría. Quedaron concluidos los condominios horizontales de Polanco. También cobré la comisión por las bodegas de Tlalnepantla. Oye, ¿quieres que cierre la agencia? Si andas por Santa Fe, mejor quédate ya en tu zona.

—¿De veras no necesitas ayuda?

—Claro que no —dijo Christianne mientras soltaba una risita, como si alguien le estuviera haciendo cosquillas o diciéndole frases eróticas en la oreja desocupada—. Sí, ¡ay!, ¡ay! Ya no me estés haciendo eso…

—No sé de qué me hablas, Christianne.

—Perdón. Esto no te lo decía a ti. Ando acompañada. Oye, Fer, ¿podrías hacerme un favorcito? Avísale a Mariela que mañana no podré llegar temprano. Pero a comer sí caigo segurísimo.

—¡Y nosotras vamos a cocinar para ti!, ¿verdad? ¿Sabes qué? Ya se me esfumó el sentimiento de culpa. Me parece perfecto que tú cierres la agencia. Eres una vaga, Chris, no sé cómo no te gusta preparar platillos sofisticados y bonitos.

Una carcajada lejana puso fin a la conversación. El celular de Christianne se había caído entre los asientos delanteros del Minicooper amarillo. En el lugar del copiloto había un hombre de 31 años. Se llamaba Edgar, y una de sus manos navegaba dificultosamente sobre el costado izquierdo de Christianne, entre la axila y el seno, lo que le provocaba a ella el doble efecto de excitarla y hacerla reír. Se estaban divirtiendo, sobre todo porque tenían que ser cuidadosos, para que los pasajeros del asiento de atrás no fueran a darse cuenta de que…

Aprovechando que el celular de Christianne se había caído, y con el pretexto de rescatarlo Edgar se agachó con la intención de meter la cabeza entre las piernas depiladas; pero no lo consiguió, porque Christianne oprimió con fuerza el pedal del freno. La cabeza de él rebotó contra el tablero. Christianne y Edgar se rieron con ganas. Él se irguió. Volvió a sentarse correctamente y se colocó el cinturón de seguridad por tercera vez en el trayecto. Entonces estiró el cuerpo hacia la izquierda; pasó la punta de la lengua sobre el largo arete de ámbar, subió por el lóbulo de la oreja perfumada y le murmuró a Christianne lo que, según él, había podido observar cuando su cabeza estuvo cerca de la alfombra del pequeño auto. Le reveló que había mirado un túnel de piel y que en el fondo se alcanzaba a ver un pedacito de tela color verde primavera, promesa de que Edgar no pasaría frío ese invierno.

—¿Te fijaste en el encaje de mi tanga?

—No muy bien, voy a sumergirme de nuevo.

—¡Puro cuento! No viste nada, ¿verdad?

—Unas cuantas estrellitas por el golpe en la cabeza.

—Ven acá, Edgar, dame un beso y ya pórtate bien. Entretente cambiando la música —pidió ella jalándolo por el hombro de la camiseta Pull and Bear.

Edgar González era lo más apetitoso que Christianne había sacado de las clases de cocina de los sábados. Ella asistía para estar con sus amigas; pero, la verdad, la mayor parte de las veces llegaba tarde, porque eso de aprender recetas para hacer pastelitos o sopas le interesaba tan poco como el origen de los protozoarios.

La conversación telefónica entre Fernanda y su socia había quedado interrumpida. Risas de hombre entremezcladas con música a todo volumen fueron el indicio de que en el Minicooper había acción. Así era Christianne: no entendía la vida en solitario, ni en pareja. A ella, que había heredado de su madre la inmobiliaria, bien se le podía definir con la frase: "corazón de condominio".

—No te desveles demasiado, le aconsejó Fernanda al vacío.

Se había quedado sola. Pero no como había fantaseado; no sola después de que se hubieran ido un grupo de amigos imaginarios que habrían cenado con ella y el hombre invisible de su vida. No había nadie a quien Fernanda quisiera abrazar y besar. Ninguno que se mereciera un "te quiero".

Caminó por los cuartos silenciosos. Revisó las instalaciones de plomería en baños y cocina. Se aseguró de que las ventanas estuvieran bien cerradas y dio por terminada la jornada de trabajo. Era viernes 21 de noviembre, casi de noche. Tráfico demencial en la ciudad de México.

Evidentemente Christianne se desvelaría. Era fácil imaginarla. Alegre, sexy; vestida y maquillada según las nuevas tendencias otoño-invierno. La trenza pelirroja sobre la espalda desnuda, aunque hiciera frío; la falda más corta de lo prudente. Haría la visita de las siete casas: Casa Pedro Domeq, Casa Madero... La primera copa sería en el Bistro Mosaico, famoso por el toque maestro que el barman daba a los cocteles margarita. Los viernes por la noche eran para Christianne un paraíso líquido. Y después de los bares, bailaría hasta el amanecer en los antros más vivos de la ciudad de México. Y, al final, tendría sexo seguro (porque nunca le faltaba con quien hacerlo).

Antes de activar la alarma y cerrar la puerta principal, la cual conducía directamente al elevador, Fernanda echó una última mirada. ¿Quién iría a vivir en ese extraordinario *penthouse*? ¿Por cuánto tiempo? ¿Serían unos recién enamorados? ¿O una mujer sola como ella que a los 28 años seguía deseando tener una experiencia romántica?

Desde hacía tiempo, Fernanda se había vuelto la mejor amiga de sí misma. Por eso no se regañaba por realizar ese rito de enamoramiento ficticio en la recámara principal de cualquier inmueble. Porque sin importar si era lujoso o con acabados de interés social, cada que visitaba por primera vez un departamento imaginaba cómo sería vivir allí, en pareja... y ensayaba sus escenas de amor igual que muchas niñas juegan a enamorarse de príncipes azules de plástico, mientras les cambian los vestiditos a las Barbies.

Fernanda Salas caminó por el terraplén y llegó al estacionamiento; colocó su bolsa Coach en el asiento trasero y abordó su camioneta Toyota. Era hora de dejar de soñar y poner las llantas sobre la tierra.

Después de recorrer menos de un kilómetro durante una eternidad, entre claxonazos y conductores histéricos, seguía siendo viernes por la noche; pero ella no cenaría fondue ni brochetas… y aunque vivía en un departamento espléndido en la calle de Francia, relativamente cerca, ahí no la esperaba una alberca personal ni una chimenea ni mucho menos un hombre con quien hacer el amor. Así que Fernanda iba decidida a ponerse una pijama *fashion*, a prepararse unas palomitas de maíz en el microondas y a sentarse muy tranquila a ver una película romántica en la tele en lo que comenzaba su programa favorito. Era un concurso para elegir "pretendiente" y encontrar el amor. Resultaba gracioso y a veces tierno oír las respuestas de los candidatos. ¿Sería posible que alguna de esas parejas funcionara después, en la vida real? Costaba trabajo imaginar que pasados los años un matrimonio de viejitos dijera: "Nos enamoramos en un concurso de la tele cuando éramos jóvenes, y desde entonces hemos vivido muy felices".

Lo más chistoso era que el programa lo producía una mujer escéptica del amor, una de las mejores amigas de Fernanda: Vanesa Kuri, quien jamás desperdiciaba el tiempo en filtreos ni en citas románticas. En su opinión, el amor tipo Romeo y Julieta era una especie de leyenda urbana tan falsa como la existencia de Santa Claus. Y le encantaba citar una frase célebre de La Rochefoucauld: "Con el verdadero amor ocurre lo mismo que con los fantasmas: todo el mundo habla de él, pero pocos lo han visto".

También resultaba curioso que hubiera sido Fernanda, quien no tenía ninguna relación con el ambiente de producción de programas televisivos, la inspiradora del nombre: *El amor se encuentra en Roma*. Sucedió un sábado. Estaban todas en la clase de cocina: Mariela, Fernanda, Christianne y Vanesa. Cada una platicaba de lo que había hecho durante la semana. Entonces Fernanda les contó que había visto la palabra *amoR* escondida en la palabra *Roma*, en un cartel. Vanesa se puso feliz y le dio las gracias, pues andaba buscando un nombre para el programa, y como ya tenía a los patrocinadores que precisamente eran italianos, pues la idea del amor en Roma le había caído del cielo, perfecto como una argolla de matrimonio hecha a la medida. La idea de la palabra Roma al revés para hablar de amor era de Fernanda; pero el nombre *El amor se encuentra en Roma* era de Vanesa.

A los 28 años, a Vanesa Kuri lo único que le interesaba del amor era el dinero que le reportaban las ventas de anuncios comerciales en cualquier idioma, y otros negocios. Estaba casada con su imagen de mujer triunfadora y con su traje sastre Chanel. Nunca la habían visto coquetear con un hombre. Vanesa era *workaholic* y no tenía otra ilusión en la vida que convertirse en multimillonaria. Esa noche, como de costumbre, trabajaría con gran entusiasmo hasta la madrugada en alguna de sus empresas. En cambio Fernanda se sentía un poquito nostálgica. Tenía la sensación de que su temporada de soltera divertida ya debería haber llegado a su fin. La verdad, tenía ganas de casarse. Ése era el anhelo de su vida, desde niña. El problema era que no había príncipes azules a la vista. Por eso no había hecho plan para ir a ningún lado esa noche. Incluso últimamente le estaba gustando muchísimo quedarse sola en casa. Y desde que veía en la tele el programa de Vanesa, prefería salir únicamente los sábados y ya nunca los viernes, con tal de no perdérselo. Pero ahora ni eso. Tampoco tenía planes para el sábado. Porque no había un hombre con el que le gustara andar. Estaba libre, contra su voluntad y sus deseos.

Un año y medio antes Fernanda había decidido dejar de salir con un tipo al que había conocido en el gimnasio.

Se llamaba Rubén. En el terreno sexual se comportaba muy bien, como esos bailarines que poseen técnica y no se equivocan al seguir una coreografía. Pero como no sentía mariposas en el estómago cuando él la besaba, pensaba que andar con un hombre como Rubén sólo para no estar sola, la verdad, no iba a conducirla a ningún lado. Ya no quería seguir perdiendo el tiempo con hombres sin alma. Porque el amor entre un hombre y una mujer no tiene nada que ver con ese ejercicio sexual consistente en quemar 300 calorías haciendo aerobics en pareja, *con todo el cuerpo*. Ella pensaba que al hacer el amor se debía sentir algo en el corazón, y no sólo en las terminales nerviosas del placer.

A Fernanda le apasionaba vender casas, edificios, oficinas… Lo hacía rápido y bien desde que era estudiante; por eso, la lluviosa mañana de mayo en que recibió su título de licenciada en turismo se encontró con que no necesitaba buscar empleo; ya estaba colocada en el trabajo ideal: sin horarios terribles ni jefes mandones. Y no obstante que sus padres seguían pensando que la nena no ejercía realmente la carrera que había estudiado, ella era una profesional muy feliz; ganaba mucho dinero y, contra lo que dijera su familia, sus conocimientos universitarios sí le eran útiles: le habían servido para diseñarse buenísimas vacaciones, para ella y sus amigas. Además, ya no era empleada. Su amiga Christianne le había permitido convertirse en socia. ¿Por qué la vida no le ofrecía ahora un socio para el matrimonio?

Miró el reloj. Eran las 8 de la noche con 12 minutos y todavía no conseguía llegar a Paseo de la Reforma. Tendría que pasarse varias horas con las manos sobre el volante. Observó a los pasajeros de los automóviles contiguos. Un señor malhumorado maldecía la ciudad desde su Audi. Dos señoras iban conversando en una camioneta Chevrolet. Y, de seguro, en la camioneta Chrysler plateada habría niños, pues en la minitelevisión situada sobre el espejo retrovisor se alcanzaban a ver caricaturas. Avanzó un poco y pudo mirar a la madre de los posibles niños. Era una señora joven que hablaba por teléfono. Probablemente con su marido. En el cristal trasero de la camioneta plateada se veían unos dibujitos en blanco; eran las siluetas de una familia: un papá, una mamá, una niña, un niño y un perro que de pronto cobró vida y asomó la cabeza peluda por la ventanilla abierta. Era un golden retriever cachorro que presumiblemente se había aburrido de ver la caricatura de *Pocahontas*. A Fernanda primero la saludó el perro y en seguida los niños. Mientras el cachorro ladraba, el niño y la niña movieron graciosamente las manos. Y así estuvieron jugando a decirse adiós hasta que la camioneta plateada cambió de carril. Cada vez que coincidían, Fernanda respondía dulcemente a las manitas que la saludaban. Podría decirse que ella y los niños se habían hecho "amigos" en ese mundo de vehículos hostiles.

Por fin los coches comenzaron a fluir. De pronto la camioneta Chrysler se clavó hacia la derecha, atravesó dos carriles en diagonal y tomó la salida. Los niños se fueron, junto con su perro, por una desviación que no era la de Fernanda.

—Algún día tendré los míos —deseó en voz alta.

En ese aspecto de la vida, bien podría ocurrirle como con el tránsito. Cuando uno cree que será imposible llegar al destino que ha soñado, el camino se despeja y tal vez, por qué no, también Fernanda podría tener un marido bueno y unos niños adorables y un hogar, antes de que… Un coche sin luces estuvo a punto de chocar contra su camioneta. Fernanda giró a la izquierda y logró esquivarlo de milagro.

No era gruñona. Se había asustado. No se enfureció cuando el bruto que había estado a punto de sumirle el costado de la Toyota la insultó a gritos mientras la rebasaba. Prefirió ignorarlo. No quería enojarse. Deseaba estar en paz. Ya sentía la proximidad de su casa. Las ganas de calor de hogar iban en aumento. Entonces pensó que se prepararía un chocolate caliente pues estaba helando: dos grados bajo cero, una temperatura insólita en la ciudad de México a esas alturas de noviembre. Cruzó la Avenida de los Insurgentes y dio una vuelta cerrada en su calle. Aunque soñaba con vivir en Roma, ella vivía en Francia, en el número 37. En una colonia muy pequeña detrás de la avenida Vasco de Quiroga.

Ser curiosa era su característica principal. Le llamaban la atención los lugares exóticos y los buenos sentimientos que no había experimentado, y como hasta ese día —a pesar de andar por toda clase de senderos— jamás se había aparecido en su camino un hombre que le despertara esa inquietante pasión denominada amor, ella tenía la ilusión de hallarlo. Quería saber qué se sentía estar enamorada; deseaba que el amor se le apareciera por casualidad, como aquella tarde cuando les mostró una casa a unos clientes. En una de las habitaciones había un póster que anunciaba un concierto en Roma. Quién sabe cómo fue que lo vio a través del espejo y no directamente. El hecho fue que al leer *Roma* de atrás para adelante, apareció la palabra *amoR*, aunque con la R invertida.

Y desde entonces, aunque no creía en el amor, pensaba en él como quien tiene el mapa de un tesoro tan falso como legendario, cuya existencia es difícil comprobar, pero con la convicción de que es inevitable buscarlo pues no hay nadie en este mundo que no haya soñado —por lo menos una vez en la vida— con encontrar un amor auténtico.

2

Esa noche, a unas calles de la televisora más importante del país, en las oficinas de Risco 53 había tanta testosterona como en las gradas de un estadio de futbol. La única mujer que laboraba ahí era Vanesa Kuri. El negocio era suyo; el edificio también.

A las 20:30 horas, un escuadrón de príncipes azules esperaba sus órdenes de trabajo. Era una empresa de acompañantes románticos a quienes expresamente se les prohibía hacer el amor con las clientas. Ninguno fumaba. Aunque desde luego podían hacerlo si se les solicitaba. Todos eran atractivos, pero no necesariamente guapos. Todos estaban limpísimos, desde las uñas de las manos hasta las muelas del juicio. Eran sanos, fuertes y discretos.

No había ninguno de ellos que no fuera capaz de sostener una buena conversación lo mismo en una boda judía que en una católica; en una comida política o en una cena privada.

Que se comportaran simpáticos o serios dependía de las especificaciones de cada pedido. Evidentemente, las clientas no sabían que todos esos hombres eran actores profesionales. Pero tampoco les habría importado si lo hubieran sabido. Las consumidoras de los productos —que tan esmeradamente producía la exclusiva empresa de Vanesa Kuri— eran altas ejecutivas que deseaban disfrutar de un rato de amable compañía masculina, sin llamar demasiado la atención, sin comprometerse, sin riesgos para la salud y sin ser perseguidas por los *paparazzi*. Diputadas, senadoras, ministras, ejecutivas de empresa, líderes de opinión y otras mujeres profesionistas tan independientes como solitarias encabezaban la lista de clientas premier de Male Company.

En ese momento, docenas de empleados administrativos estaban confirmando las reservaciones en restaurantes y centros nocturnos. Por su parte, el encargado de eventos especiales repartía los boletos para la ópera, los conciertos y las obras de teatro. También para el cine. Había infinidad de mujeres que simplemente no querían ir solas a ver una película. La agitación se sentía en las oficinas. En noche de viernes jamás se atendían menos de 3 000 solicitudes.

Ya lo había dicho Rockefeller: el negocio está en recoger lo que la sociedad desperdicia y convertirlo en un satisfactor masivo y confiable. Y si algo estaba desperdiciado en el mundo eran los actores. Circulaban por legiones en los pasillos de la televisora buscando un papel protagónico (al principio), secundario (después de los rechazos) o como extra (al final de los días de desesperada lucha). Por supuesto, no había quien los contratara; de cada 10 000 aspirantes, uno lograba el rol soñado. Para casi todos, aquello de aparecer en televisión era una experiencia efímera, en el mejor de los casos. Y aunque algunos de los rechazados terminaban como locutores o modelos, y se les podía reconocer en los anuncios comerciales, la mayoría se descorazonaba ante el frustrante desempleo actoral, que iba alternado con sueños de gloria e interminables *castings*. Entonces aparecía Vanesa Kuri y los incorporaba a su cada vez más amplia nómina.

Male Company, Sociedad Anónima de Responsabilidad Limitada, era el resultado de un golpe de inspiración. Ocho meses atrás, Vanesa Kuri caminaba por los pasillos de la televisora. Estaba vestida con su insustituible traje sastre, su portafolios Yves Saint Laurent y su bolsa de mano Versace con cartera haciendo juego. Llevaba perlas en collar y aretes, para contrastar con su cabello negro, pesado y lacio. Lo usaba con raya en medio, largo hasta la cintura, con un flequillo que daba a su cara un aspecto casi infantil. Tenía unos hermosos ojos verdes color dólar, como le gustaba decir cuando se describía a sí misma: "Soy como una espada de samurai: delgada y larga". Descalza, medía 1.81; pero como adoraba los tacones, su estatura alcanzaba por lo menos 1.90. Así, orgullosa de sí misma, con el cabello agitado por el viento y los pies calzados en unos altísimos Armani, se dirigía a uno de los estudios de grabación. Era la productora general del canal de biografías y del de viajes. Pero como siempre le habían gustado los concursos, había tomado la decisión de realizar un *remake* de un programa muy gracioso de los años 60. Se llamaba *Las andanzas de cupido,* y se trataba de que una mujer soltera y muy joven eligiera, a ciegas, entre tres hombres a quienes les hacía preguntas con el fin de conocerlos en el terreno sentimental. Otras veces, el esquema se invertía y un hombre escogía entre tres mujeres, bajo el mismo procedimiento de hacer preguntas. La pareja ganadora (flechada por cupido) recibía como premio una cena en un restaurante y algunas chucherías más.

Vanesa Kuri no había nacido en 1960 sino 20 años después: el 18 de abril de 1981; pero había visto varios episodios mientras revisaba algunos archivos *retro.* Finalmente había llegado a la conclusión de que *Las andanzas de cupido* era romántico y a la vez divertido; con altísimo *rating* para la época pues a la gente le había encantado mirar en sus pequeñas televisiones de bulbos el fascinante proceso de elegir pareja.

En aquellos lejanos años 60, el concurso era nacional y se transmitía en blanco y negro. Ahora, el premio consistía en un viaje a Roma, por una semana, con todo pagado. Paseos en tren y barco. Reservaciones para un desfile de modas en Milán. Dinero para comprarse un atuendo completo de ropa de marca. Los patrocinadores eran la línea aérea Alitalia, la automotriz Mercedes Benz, una cadena internacional de hoteles de lujo y dos casas de moda, entre otros.

Ésa era la diferencia entre estudiar en cualquier parte del mundo o en la escuela de negocios de Harvard. Asistir a Harvard no significaba simplemente la oportunidad de disponer de la altísima calidad de las aulas con tecnología de punta, del trato con selectos profesores; ni siquiera de las increíbles instalaciones deportivas, los intercambios académicos o la espectacular biblioteca... Lo mejor que proporcionaba Harvard a sus alumnos (junto con la ocasión de estrechar relaciones valiosísimas) era la actitud. Los egresados poseían una disposición espontánea para realizar con grandeza hasta lo más insignificante. Y de ahí surgían el prestigio, la innovación y las imponentes ganancias económicas.

A sus 28 años de edad, Vanesa Kuri aspiraba a que su nombre apareciera en la lista de *Jóvenes Forbes*, tal y como habían sido incluidos Sergey Bin y Larry Page (los creadores de Google), quienes ya ocupaban el primer lugar mundial, con fortunas superiores a los 18 millones de dólares, y eran menores de 35 años, cuando Vanesa apenas era estudiante. Ella pensaba expandir Male Company. No era imposible transformarla en una franquicia internacional. Ese procedimiento implicaba astucia y atención a los números, porque la parte contable era un *basic*: un tema que ella había estudiado en el segundo año de la carrera.

También esos actores decepcionados tenían una carrera. El problema radicaba en que dicha carrera se había quedado en el pasado, como estudiantes de las escuelas de teatro y cine. Todo parecía indicar que no tendrían un futuro por esa ruta, porque había muy pocas oportunidades para actuar en teatro y, para colmo, el mercado de las telenovelas estaba siendo invadido por argentinos, que atraían a la audiencia mexicana especialmente por el acento exótico y el color de su piel.

Pero como el campo de trabajo de cualquier profesión a veces se expande, y como todos esos hombres sabían hacer muy bien lo que habían aprendido como estudiantes de actuación, es decir, conocían el arte de hacerse pasar por otro, Vanesa estaba armando una próspera industria del acompañamiento con sucursales en Guadalajara, Monterrey, Cancún; y ya colocaba los cimientos para iniciar operaciones en Buenos Aires, Cartagena y Santiago de Chile. Y, por su parte, los actores empezaban a obtener buenos ingresos y espléndidas prestaciones tales como automóvil del año, club deportivo, gastos de representación… incluso posibilidades de ascenso, porque no era sensato asignarle el reto de llevar a cabo un acompañamiento de alto perfil a un príncipe azul sin experiencia.

Vanesa estaba decidida a triunfar como empresaria y sabía, no por juicios de opinión sino por estrictos informes financieros, que las mujeres contemporáneas eran dueñas de un importante poder adquisitivo. Divorciadas y solteras entre 28 y 58 años constituían su *target*.

Desde la terraza de su privado en el piso 18, Vanesa miraba los movimientos de los "activos" más encantadores de su empresa. Automóviles encerados y brillantes como espejos, como para poder retocarse el labial, circulaban despacio frente al portón del edificio. Algunos coches eran manejados por los propios príncipes azules; otros incluían chofer, champán Cristal, copas largas y un grueso vidrio hermético para aislar conversaciones.

Hombres de traje. Máximo de 50 años y mínimo de 30, iban a cumplir una misión. Cada uno de ellos llevaba en la agenda el nombre de la mujer a quien haría compañía esa noche de viernes. Los contratos podían ser de cinco u ocho horas. También se ofrecía tarifa por día cuando el servicio duraba más de 12 horas. Esas solicitudes eran poco frecuentes; pero no faltaba alguna señora de alta sociedad interesada en no parecer viuda o abandonada cuando asistía a una boda con tornaboda. Todos esos detalles se arreglaban por teléfono y mediante la autorización de un cargo a la tarjeta de crédito. Estaban prohibidas las propinas y la iniciativa. Nadie podía hacer trabajitos por su cuenta a riesgo de ser eliminado de la nómina. Los saldos bancarios de Vanesa Kuri iban en ascenso: eran números negros cada vez más largos. El dinero a carretadas estaba llegando como consecuencia de este negocio suyo, completamente legal pero casi clandestino, gracias al cual en su tarjeta de presentación podía leerse: Vanesa Kuri. Millonaria.

Rentar compañía masculina de alta calidad era equivalente a ser dueña de la distribuidora del mejor refresco *light*; la única diferencia era que ella no podía anunciar sus productos como lo hacían las bebidas de Cola. Sin embargo, estaba conforme con su giro, pues está comprobado que la recomendación es la mejor vendedora del mundo. Y al numeroso ejército de caballeros de Vanesa empezaba a faltarle tiempo y a sobrarle trabajo.

No hacía falta realizar extenuantes estudios de mercado para comprobar que, a pesar de la recesión, en el mundo había varios miles de mujeres con la cartera llena y la silla de al lado vacía.

Vanesa no era socióloga. No le interesaban las razones por las que esas mujeres adineradas necesitaban compañía. Cierto tipo de compañía y en ciertos horarios. Su objetivo era adivinar lo que deseaban. Por eso se esforzaba en convertirse experta en sueños. Pero no en sueños de mentira como los que brindan muchos publicistas, sino experta en sueños reales, como las casas que construyen los grandes arquitectos y que pueden ser habitadas. La especialidad de Vanesa era posibilitar sueños que fueran disfrutables durante varias horas. No se trataba nada más de reclutar hombres y ofrecer una atención mediocre. Ella diseñaba la mercancía, la ponía a prueba; la ofrecía con la calidad esperada, a la hora y el lugar convenidos. Estaba arrasando con los proveedores originales, individuos desorganizados e incumplidos; mejoraba las tarifas y garantizaba la excelencia: el servicio contaba con la misma calidad siempre, en todas las sucursales de Male Company.

Como toda buena empresaria, Vanesa creaba empleos pues además de los acompañantes dirigía un regimiento de profesores dedicados a la capacitación, porque los verdaderos príncipes azules no se improvisan. Hay que pulirlos, enseñarles historia de la música y de la pintura; darles información para que puedan conversar sin cometer errores; para que elijan acertadamente un vino que combine tanto con los alimentos como con el presupuesto de la clienta. El entrenamiento era intensivo: desde enseñarles los modales para una cena con diplomáticos hasta lograr que movieran con gracia los pies y mintieran —sin despertar sospechas— cuando dijeran que preferían bailar tango a estar viendo un programa de deportes en la tele; para que opinaran que no les parecían inútiles las caricias después del sexo.

Lo del sexo era un tema que preferentemente se eludía,

pero acerca del cual sí se les permitía externar opiniones política y genéricamente correctas, porque en el negocio de Vanesa ese producto no estaba a la venta. El secreto del éxito de Male Company era el tipo de servicio que prestaba: no sexual, nunca sexual, sino sutil, romántico, de alta camaradería; nada de qué arrepentirse; nada de qué preocuparse. Contar con un hombre amable; tenerlo cerca para no estar sola durante una comida o durante un viaje, incluso para ir de compras un domingo por la tarde y luego pecar rompiendo la dieta con una crepa y un capuchino en Clunny... Absolutamente nada más. Si las clientas se encontraban con familiares o amigos, debían presentar al "acompañante" en turno como "un compañero de trabajo". El objetivo era impedir que surgieran incómodas preguntas. Todo estaba cuidadosamente pensado. Porque ser vista en compañía de un hombre galante es invaluable: ayuda en los negocios y eleva la autoestima. Además, puesto que nada hay de malo en compartir a los amigos, cada clienta promovía Male Company entre sus conocidas. Generosamente, las mujeres recomendaban a sus acompañantes, igual que a sus carpinteros o a sus masajistas.

En ese momento, cuando Vanesa estaba analizando la posibilidad de contratar príncipes azules eventuales para la temporada navideña, su secretario le anunció por el intercomunicador que el señor David Sheridan la aguardaba ya en la sala de espera.

—Ofrécele agua mineral y lo haces pasar en dos minutos —ordenó mientras concluía el cálculo.

Era el primer periodo navideño para la empresa y ella no tenía experiencia en el comportamiento del mercado mexicano. Había leído estadísticas. Sabía, por ejemplo, que en diciembre, en México no se incrementaban los índices de suicidios tanto como en Nueva York, Berlín y Tokio. En México aumentaban las ventas de alimentos y de cohetes (toda clase de artesanía rellena de pólvora). También se elevaba el número de reuniones familiares, por lo que tal vez disminuyeran las ocasiones para disfrutar de acompañantes. No tenía un referente para predecir si habría cancelaciones. Tendría que valorarlo...

—Pasa, David, toma asiento —dijo y caminó sobre sus tacones de 12 centímetros alejándose de su escritorio—. Instalémonos en esta sala; es un asunto personal el que deseo plantearte.

—Lo que tú desees —contestó él, con una entonación perfecta, que no era servil sino complaciente.

—Ahora que me doy cuenta, quiero hablarte de dos asuntos. Tenemos tiempo, ¿verdad? ¿Tu cita es a las 22:30?

—Así es.

—Pues bien, acabo de asociarme con una empresa italiana. Se trata de una escuela. Por el momento, esto es confidencial; te lo comento. Estamos pensando iniciar las clases dentro de 25 días. Existía la idea de ofrecer cursitos de pintura, baile, talleres de escritura creativa. Ya sabes... lo clásico. Yo tengo planeado algo diferente.

—Soy todo oídos —intervino David con ese gesto de interés total que tanto éxito le aportaba en su trato con las mujeres.

—Me he propuesto sistematizar la enseñanza del amor —anunció Vanesa.

Como toda respuesta, David Sheridan sonrió levemente.

—He dicho del amor. Ahí está la primera clase. En nuestros días, cuando se dice amor se piensa en sexo. Y ese mercado está saturadísimo. En cambio, el amor es un terreno prácticamente virgen.

—¿Y en qué área del proyecto participo yo? —preguntó David apoyando su agua mineral sobre uno de los portavasos de la mesa de caoba.

—Serás el subdirector. Tu trabajo consistiría en orientar y controlar a los profesores. También, desde luego, supervisarás el aspecto académico; cuidarás que el contenido de las materias no se repita, por ejemplo. Si aceptaras el cargo, no suspenderías nada de lo que estás haciendo aquí. Viajarías. Estarías en Roma una semana cada mes. ¿Te interesa?

David necesitó de todo su dominio actoral para no gritar que sí, que le parecía maravilloso. Porque además, el salario escrito en un papel que Vanesa acababa de acercarle era increíble. Pero él sabía que lo que su jefa estaba esperando de él era una actitud seria y profesional, por lo que contestó serenamente:

—El proyecto me parece muy interesante. Mi plan de trabajo estará sobre tu escritorio el lunes a las 13 horas.

—Bien —sonrió ella—. Por cierto, me interesa tu opinión acerca de las materias para el primer curso. Será un diplomado con valor oficial. Todavía estoy pensando en el título. La directora será Enzia Tedesco. Italiana, evidentemente; pedagoga, (me hace falta para los trámites con las secretarías de educación); es culta y tiene mucha experiencia; abuela de cuatro. Es una mujer adorable. Ya la conocerás. Por cierto, estamos trabajando en un convenio con algunas universidades para tener intercambios de campus.

—Magnífico.

—Comentarios breves, ¿eh? También quiero sugerencias.

—Cuenta con ello, Vanesa. ¿Podrías explicarme, cuál es el segundo asunto?

—¡Ah!, sí —respondió complacida como si en verdad él hubiera tenido que recordárselo, cuando ella estaba esperando a ver si él se había distraído con la emoción del proyecto en Roma, y se había olvidado de las primeras frases de su conversación. Pero no. David era confiable.

—Pues se trata de una amiga mía. Quiero darle un regalo por su cumpleaños. Es el 28 de noviembre, dentro de pocos días. Ella no debe saber que tú trabajas para mí; tampoco que eres actor, ni que esto ha sido iniciativa mía. Simplemente no quiero que pase sola su *birthday*.

—¿Y quién es ella?

—Se llama Fernanda Salas. En esta carpeta está su foto y la información básica. Es sólo un regalo de cumpleaños. ¿Me entiendes? Una cena romántica. ¡No debe durar ni un día más! No te perdonaría que ella saliera lastimada.

—Tendré mucho cuidado —prometió él tomando el folder color azul eléctrico.

A David le ocurrió con su alegría lo que a cualquiera que estrena sábanas *king size*. Vienen perfectamente comprimidas de fábrica en una bolsa de plástico con su cierre, pero cuando uno las desdobla quedan enormes, y por más que se aprieten no hay manera de reducirlas para que vuelvan a entrar en el empaque original. Así era su emoción. Nueva y desplegada. No iba a poder dejar de sentirse feliz en toda la noche. Le habría gustado tener una novia para hablarle por teléfono y compartir su emoción con ella. Pero no tenía. Y de pronto su gusto se ensombreció ligeramente. David escuchó la alarma de su celular. Llevaba rato sonando pero él no se había dado cuenta. Era la señal de que debía irse. Lo más probable era que acabara disponiendo de tiempo antes de su cita para leer los documentos que Vanesa acababa de darle. Y aunque hubiera preferido quedarse ahí, en el privado, estudiándolos con calma para ordenar sus ideas y también una pizza, no tenía opción. Era viernes. La ciudad podría atraparlo e impedirle llegar a tiempo. Y eso sería inaceptable. Un príncipe azul jamás puede darse el lujo de llegar tarde, mucho menos de cancelar. Así que tomó su abrigo color azul marino de la percha; se aseguró de traer en la bolsa trasera del pantalón un pañuelo blanco de lino con sus iniciales bordadas. Recogió los folders, y ya iba a introducirlos en su portafolio cuando sintió una punzada de curiosidad.

Abrió el fólder color azul eléctrico y lo primero que apareció fue una foto: eran cuatro mujeres en ropa deportiva. En el frente de las sudaderas podía leerse: Maratón de Nueva York. Sacó sus lentes para leer y se acercó la imagen a los ojos. Cuatro amigas despeinadas, con las caras sin maquillar y las mejillas ardientes, sonreían felices. ¡Qué distintas! El ojo experto de David calculó las edades: 31 a la pelirroja (era Christianne Lainez); 28 a Vanesa Kuri (la del cabello negrísimo y lacio amarrado en una larga cola de caballo y quien era su jefa, para más señas). Siguió mirando. Por un instante dudó. Entre 45 y 46 (Mariela Quintanilla de Háusser), quien abrazaba maternalmente a Fernanda Salas (24), linda, tímida, quien era cinco años mayor de lo que parecía.

Vanesa había escrito los nombres de cada una de sus mejores amigas con plumón rojo, sobre el papel blanco tamaño carta, donde había pegado la fotografía. Debajo de las flechas que relacionaban los nombres con las personas fotografiadas, se leía: "*Nota*: Mañana sábado estaremos en la clase de cocina, entre las ocho y las 13:30 de la tarde. (Francisco Sosa #3, Coyoacán.) No llegues después porque es nuestra comida privada. ¡Gracias!"

Una mujer madura, rica y sofisticada, vestida completamente de negro, abordó el Jaguar rojo en que David Sheridan llegó a recogerla. Por supuesto, él la había ayudado a subir al coche, le había abierto la puerta; se había asegurado de que el vestido largo también estuviera a bordo, y de decirle que lucía bellísima esa noche. Iban sin chofer para darle un aspecto informal a su cita. Dejaron el vehículo en el *valet parking* del hotel donde se celebraba la fiesta. Y aunque él traía su *laptop*, la dejó sin siquiera mencionarlo.

Sabía bien que un elemento esencial para sostener una atmósfera romántica es no hacer referencia a lo que sucede fuera del "escenario", es decir, más allá de esa circunstancia excepcional creada para sentirnos bien y olvidarnos de esas amplias zonas de la vida en donde la realidad muestra su cara llena de problemas. Por lo que indicar desapego a los objetos materiales —que paradójicamente deben estar siempre en su lugar, completos y relucientes— es fundamental para provocar el efecto deseado, había sentenciado Vanesa, meses atrás, en la conferencia inaugural del entrenamiento básico para "acompañantes" en Male Company.

Rebeca Sodi era clienta frecuente. Su cargo: directora de recursos humanos de una cadena de restaurantes de pescados y mariscos. Eso lo sabía Vanesa. Pero no tenían por qué ser informados de ello ni David ni ninguno otro de los caballeros a sueldo con quienes esta clase de mujeres exitosas complementan sus cenas de gala, tal como se combina la comida con una copa de vino.

Y David era como un buen vino blanco para acompañar una cena: no seco, no dulce, demisec, cosecha 1974. Había madurado bien. A los 35 años, recién cumplidos, poseía todas las cualidades: buen cuerpo, carácter burbujeante pero estable. Era un hombre al que se podía llevar a esquiar sobre las olas de Punta Diamante en Acapulco o a un paisaje nevado en Vail. Lucía muy bien cuando estaba vestido (a juzgar por su currículum vitae) y también desnudo (a juzgar por su foto en traje de baño). México era ahora un país de vanguardia, pensó Rebeca Sodi mientras lo miraba con el aliento contenido. No había duda. Ella lo sabía por experiencia. No siempre habían existido las circunstancias para que funcionara tan bien una compañía como Male Company.

Rebeca era una ejecutiva de 62 años, con apariencia de 50 gracias a sus cirugías faciales, sus tratamientos de luz pulsada, su semana de sueño ininterrumpida en la mejor clínica de belleza de Suiza. Era viuda desde muy joven y hacía mucha vida social. Siempre le había gustado bailar y nunca había tenido con quién hacerlo. El hombre que no perdía el paso, la pisaba o se cansaba demasiado pronto. Así que, en cuanto una amiga suya le recomendó "el producto", Rebeca Sodi se volvió tan buena clienta de Male Company como del salón de belleza; los dos lugares eran sus proveedores los viernes. La estética le mandaba a su residencia a la peinadora y a la manicurista a las siete de la tarde, y horas después Male Company le enviaba el Jaguar con el hombre perfecto. A la licenciada Rebeca Sodi le gustaba especialmente David, porque además de ser un paisaje inmejorable para fijar la vista cansada de firmar documentos toda la semana, era un hombre inteligente con quien algunas veces había terminado discutiendo de política. Era instruido y con un temperamento ligero que la hacía reír. Ahora que si él no estaba disponible… pues había una larga lista para probar. Todos los caballeros del catálogo eran igualmente respetuosos, amables, corteses en el modo de tomarla de la mano para que bajara del automóvil; de encenderle oportunamente el cigarrillo, cuando ella sacaba su pitillera de plata y con una boquilla fumaba. Pero David tenía algo especial: parecía estar dispuesto a atender hasta el último capricho de ella. En verdad le simpatizaban las mujeres. Las trataba espontáneamente bien. Siempre atento para ofrecer la pashmina de seda a la salida, el brazo para caminar por la calle y hasta para declamar un poema bien memorizado, pero dicho como sin querer, a la luz de la luna en la terraza de un restaurante de lujo.

David iba vestido de esmoquin. Esa noche la misión era bailar desde *fox trot* hasta merengue en la boda de la hija del dueño de una cadena de librerías. Empresarios, intelectuales y gente de la televisión se habían reunido en ese salón de fiestas decorado con bambúes enormes y aves del paraíso. La pista de baile era tan amplia como la zona para patinar en hielo del Rockefeller Center. Rebeca era una mujer elegante y, a decir verdad, lucía guapísima. Conversaba con David. Ambos departían con otros invitados.

A lo lejos, David identificó a otro de sus "compañeros de oficina". Era Pedro Solís, un bailarín experto al que le había correspondido quedarse sentado toda la noche junto a una señora obesa que hablaba sin parar, seguramente quejándose de sus nueras o de los empleados de su fábrica, y a quien Pedro escuchaba dócilmente, sin reproches ni intentos de fuga, pues ni que fuera su marido para oponer resistencia.

Mientras David ejecutaba su trabajo con buen ánimo y música en vivo, una gotita de agua salada se deslizó suavemente desde el lagrimal del ojo de Fernanda hasta su barbilla. Ella se la secó con la manga de la pijama y metió la mano en el tazón de palomitas de maíz sin despegar los ojos de la pantalla de su televisor.

Había estado viendo la película *Diario de una pasión*, y se encontraba en el momento en que la protagonista y su marido morían con las manos entrelazadas, después de haber tenido una vida emocionante que la heroína había escrito en un diario para que su marido fuera leyendo, para ella, lo que habían vivido juntos, cuando ella no pudiera ya recordarlo, víctima del Alzheimer. Una vida fincada en el amor. Eso era lo que Fernanda anhelaba. No un hombre que simplemente la buscara para tener sexo o para que ella lo acompañara a ver la temporada completa de futbol sin que él estuviera nunca dispuesto a asistir a nada que a ella le interesara. Pero la vida no era como en las películas. Varias conocidas de Fernanda estaban divorciadas y los exmaridos se rehusaban a pagar la pensión alimenticia de los niños con tal de fastidiarlas. Ellas, por su parte, se vengaban como ogresas de cuento obstaculizando los encuentros del respectivo susodicho con los hijos, los fines de semana.

Fernanda no se consideraba tan temeraria como para comprar un espermatozoide de probeta e iniciar así su familia. Fer era una chica tradicional y confiaba en la buena suerte: había miles de formas convencionales de encontrar el amor. ¿O sería necesario participar en un concurso?

EL
AMOR
SE ENCUENTRA EN
ROMA

Fue el letrero que apareció a las 23 horas en punto, en la pantalla gigantesca de cristal líquido de la habitación de Fernanda y, al mismo tiempo, en toda América Latina. El programa contaba con cobertura hasta el sur de Estados Unidos. A Fernanda (y a millones de personas, de acuerdo con las encuestas) le encantaba el diseño tipo cómic con que se presentaban los créditos al estilo de algunos programas antiguos. Había sido característico de series de televisión como *Mi bella genio*.

La música del programa era al mismo tiempo alegre y conmovedora. Los *jingles*, inolvidables. Cordelia Sánchez, la conductora, estaba más sensual y alegre que nunca. Con todo su encanto dio la bienvenida a los participantes. La concursante de esa noche era muy blanca, de ojos azules. Preciosa. Con el cabello rubio cubierto de reflejos que brillaban por los reflectores. Tenía sólo 18 años. Dijo ser cantante. Tres candidatos a pasar una semana vertiginosa con ella a bordo de un Mercedes Benz, en Roma, procuraban acertar en las respuestas. Ella no podía verlos, pues estaba de espaldas, y se refería a ellos por sus números.

—A ver, número tres. Imagina que estás en un centro comercial, ¿cómo lograrías que una mujer desconocida (y que te gusta mucho) se fuera contigo?

El hombre respondió. La cámara efectuó un paneo. El público aplaudía muchísimo.

—Número uno. ¿Qué es lo que más te llama la atención del cuerpo de una mujer?

Una vez más el público se pronunciaba divertido. Nadie había creído la respuesta. Lo que más le gustaba al número uno del cuerpo femenino eran las pestañas. ¡Qué estúpido!

—Número dos. ¿Cuál es la frase que le dirías a una mujer después de hacer el amor y antes de dormir juntos?

Ahora el público se divertía más. En el estudio y desde sus casas, la gente improvisaba sus propias respuestas; observaba las reacciones de la rubia. Al parecer, el favorito de la noche era el número tres. Daba señales de ser un hombre divertido.

Las preguntas continuaban.

—¿Te consideras romántico?, número uno.

Desde el sofá, Fernanda soltó una carcajada. Era obvio que el hombre iba a decirle que sí. ¿Romántico con esa facha de cadenero de antro? Si tan sólo la rubia pudiera verlo...

Mientras Fernanda dormía, a la una de la madrugada, el Jaguar rojo estaba nuevamente frente a la casa de la licenciada Rebeca Sodi. La señora no era aficionada a desvelarse. David esperó a que la puerta se cerrara detrás de ella y decidió irse a Coyoacán. La verdad es que estaba todavía eufórico con la idea de viajar a Roma 12 veces al año. Se compraría la ropa ahí; conocería romanas y viajeras de todo el mundo. Tenía ganas de sentirse vivo. Lo último que deseaba era encerrarse a dormir en su habitación. Eligió Coyoacán porque había varios restaurantes italianos que le gustaban, y qué mejor comida para celebrar que una buena pasta a la *marinara*, una *panna cota* con *coulis* de fresa (su postre favorito) y un chianti.

Se acomodó muy contento, le dio un sorbo al chianti y comenzó a revisar los papeles que le había dado Vanesa horas antes. Notó que desde otras mesas cubiertas con manteles azules con grandes cuadros blancos, varias mujeres le sonreían. Eso le ocurría siempre, desde antes de que decidiera estudiar teatro; cuando su abuelo le aconsejaba que se inscribiera en una carrera útil, como dentista o ingeniero.

David sabía que había venido al mundo con ese foco interior que hace que los demás volteen. Le encantaba seducir. Había nacido para repartir sonrisas a todas las mujeres que lo seguían con la mirada y a veces también con el coche. Sabía muy bien que si su foto apareciera en las revistas, él estaría recortado y bien guardado en las carteras femeninas de las adolescentes, justo detrás del plástico donde cada una pondrá algún día la foto de su novio. Pero aunque era increíblemente guapo, David había tenido mala suerte. Lo operaron de apendicitis el día que comenzaba el rodaje de la telenovela que podría haberlo lanzado al estrellato. Hay ciertas ocasiones en la vida en que una dificultad conduce a otra; y a veces, el no aprovechar una oportunidad significa que se cierren todas las puertas simultáneamente, como ocurre con los almacenes de los centros comerciales a las ocho de la noche.

En fin, David había terminado como maestro de actuación. Primero por la apendicitis, luego por no aceptar otros papeles que en su momento le parecieron poca cosa. Errores de estrategia que habían hecho de él un hombre de 35 años no famoso, y que justamente ahora no debía volverse famoso si quería seguir gozando de los beneficios derivados de ser un don Juan anónimo.

No había una sola mujer que no sintiera una inquietud deliciosamente perturbadora al imaginarse con David en una escena de cama. Era guapo, en verdad era muy guapo; pero además, el hombre era agradable y dulce como un frapuchino en una tarde soleada.

Antes de tomar el camino de regreso a su casa, David Sheridan pasó frente a la escuela de cocina de Mariela Quintanilla de Háusser. Era el anexo de un restaurante bar: La Crêperie de la Amitié. Ya habían cerrado, a juzgar por la enorme cortina metálica con candados; se veía un arco muy grande, cubierto de enredaderas que en horario normal serviría de sombrilla a los comensales que ocuparan las pequeñas mesas tipo europeo colocadas sobre la banqueta de adoquín, en plena calle. David decidió que iría a probar algún buen platillo ahí al día siguiente. Podría hacer un contacto en apariencia accidental con Fernanda; preparar el terreno para cumplir con el trabajo del viernes siguiente: la cena de cumpleaños. El asunto era muy fácil. Bastaba con que él se hiciera el difícil. No. Mejor no. El expediente decía que Fernanda era tímida. David recapacitó. Cambiaría de estrategia. Con esas mujeres lo que mejor funcionaba era hacer el papel de hombre desamparado.

3

A las tres de la madrugada, David estaba desnudo como un maniquí en bodega. Acababa de entregar el esmoquin, la pluma Mont Blanc y el encendedor de oro a un empleado de Vestuario y Utilería de Male Company.

No quiso llevarse de una vez el atuendo de equitación que debía usar el domingo siguiente por la mañana. Otros compañeros, en cambio, sí se llevaban sus *outfits*, empacados en maletas y portatrajes con anticipación; recibían sus órdenes de trabajo por *mail*, y luego salían de sus respectivas casas a cumplir con la misión de cada día.

A David no le molestaba manejar en la ciudad. Sin ningún problema podía ir y venir varias veces al día de su casa a la oficina. De hecho, le encantaba estar en Male Company. Tenía la costumbre de entrenar en el gimnasio del cuarto piso, y de arreglarse en los amplios vestidores donde otros hombres como él contaban anécdotas. Los encargados de las toallas creaban buen ambiente y hasta el bolero era simpático. Todo invitaba a la conversación, la risa y la camaradería.

Después de haber tomado un relajante baño de vapor seguido de una ducha helada, caminó hacia la zona de vestidores. Con una toalla envuelta en la cintura, abrió el *locker*. Sacó su ropa —la que usaba en su vida real— y se vistió con un pantalón de mezclilla, una camiseta Lacoste y una chamarra. Se calzó los tenis Puma. Salió al pasillo.

Conforme iba caminando saludaba amigablemente a los colegas con quienes se encontraba.

Era frecuente ver a David en el Jaguar rojo; pero ese auto no le pertenecía a él sino a Male Company. Él se iría a su casa en el vehículo que le había dado la empresa como parte de sus prestaciones. Un Jeep descapotable al que él le había puesto rines de magnesio, equipo de sonido y hasta nombre. El Jeep se llamaba Casanova, en memoria de uno de los fundadores de la profesión.

El elevador abrió sus puertas metálicas. Vanesa estaba adentro con su portafolio en la mano. ¡Era asombroso! Ya pasaban de las tres de la madrugada, y ella seguía arregladísima; llevaba los mismos tacones de 12 centímetros que se había puesto en la mañana.

—¿Todo bien? —preguntó ella articulando los labios perfumados.

—Sí. Voy a descansar. ¿Tú también vas a tu casa?

—Así es. Por eso tomé el elevador —explicó Vanesa.

—¿Me permites acompañarte al estacionamiento?

—No hace falta. Ahora vivo aquí, en el mismo edificio. Hoy fue la mudanza. Los decoradores están terminando de colocar los floreros de Murano con rosas frescas. Mi nuevo depa es una copia exacta de mi piso en Barcelona. Si vieras… ¡quedó súper!

—Te felicito.

—Ay, David, es que no sabes lo incómodo que me estaba resultando trasladarme diariamente de la casa a la oficina. No tienes idea de cómo se maltrata el cabello con el viento que provoca el helicóptero de mi tío.

—Es verdad —dijo él—. No tengo ni idea —y contuvo una carcajada que terminó sonando como si fuera un acceso de tos.

Él nunca había volado en helicóptero; únicamente en

aviones comerciales. Y tuvo que contener la risa, porque estaba imaginándose a Vanesa dentro del helicóptero de la televisora, pero con un ventilador a sus espaldas, como el que se usa para alborotarles el cabello a las modelos en una sesión de *shoots* para que luzcan sexys. Sólo que las modelos sí saben por experiencia el trabajo que significa posar; la fatiga que causan las horas de reflectores y corrección de maquillaje… Vanesa, en cambio, ¿qué podría saber de incomodidades? Era —naturalmente— la persona más artificial que David había conocido. Vanesa era como una fotografía en papel couché retocada en *photoshop*, y tenía menos conciencia de los problemas reales de la vida que una muñeca Manga salida de un libro de diseño gráfico.

De buena fe, ella platicaba con cualquiera como de igual a igual, como si el mundo entero fuera una junta de accionistas. Se creía democrática. Y consideraba que sus empleados (lo mismo príncipes azules que contadores, supervisores o mozos) padecían únicamente el mismo tipo de molestias que a ella le afectaban. Vanesa jamás había tenido que formarse para pagar la compra en un supermercado. Desconocía la sensación de viajar en un vagón del Metro o de llevar personalmente un automóvil para que le vulcanizaran una llanta picada. Ella vivía en el mundo. Cierto; pero como si no caminara sobre la tierra sino, literalmente, sobre las nubes. Y cómo iba a saber de las dificultades humanas y terrestres, si en la vida cotidiana de Vanesa Kuri las necesidades se satisfacían fácilmente, como en una película.

A David, Vanesa le resultaba súper atractiva. Y cada que se topaba con ella en algún lugar de Male Company —como en el elevador, en ese momento— él aprovechaba para mirarle los ojos verdes como esmeraldas colombianas, las pestañas oscuras y tupidas. Y se preguntaba siempre si esa boca tendría el delicado sabor de una cereza sin almíbar.

Vanesa usaba un labial *gloss* rojo brillante que deslumbraba a todos los hombres de su empresa, de su país y de cualquier sitio. Pero a David empezaba a no resultarle suficiente la experiencia de mirarla; deseaba tocar. Le daban ganas de meter las manos y acariciar esos cabellos que parecían una lluvia formada por hilos de tinta negra, y que caían con fuerza sobre esa suave espalda femenina.

Sobre todo le llamaba la atención la inocencia que la caracterizaba. Esa mujer no fingía. Realmente ella no tenía la más remota idea de lo que era realizar fastidiosos trámites. Tampoco conocía la espera. Ignoraba las sensaciones provocadas por la frustración, las carencias o el fracaso. Tal vez por eso Vanesa se identificaba totalmente con *Hechizada*. En esa serie de televisión, cada que a Samantha se le presentaba una dificultad o le surgía un deseo, movía la nariz y todo se le resolvía instantáneamente. A Vanesa le sucedía lo mismo, pero en lugar de mover la nariz, movía un dedo. Con sólo oprimir el botón de un teléfono celular, daba una orden y todos sus pendientes desaparecían como por arte de magia.

En opinión de David, Vanesa era fantástica como el ángel de un anuncio navideño. Él debía esforzarse para verla como jefa y no como diosa. Le parecía un ser tan increíble, que le encantaba observarla, como cuando de niño se paraba frente a los grandes escaparates de las tiendas donde se exhibía lo que jamás podría ser suyo.

Vanesa y David seguían adentro del elevador, de pie, mirándose frente a frente. Y aunque entre ellos casi no había distancia, en realidad los separaba un abismo. Ella estaba al mismo tiempo tan cerca y tan inalcanzable como aquellos trenes eléctricos finísimos que de niño nunca pudo tocar, porque siempre estuvieron detrás de un vidrio transparente.

4

En la zona norte de la ciudad, en un hermoso fraccionamiento llamado Condado de Sayavedra, había comenzado el sábado. Uno de los días más queridos de la semana. Sólo rivalizaba en popularidad con el domingo.

En lugar de correr para llegar a tiempo al colegio, los niños corrían en patines o bicicleta. Las camas lograban retener más horas a sus dueños, y hasta la luz del sol parecía más brillante aunque ya se sintiera el frío de ese otoño casi invierno.

En una de esas casas con jardín al frente, techo de dos aguas y chimenea humeante —como los dibujos infantiles— vivía Christianne, aunque en ese momento cualquiera habría pensado que estaba muerta. Se hallaba entre las sábanas, profundamente dormida. Su estilo consistía en bailar toda la noche usando como combustible cocteles preparados con vodka o tequila. Su favorito era el margarita con un toque ligero de chamoy. Se había acostado al amanecer. Y aunque en ese momento su recámara estaba oscurísima debido a las persianas especiales que impiden el paso de la luz, su reloj biológico de la amistad iba a despertarla a las 11 de la mañana. Ni un minuto después. Entonces Christianne tendría que arrastrarse hasta el baño, bebería café exprés, se pondría guapísima y finalmente atravesaría la ciudad para llegar a Coyoacán, porque no había nada que le impidiera comer los sábados con Mariela,

Vanesa y Fernanda. Pero todavía faltaban varias horas para que Christianne abriera los ojos.

Muy lejos de ahí, en la calle de Río de Janeiro, en la casa de David Sheridan, un perro labrador color café rojizo —como la canela— había entrado a la recámara y le ladraba invitándolo a que fueran a la calle.

—Hola, Tenorio —saludó él cariñosamente, mientras acariciaba la cabeza de su perro. ¿Qué tal dormiste?

La cola de Tenorio era una sonrisa larga y peluda que se agitaba festivamente.

Detrás del perro, con pasos pequeñitos, entró al cuarto de David la más adorable de las mujeres, la más dulce y la que, para él, resultaba la mejor de las compañías.

—¿Qué te gustaría desayunar? —fue el saludo de su abuelita.

—Déjame ser yo quien te prepare los *hot cakes* —ofreció él saltando de la cama.

—Bueno. Yo exprimo las mandarinas; están mejores para el jugo que las naranjas.

Con Tenorio al frente de la expedición, se fueron a la cocina. David era experto en *hot cakes*. Los hacía normales o con nueces. Puso a calentar la sartén a fuego bajo, y en un tazón mezcló la masa con el huevo y la leche, mientras la abuela iba colocando poco a poco los platos sobre la mesa. En los últimos años ya no le resultaba fácil sostener una charola. Le temblaban las manos ligeramente. Tenía que dar muchas vueltas y, como hormiguita, transportaba un objeto cada vez: una taza vacía sin su plato; el azucarero cogido con las dos manos. Para ella, llevar la miel de abeja desde la alacena hasta el desayunador era muy complicado. Su cerebro, en cambio, seguía funcionando a la perfección.

Junto a la estufa había una torre de *hot cakes*. David dejó sobre la lumbre el último, que era esponjoso como los demás, pero muchísimo más grande, porque estaba hecho con lo que había sobrado de la masa. Entonces, sin decir ni una palabra para no herir a su abuela, rápidamente exprimió las mandarinas, sirvió el tocino crujiente y preparó una miel de *blueberry*.

Acompañados por el olor del café recién hecho, abuela y nieto disfrutaban sus *hot cakes* de distintos sabores. Tenorio mordisqueaba un pedazo de carnaza sobre el piso de loseta.

—Cuéntame cómo te va en el trabajo. Ése es un tema que les gusta mucho a los hombres, ¿verdad, hijito? Es como el futbol. Anda, platícame tú. Yo no quiero aburrirte con mis historias de vieja.

—No digas eso, abue. Me gusta oírte contar tu vida.

—Sí, pero ya te la sabes.

—También me sé la letra de algunas canciones y no por eso me molesta escucharlas.

La abuela lo miró con ternura desde unos lentes multifocales con aro doradito. David le tenía más paciencia a ella de la que ella le tuvo a él cuando fue niño. Se sintió conmovida. Lilí era una anciana bonita; en su cara, las arrugas delataban su facilidad para disfrutar la vida. Tenía la boca delgada y un cuerpo flaquito que se mecía al ritmo de su risa. Porque Lilí era de esas personas que se ríen con todo el cuerpo. Cuando algo le hacía gracia, su voz estallaba en carcajadas. Era alegre, muy alegre. Siempre lo había sido. Y aunque a causa de la vejez parecía inofensiva, su infancia había estado llena de travesuras y maldades.

—¿Quieres contarme de cuando eras niña y vivías en Mérida? ¿De cuando eras fantasma y asustabas a tus primos chicos desde el árbol de aguacate?

—Este no es un buen horario para cuentos de apare-
cidos.

—Tienes razón. Pásame la mantequilla, por fa.

—Ahí la tienes, hijito, junto a la miel de maple.

—Ah. No la había visto. Oye, abue, el domingo por la
mañana voy a montar a caballo.

—Yo prefiero no ir, mi vida. Nunca lo hice de joven,
y a mis años…

—Ay, abuela, quise decir que el domingo tengo que
trabajar… ¿quieres que vayamos a dar un paseo hoy por la
tarde? Piensa a dónde te gustaría ir y me lo dices al rato. Ya
me voy.

—Cuídate mucho.

—¿No te molesta quedarte sola? Chole bajará de su
cuarto en un rato más, para estar contigo. Yo creo que ya
no se tarda…

—Yo nunca estoy sola, hijo —y para comprobarlo
abrió su relicario, el que llevaba siempre sobre el pecho,
colgando de una cadena de plata, de antigua filigrana.
Cinco mini fotografías se desplegaron. Los bisabuelos en
su fotito de bodas color sepia; el abuelo, en la celebración
de sus 51 años, su último cumpleaños. Los padres de David destacaban por su juventud. Ninguno de los dos llegó
a cumplir 30 años. Habían fallecido instantáneamente en
un accidente automovilístico cuando David ni siquiera iba
al kínder. Ese portarretratos de la abuela era un cementerio
en miniatura.

David sabía que la abuela deseaba descansar. Andaba
muy cerca de los 90 años. Para ella, vivir más de 90 era
como aferrarse a que el día durara no las 24 horas habituales sino 25 o 26. ¿Para qué? ¿Qué sentido podía tener eso?

Con una fortaleza impensable, el día que enterró a su
marido había comprado la tumba de al lado, para sí misma.

No quería ser una carga para David; sobre todo, no quería que él sufriera a causa de ella, que estuviera cuidándola en un hospital durante meses, y no hubiera nadie junto a él para consolarlo. Y a pesar de que deseaba salir pronto de este mundo —porque se imaginaba que así moriría de vieja y no de enferma— la abuela Lilí sonreía; jamás se lamentaba de haber perdido a su única hija, ni tampoco de llevar tantos años siendo viuda. No se autocompadecía.

—Estoy cerca de toda la familia —dijo reacomodando el relicario.

Los círculos con las fotos pequeñitas volvieron a plegarse. La anciana cerró el broche de plata, con las manos temblorosas.

—Además, Tenorio está conmigo.

Al oír su nombre, el perro se acercó a ver qué pasaba.

—Tráeme la pelota, Tenorio —pidió David lanzándola muy bajo, sobre el piso, como si estuviera jugando boliche.

—Apúrate, hijo, que el tiempo en las mañanas se pasa rápido. Chole vendrá a la cocina en cualquier momento y se pondrá a lavar los platos. No te preocupes por mí.

—Pero no me has dicho qué te gustaría hacer esta tarde.

—Me gustaría ir a tu boda, hijito, ¿qué no piensas casarte nunca?

—Por favor, no empieces ahora con eso, abuelita, ya tengo que irme.

—Se te va a ir el momento, ¡tienes 35 años!

—En el amor no importa el momento sino la persona. No es un problema de horas y minutos sino de afinidades, de sentir algo especial…

—Hay magníficos matrimonios formados por personas buenas que no sintieron la fuerza de un huracán cuando se miraron por primera vez a los ojos.

—Lo que no puedes negarme es que sí debe haber una señal —aseguró David mientras se levantaba de la mesa y empujaba la silla en donde había estado sentado.

—¿Y si nunca se te aparece la mujer perfecta?

—¿Y si me comprometo con la mujer equivocada?

—La vida no es una obra de teatro, David. La gente de carne y hueso no habla con los parlamentos inolvidables de personajes como Romeo y Julieta.

—Yo tampoco hablo así.

—Pero bien que quieres encontrarte una Julieta que muera de amor por ti.

—¿Y por qué no? Por supuesto que yo quiero una mujer que muera de amor por mí.

—Acéptalo de una vez, la vida no es eso, David. Comprende que el matrimonio es lo que le hace falta a un hombre. El matrimonio es mucho más que el amor. ¿Quién va a cuidar de ti? ¿A quién vas a importarle de veras? Te lo ruego, hijito, ya consíguete una buena muchacha.

—Está bien. ¿Qué te pareces si hacemos eso hoy por la tarde? Vamos adonde tú digas, escogemos una buena muchacha, le compramos su vestido de novia y asunto terminado.

—Por favor, simplemente cásate. ¿No ves que no quiero morirme sabiendo que te quedas solo?

—En algún lugar está la mujer perfecta para mí. Sé que ella y yo vamos a encontrarnos.

—¡Eres un romántico!

—Lo dices como si tuviera hepatitis. Y como si fuera culpa mía habermе contagiado.

—Claro que no lo dije así…

—Hasta arrugaste la nariz como cuando hueles el jamón para averiguar si está podrido.

—Quiero que te consigas una mujer sana para que te

dé muchos hijos, y no una soñadora que quiera el divorcio cuando la vida les dé la primera patada.

—Mira, abuela, yo no soy una cabeza de ganado, y ella no será un *punching bag*.

—Las mujeres deben ser fuertes y valientes; no tontas y sentimentales, David. Los hombres siempre son unos niños. ¿Quién crees que es el eje emocional de una casa?

—Pues yo veo la vida de otro modo. Si le hubiera hecho caso al abuelo ahora estaría taladrando muelas en un consultorio, y si te hago caso a ti, voy a casarme con la primera mujer que cubra el requisito de tener pelvis ancha y corazón de matador de reses.

—Pero por lo menos conoce muchachas, hijito. ¡Para ti no existe nada aparte del trabajo!

—No quiero conocer "muchachas", como tú les dices. El amor no se consigue haciendo entrevistas a las candidatas como cuando hace falta cubrir una vacante en una oficina.

—Pero por lo menos…

—¿No has dicho siempre que en esta vida lo importante es ser feliz? Pues yo soy feliz, abue. Y por estar hablando de las esposas ya no me dejaste contarte la gran noticia. ¡Me voy a Roma el próximo martes 2 de diciembre! En menos de 10 días.

—¿Para siempre?

—¡Cómo crees! Si fuera para siempre, habría dicho: ¡nos vamos a Roma!

—¡Ay, qué bonito ha de ser Roma! Cuéntame.

—Es sólo una semana cada mes. Me mandan del trabajo. Tú te quedas con Tenorio y con Chole. Te lo platico con calma luego. Ahora sí ya se me hizo tarde.

—Tienes que prometerme que te casarás pronto, aunque sea con una romana. Yo necesito saber que unas manos femeninas cuidarán de ti cuando me vaya.

—A tus manos femeninas les quedan muchísimos años.

—A ti parece olvidársete; pero ya cumplí 87.

—Pues nadie lo diría. Te ves hermosa.

La abuela correspondió al elogio con la mejor de sus sonrisas.

—¿Y si vamos a comprar hoy el arbolito de Navidad? —propuso David.

—Cuando tú puedas, mi vida.

—Será hoy en la tarde. Te invito a tomar un pastel y una taza de chocolate espumoso en el cafecito que te gusta, para celebrar lo de Roma. ¿Quieres?

—¿Es una cita? —preguntó la anciana dulcemente.

—Sí. Llegaré por ti a las seis en punto, ¿eh?

—Pues más me vale ir empezando a arreglarme, si quiero estar lista a tiempo —contestó ella jugando.

David se inclinó para darle un abrazo a su abuelita. Sintió los huesos frágiles y el alma como mariposa aleteando para escaparse.

—Si me caso pronto, ¿me prometes que te quedarás muchos años y verás crecer a mis hijos?

Ella le dio unas palmaditas en la espalda para indicarle que lo haría, y que él podía irse a trabajar tranquilamente. David la obedeció y comenzó a pensar en sus asuntos. Se le ocurrió que Vanesa lo estaba poniendo a prueba. Él estaba un tanto desconcertado, porque su trabajo no consistía en conseguir citas rápidas con desconocidas como Fernanda Salas. Hacía siglos que David no ligaba. Era experto en desplegar sus encantos de actor cuando el público ya había "comprado el boleto", "ocupaba su butaca" y deseaba "presenciar el espectáculo" en donde él representaba a Casanova, a Romeo o a don Juan Tenorio, en una función privada producida por Male Company. Pero acercarse a una mujer y seducirla para que saliera con él, eso no era lo suyo. Las mujeres que usaban el servicio de acompañantes sabían a lo que iban. Incluso las hacían contestar un formulario para que indicaran día, hora y lugar para la cita. Había un acuerdo previo que hacía las cosas fáciles. El encuentro con esas mujeres se parecía, por ejemplo, a la manera en que la gente contrata unas clases particulares de matemáticas. Algo así como: "Aquí está su alumna, empiece a darle clases". Nada que ver con salir a la calle a perseguir a una desconocida para convencerla de que reciba las mentadas clases particulares... Eso sí que estaba difícil.

Debía resolver cómo acercarse a Fernanda. Tendría que haberse dado cuenta de que eso era un problema; pero con la noticia de que viajaría a Roma, David no había tenido tiempo de pensar en los detalles de ese trabajo que Vanesa le había solicitado como un favor: conseguir que Fernanda Salas, una total desconocida para él, aceptara ir a cenar en su cumpleaños con él, quien era un perfecto desconocido para ella. De pronto, sin proponérselo, David pensó en el dinero. ¿Podría incluir en su recibo de honorarios de noviembre esas horas de acompañamiento? Se rascó la cabeza y bostezó.

En Coyoacán, Mariela Quintanilla de Háusser observaba a sus alumnas. Eran 27 y debían organizarse para trabajar en equipos.

—Formen seis brigadas de cuatro, y una de tres. No se acomoden como siempre. Necesitan aprender a acoplarse con cualquiera y trabajar bien.

—Sí, maestra —sonó alguna voz en el fondo de la cocina.

Hoy elaboraremos *carpaccio* de res con fresas fileteadas.

Ensalada primavera en canastilla de queso parmesano. Estofado de conejo. Y como postre, *creme brulée.*

Entre las alumnas se encontraban Vanesa y Fernanda; estaban uniformadas como chefs. Leían las recetas y anotaban con pluma las explicaciones adicionales que Mariela daba desde el pizarrón.

—¿Todos cuentan con sopletes para la *creme brulée?* —preguntó Mariela a la encargada de los equipos de cocina—. Si no tienen, se los prestas; pero les bajas un punto por cada material que se les haya olvidado traer a la clase.

—Sí, señora —respondió respetuosamente Isidra, su ayudante en la clase y jefa de almacén.

Con su estatura *petite*, de apenas 1.55 metros, Mariela tenía el carácter recio y dominante de un general; pero curiosamente, en ese cuerpo diminuto cabía una generosidad tan grande como el asilo de ancianos que subsidiaba con las ganancias de su restaurante bistro: La Crêperie de la Amitié.

Mariela era, además, la dueña de una empacadora de crepas rellenas congeladas. Era ingeniera en alimentos, al igual que sus dos hijos varones quienes ya trabajaban en la ampliación de la fábrica de verduras enlatadas: elotes, chícharos, papas… También empacaban en *tetra brik*, en otra sección de la enorme fábrica situada en Naucalpan. Ése era el negocio. Cada que alguna persona abría una lata de chipotles o de chiles serranos en vinagre aumentaba la riqueza de una familia de por sí acaudalada. Desde luego, Mariela entendía perfectamente el valor financiero de las latas; pero jamás comía verduras que no fueran frescas o preparadas al vapor por su equipo de cocineros. El hecho es que sus dos hijos eran adultos y uno de ellos, el menor, estaba próximo a casarse. Ella, por supuesto, brindaría el banquete para 1 500 personas.

Las mañanas de los sábados eran para Mariela una especie de club de la Pequeña Lulú, donde podía convivir con sus amigas, y al mismo tiempo dar clases. Eso no significaba ningún esfuerzo para una mujer hiperactiva, cuyo principal gusto era compartir. Para ella, la enseñanza era otra forma de dar. Siempre decía: *To teach is to touch a soul forever.*

Vanesa, Fernanda, Christianne y Mariela estaban tan ocupadas con sus propios trabajos, que si no se reunían los sábados cuando se dieran cuenta habría pasado un año sin que se vieran vestidas, pues sus encuentros solían ser en el baño de vapor. Difícilmente se juntaban todas para hacer deporte. Vanesa era de las que llegaba a abrir las instalaciones del club a las 5:30 de la mañana; Fer, a la hora que fuera, y Christianne casi no subía al área de cardio; le gustaban el *belly dance* y el *kick boxing*. Total que rara vez coincidían. Sólo cuando se entrenaban diariamente en vísperas de un maratón.

Los alumnos estaban ya pesando los ingredientes en las básculas; cuidaban todos los detalles para que los platillos estuvieran listos oportunamente, pues la maestra Mariela pasaría a calificarlos a las 13 horas. Cada equipo debía presentar cuatro tiempos, incluyendo postre. Era importante saber explicar el maridaje del vino seleccionado con el platillo principal.

Invariablemente, Mariela y sus amigas se instalaban en la mesa metálica situada junto a la ventana y se dedicaban a platicar. El *souschef* del restaurante les acercaba café, pan recién horneado *(petites fours)* y unos *crudités* de fruta con salsa de yogur.

Por higiene, los alumnos tenían prohibido comer ahí, pero ellas… estaban lejos de los demás, en una mesa pegada a la ventana. También en el "salón comedor" —como denominaba el *souschef* a la zona donde se atendía a la clientela en el restaurante y en el bar— había otra mesa reservada para ellas. Un personalizador de bronce lo indicaba: *Mesa de la chef y sus amigas*. Ahí comerían a las 2 de la tarde, como cada semana.

—¿Quién te hizo los trámites para registrar propiamente la escuela de cocina? —preguntó Vanesa.

—Uno de los abogados de mi marido.

—¿También tu diplomado para chef? Me refiero a que los diplomas tengan valor oficial y todo eso.

—Las escuelas de cocina tienen doble registro. Uno ante la Secretaría de Educación Pública para los planes de estudio, y otro ante la Secretaría de Salud por el manejo higiénico de los alimentos.

—Yo pienso que lo mío es exclusivamente ante Educación, aunque no sé.

—¿Necesitas al gestor para algo?

—Sí. Quiero registrar un plan de estudios y una escuela.

—Le diré a mi marido que le pida a su abogado que te llame el lunes. Es muy bueno. Te resolverá cualquier cosa que te haga falta, Vane. No lo juzgues por su facha. Es un viejo dinosaurio; pero te hace a la perfección cualquier trámite. ¿A qué hora te parece cómodo?

—¿A las 11:15 de la mañana, el lunes, en mi *office*? Mil gracias, Mariela. ¡Siempre me salvas!

—Ni te fijes, Vane, al rato se lo digo a Gérard.

—¿Dónde anda?

—¿Ahorita? En el golf con sus amigos. Contentísimo. Ya iniciamos operaciones en el mercado europeo. Bernardo tiene muy buenas ideas para la comercialización de enlatados.

—Pues voy a hablar con él, para que me aconseje, porque yo estoy entrando a Colombia con mi negocio de... de... de asesorías.

A Vanesa no le parecía sensato contarles a sus amigas que lo que ella llamaba "asesorías" era su empresa de acompañantes masculinos para mujeres románticas: Male Company. Ella no consideraba que su negocio fuera inmoral ni incorrecto desde ningún punto de vista; pero Mariela era muy espantada. Desaprobaba la mayor parte de las conductas de la mujer actual.

—¿Y en qué das las asesorías?

—¿Eh?

—Te pregunto que en qué estás dando las asesorías —insistió Mariela.

—¡Ah!, pues básicamente en formación de actores. No es lo mismo trabajar sobre un escenario que ante las cámaras de televisión.

—Pero que yo sepa tú no estudiaste teatro ni cine, ¿cómo le haces, Vanesa?

—Pues pensando. Analizo los errores y elaboro soluciones. Luego comercializo las cositas que se me ocurren. He desarrollado un esquema para que los actores sean socialmente útiles y altamente productivos en una época en que casi nadie va al teatro. Pero no hablemos de trabajo, ¿quieres?

—Ok. Acuérdense todas de que no pueden hacer compromisos para el sábado 20 de diciembre. ¿Ya les llegaron sus invitaciones?

—Buenísimo —dijeron simultáneamente Vane y Fer, y se rieron.

—Es increíble que se case mi Guillermito, ¿verdad? —comentó Mariela— sólo tiene 25 años. Él y Vivian tienen meses dedicados a supervisar todo, desde las flores de la iglesia hasta los recuerditos del banquete.

—Es que una boda bien hecha requiere más organización que construir una casa —comentó Fernanda.

—Pues tiene lógica, porque está costando lo mismo.

—¿Y Bernardo? —quiso saber Vanesa.

—Ya lo conocen. Dice que él no va a casarse. No le da vergüenza que su hermano menor se lo haya brincado. Bernardo tiene más mujeres que un jeque árabe. A ver a quién lleva hoy en la noche. A mí me choca el asuntito. Pero si no lo dejamos hacer lo que quiere, se aburre y se va en seguida. Y la cena de los sábados en mi casa es un rito. Si mis hijos no están, mi marido se muere. Y eso que los ve en la fábrica todos los días.

—Le ha de gustar estar con gente —intervino Fernanda.

—Mi casa siempre está llena como hotel en temporada alta. Ahí se la pasan los amigos de mis hijos hasta cuando mis hijos no están. ¡Lo juro! Pero el sábado sólo los íntimos. El problema es que a Bernardo le conocemos tres íntimas cuando menos.

—¿Y a ti que más te da?

—Cómo que qué más me da. Ay, Vanesita, se nota que somos de generaciones distintas. Cuando Gérard me presentó a su familia, yo supe que íbamos a casarnos.

—¿En serio?

—Pues claro. Las mujeres de antes no éramos como las de ahora. En la actualidad, ya no significa nada que un muchacho lleve a su novia a conocer a la familia. Lo digo en serio. Cuando Gérard era mi novio, me visitaba en la sala. Y muchas veces mi mamá se sentaba a conversar con nosotros. Ahora las parejitas se meten a la recámara y hasta ponen a sudar los vidrios de las ventanas.

—¿Tus papás no te tenían confianza?

—Claro que me tenían confianza, Vanesa. Pero se pensaba distinto. El muchacho debía saber que estaba en casa de una familia decente. A ver, dime… ¿por qué iba a estar metiéndose a la recámara de su novia?

En otra de las mesas de trabajo, Edgar González, compañero de diversiones de Christianne la noche anterior, se apuraba a pesar de no haber dormido. Estaba 100 por ciento desvelado y tan crudo como el solomillo de res que usaría para el *carpaccio*. En esas condiciones, su paladar no distinguía entre un pedazo de plástico y el exceso de jengibre en un platillo oriental.

Christianne, en cambio, en ese instante estaba abriendo los ojos. Seguía en su casa, desperezándose lentamente. Un mechón de cabello rojizo alegró su cara. Ella se lo apartó de la frente. Sintió la lengua seca y dura como un cartón de pizza, y una leve sombra de dolor de cabeza. Se apoyó en el buró para no caerse. Se fue torpemente hasta el baño. Al sentarse en el wc notó que no había levantado la tapa. Bostezó varias veces. Abrió la llave del agua caliente de la regadera y se metió con todo y los calcetines. Una hora de ducha antiecologista la devolvió a la vida. Salió feliz. Se vistió con una bata de baño color blanco con rayitas rosas, y se fue sonriente a preparar café exprés a la cocina. Deslizó una rebanada de pan al tostador. Hacer café y tostar pan constituían todo su saber culinario.

A las 13:20, prácticamente la hora en que terminaba la clase de cocina, Christianne estacionó su Minicooper amarillo en el primer huequito que halló sobre la calle de Francisco Sosa. Notó que en la acera de enfrente estaba el Lincoln de Vanesa. El chofer esperaba muy serio, parado junto al coche.

—*Ahí* te encargo mi canario, Jaime —le pidió Christianne a Enrique Pérez, que en su horario de trabajo se llamaba Jaime, pues ese nombre era parte del uniforme de chofer.

—¿A qué canario se refiere la señorita?

—A mi Minicooper, ¿no ves que es chiquito, amarillo y musical?

—Mis ocupaciones no me lo permiten; no es posible, señorita —contestó Jaime.

—Yo se lo cuido —prometió un niño mientras agitaba una franela roja.

Christianne caminaba radiante. Llegó a la entrada del restorán donde una *hostess* le dio la bienvenida.

A través de la ventana —desde la mesa metálica de la clase de cocina— sus amigas la habían visto caminar hacia ellas. Con un minivestido *hot pink*, un saco negro de lana cruda y *tweed* de punto, luciendo las botas Rowan de Coach, Christianne parecía modelo de la revista *Elle*, mientras que ellas... La vergüenza se apoderó de Fer y Vanesa. ¡Era horrible! Y es que Mariela les exigía ponerse unos gorros de chef de medio metro de alto, encima de las espantosas redes negras que aplastaban el cabello. Y por si eso fuera poco, nadie podría adivinar que había cuerpos femeninos bien formados debajo de esos delantales enormes y esos pantalones bombachos de cuadritos blancos y negros... Y ellas ¡sin maquillaje!

Fernanda y Vanesa salieron volando a cambiarse de ropa. Sólo Mariela se quedó tranquila con su uniforme, y avanzó entre las mesas de trabajo rumbo al salón comedor, para salir a encontrarse con Christianne.

Pasó un rato. Mariela se asomó a ver qué estaba pasando. Lo que vio le pareció muy raro. Un hombre francamente guapo parecía estar tratando de alejar de su mesa a Christianne. Daba la sensación de que le urgía que ella se fuera; se hacía evidente una especie de tensión. Era David. Se había instalado en el restaurante, pensando en que en algún momento vería sola a Fernanda y podría acercársele. Si la tal Fernanda lo veía conversando con otra mujer —que encima de bonita era bastante lanzada— todavía iba a ser más difícil el asunto de invitarla a cenar.

—Hola —dijo Mariela y recibió a Christianne dándole un abrazo.

—¿Qué nos vas a dar para comer? Te juro que me muero de hambre. Traigo sólo un pan tostado y un café entre pecho y espalda.

—¿Qué estabas haciendo, Christianne? —le preguntó Mariela señalando primero hacia la clase de cocina y luego hacia la mesa donde David estuvo sentado.

—¿Yo?

—Sí, tú. Edgar está en la clase. ¿Qué tal si estaba mirando? ¿Qué no se supone que es tu novio?

—Ay, cómo crees, Mariela. Edgar es solamente un amigo.

—¿Un amigo? El sábado pasado los vi salir de aquí muy abrazaditos y hasta besándose.

—Es que ese Edgar es buenísimo para dar besos. Y también para bailar. Anoche me la pasé súper con él.

—¿Y entonces?, ¿por qué estabas coqueteando con el hombre que acaba de desaparecer de la mesa 23?

—Porque estaba guapísimo. ¿Viste que tipo tan sexy? Me encantó su pelo. No a todos los hombres les queda bien el cabello así como larguito. Y los ojos… *wow*, los tiene gris acero. ¡Increíbles!

—Pero, Christianne, ¿no te parece que te estás portando como un hombre mujeriego?

—¡Qué te pasa, Marielita! A mí no me gustan las mujeres. O sea, para hacer aquellito. Ni loca.

—Quise decir que te portas como esos hombres que no pueden quedarse con una sola mujer, y que a todas les echan los perros. Te portas igual que mi hijo Bernardo. Si él es como don Juan Tenorio, tú eres, ¿qué?, ¿doña Juana Tenoria? No entiendo tu comportamiento.

—Dime, Mariela, ¿en qué consiste la liberación femenina? ¿En que puedo trabajar igual que un hombre, pero no poder mostrar iniciativa a la hora de buscar pareja?

—Perdóname, Chris, pero es que… eso que haces no es buscar pareja.

—Yo no estoy casada con Edgar. Ya te dije que sólo es mi amigo.

—Pero es que te pareces demasiado a Bernardo, siempre buscando nuevos integrantes para el harem.

—Ay, Mariela, eres más anticuada que no sé qué. Déjame educarte: el harem no es un prostíbulo privado. El harem es el lugar de la casa reservado para las mujeres árabes. O sea que los hombres de la familia no pueden andar por ahí. En el harem pueden estar las abuelas, las niñas, las viudas, las mamás, el género femenino de la casa. ¿Ok?

—¡Cómo crees!

—Lo sé. En serio. Me lo dijo un amigo marroquí que se llama Hassán. Creo que eso otro se llama serrallo. Pero no estoy segura.

—¿Y con ese Hassán, tú…?

—Ándale, Marieliña, con que quieres que te cuente, ¿eh?

—No, gracias.

—Con ese Hassán lo mejor son los besos árabes, seguidos de taquitos de hoja de parra y berenjena molida. ¿Me vas a dejar con hambre? Hace mucho que no comemos los taquitos de berenjena rellenos de queso de cabra. ¿Hay?

—Ahora mismo le digo al *souschef* que te los prepare.

—Me estuve aguantando para no estropearme el apetito. En el carro tenía cacahuates y unas galletas, pero no comí nada. ¡Tengo hambre! Les voy a agarrar un pan de su canastita a los de esa mesa.

Como si no la hubiera escuchado, Mariela insistió:

—El punto es que te portas fatal, como el peor de los hombres enamoradizos…

—No te quejes, Marieliña, que no he tocado a ninguno de tu tribu. Estoy en el mercado libre —dijo Christianne divertida y pasándole el brazo por la cintura—. Vamos a comer, ¿no? ¡Ya aliméntame!

—Es que no es así como debe comportarse una muchacha bien, Chris.

—Ajá. ¿Dónde están Fer y Vanesa?

David decidió que esperaría a Fernanda en otro restaurante cercano. En cuanto la viera salir de La Crêperie de la Amitié, la seguiría. Necesitaba hacer el contacto de una vez. Pero la tal Fernanda no había estado sola ni un minuto. Y como él no quería exponerse a un encuentro con Vanesa, prefirió mudarse a la cafetería de la acera de enfrente. Quedaba en diagonal, y su especialidad eran los helados. Desde ahí podría observarlo todo.

—¿Ves a esa señorita de falda morada? ¿Esa muy bonita del cabello rizado?

—Todas están bien bonitas —respondió la voz de un niño.

—La de pelo café. ¿Ya la viste bien?

—Sí.

—La estoy vigilando desde aquí. Te doy 30 pesos si me avisas a la hora que se vaya. Ésa es su camioneta. La Toyota azul —dijo señalando con el brazo—. Mi Jeep es ese. No dejes que nadie se estacione en doble fila y me lo tape.

—Que sean 50 —negoció el niño como de 10 años, mientras agitaba un trapo de franela rojo.

—Dejémoslo en 40 más la propina. Pero me avisas en cuanto ella salga del restaurante.

—¿Pos no que usté la está vigilando? —rezongó.

—Pero tú échale un ojo por si yo me distraigo. Voy a leer estos papeles. ¿Entendiste?

El niño levantó los hombros en señal de que no entendía nada; pero contestó:

—Sí, patrón, quedamos que 40. Me llamo Paquito. Si otro día viene por acá, tráigame la ropa que ya no usen en su casa, libros, adornitos; aceptamos de todo.

—Muy bien. Luego seguimos platicando, Paquito. Ahora voy a trabajar.

—¿Me compra un helado?

David alzó una mano y la mesera se acercó.

—Por favor, señorita, sírvale un helado de dos bolas al niño, y lo carga a mi cuenta. Es más, cóbreme de una vez el café y el agua mineral.

—También a mí págueme de una vez, patrón, con todo y las propinas. No sea que nos agarren las prisas.

Christianne saludó de beso en la mejilla a sus amigas.

—Corrimos muchísimo —protestó Vanesa.

—¿Correr? ¿A qué horas fueron a correr? Pero si faltan meses para el maratón. Yo las imaginaba guisando. ¡Qué poca! Nadie me avisó —se quejó Christianne.

—No seas tonta, nos hiciste correr para apurarnos, tuvimos que arreglarnos en medio minuto. Tú preciosa y nosotras en unas fachas… ¡Eso sí que no! —dijo Vanesa.

—Pues quedaron divinas —aseguró Christianne—. Esas medias caladas se te ven increíbles, Vane. ¿Las compraste en Roma?

—Sí. Traje para todas, pero en distintos colores.

De un gran bolso sacó los regalitos para sus amigas.

—Gracias, Vane. Están lindas estas medias. ¡De veras! *Wow*.

—Volveré a Roma pronto. A ver si les traigo mascadas y guantes.

—Ay, sí —contestó Christianne emocionada—. A mí de preferencia en color rojo. Lo que me traigas que sea en rojo.

—Yo sí estoy corriendo todos los días en el club —intervino Mariela—. Pero no sé si van a prohibírmelo. Seguiré con yoga, eso no es problema. Lo que sí, segurísimo no correré con ustedes el próximo Maratón de Nueva York.

—¿Y por qué te lo prohíben? ¿Estás enferma? —preguntó Fernanda como instantánea portavoz de la preocupación de todas.

—¿Qué necesitas? —preguntó Vanesa sacando el celular.

—¿Están listas para una gran noticia?

—Ya dinos, ¿qué es?

—¡¡¡Estoy esperando bebé!!!

—¿Qué? —preguntaron Christianne, Fernanda y Vanesa juntas sin haberse puesto de acuerdo.

—Todavía no les he dicho nada a mis hijos. Lo mismo se alegran que me matan. ¿Se imaginan? Voy a ser mamá de un bebé, y suegra al mismo tiempo.

—¡Ay! Qué lindo. ¡Felicidades! —dijo Fernanda poniéndose de pie.

—¡Me muero de la pena y también de la risa! Estoy emocionada, ¡feliz! —y los ojos se le humedecieron. Se le enrojecieron las mejillas y con los labios hizo un puchero para no llorar.

Tres pares de brazos la rodearon casi simultáneamente. La ternura había invadido el lugar. La idea de un bebé arrancó suspiros.

—¿Y tu marido?, ¿qué opina? —quiso saber Christianne.

—Gérard está encantado. Revitalizado. A la que no va a gustarle nada es a mi futura nuera que aunque es linda… esa Vivi es fijadísima.

—¿Para cuándo es? —intervino Fernanda con voz dulce.

—Para finales de mayo, ya estoy en las semana 13, o sea en el cuarto mes.

—¡Qué poca! —se quejó Christianne—. ¿Por qué no nos habías dicho nada?

—Es que tampoco yo lo sabía. Como ya estoy premenopáusica no me di cuenta de la falta de la regla. Andaba muy irregular. ¡Qué les parece!, ¿eh? Supimos que estaba embarazada cuando me hicieron el chequeo ginecológico. Lo primero que pensó el médico fue que era un tumor. Y me mandaron los análisis.

—¿Pero por qué?

—Pues por la edad que tengo —y cuando lo dijo se sonrojó—, ¡me va a costar trabajo decirle: "Hijo, ven acá". Porque él me va a contestar: "Sí, abuela".

—No seas boba. Ahora está súper de moda ser mamá después de los 40.

—Pero yo no soy artista de Hollywood…

Desde la mesa donde se encontraban podían escucharse risas. Mariela tenía 45 años pero estaba completamente sana, y aunque no era tan fuerte como Madonna, había practicado deporte toda la vida. El ginecólogo les había asegurado a ella y a su marido que el bebé nacería bien.

Risas, abrazos, felicitaciones, más abrazos y ojalá que sea una niña. Fernanda seguía tomándole la mano a Mariela. Un bebé. ¡Qué ilusión!

Para no impacientarse por la espera, David abrió el fólder color beige. Junto con el plan de estudios del nuevo Diplomado, encontró los datos de un boleto electrónico para viajar por Alitalia. Lo puso aparte, en el bolsillo interior de su chamarra de piel. Pensó que él tendría que seleccionar a varios de sus compañeros de trabajo para llevarlos a Roma, pues el plan de estudios incluía cursos teóricos y actividades prácticas. Por lo menos una docena de maestros.

Estaba leyendo un documento grueso, con los clásicos formatos pedagógicos: objetivo de la materia, bibliografía básica, número de horas lectivas y material didáctico.

Cuando apareció la tira de materias, giró el papel para ver el recuadro impreso horizontalmente.

SEGUNDO MÓDULO

AMORES DE PELÍCULA II:
Los estudiantes analizarán películas que no sean adaptaciones de libros.

VIDEOGRAFÍA RECOMENDADA:
Cuando un hombre ama a una mujer. Love story. Titanic. Cuando Harry conoció a Sally. Tu casa es mi casa. Hombre al agua. (40 créditos)

DIFERENCIAS ESENCIALES ENTRE AMOR Y ENAMORAMIENTO.
(60 créditos)

David iba a empezar a leer el temario de la materia *Amor platónico* cuando escuchó que el niño de la franela roja le gritaba:

—¡Apúrele, joven! Ya se le va la palomita en la camioneta azul.

5

De un salto, David abordó su Jeep Casanova y siguió a Fernanda. Primero recorrieron lentamente las callecitas de Coyoacán; luego, la Toyota avanzó sobre Miguel Ángel de Quevedo hasta el cruce con la Avenida Insurgentes. Él iba pensando que la situación era completamente ridícula. ¿Cómo iba a detener a Fernanda? Y cuando la tuviera cerca, ¿qué iba a decirle? "Hola, Sagitario. Tu cumpleaños se avecina y te sientes sola. Pero tendrás una sorpresa. Un hombre desconocido aparecerá en un Jeep y te invitará a una cena romántica. Cuida tu salud. Semana propicia para el dinero. Posdata. El Jeep está siguiéndote."

—¿Pero en qué estaba pensando Vanesa cuando me hizo este encarguito?

La palanca de velocidades regresó a primera. La ciudad era el caos universal. Carriles cerrados. Claxonazos. Camiones en sentido contrario. Automóviles a punto de estrellarse todo el tiempo. Policías ineptos desorganizaban el tránsito todavía más. David se le metió a la mala a un Renault Clío con tal de no separarse de la camioneta de Fernanda. A ratos iba exactamente atrás; a ratos la vigilaba desde el carril de al lado.

¿Y si dejaba de seguirla? Tampoco iban a correrlo por no hacer esa chamba. Sería muy fácil presentarse en la oficina el lunes, pedirle al secretario particular de Vanesa una audiencia y explicarle a ella sencillamente que a él no le gustaba jugar al gato y al ratón. Él ya tenía sus citas de acompañamiento para toda la semana y, además, debía ocuparse de lo de la escuela en Roma. Mejor que le encargaran el asunto a otro compañero más apropiado. Para eso había cientos de hombres trabajando en Male Company. Por ejemplo, Philip San (cuyo nombre no artístico era Felipe Sánchez) estaba perfecto. Se lo sugeriría a Vanesa. A Philip lo volvían loco los ligues callejeros. Hacía apuestas con otros acompañantes para ver quién seducía más rápido a una nena en el periférico. De hecho, ése era su principal pasatiempo, por no decir que era el sentido de su vida. Arrancones, piropos atrevidos y agitar en el aire los boletos para súper conciertos en el Foro Sol siempre lo llevaban al éxito. Muchas veces, David había oído hablar a Philip acerca de los detalles íntimos de sus acostones con las mujeres que se ligaba y que nunca volvía a ver, a pesar de sus promesas de llamarlas por teléfono al otro día. Platicaba tan detalladamente las relaciones sexuales cuando estaban en los vestidores, que hacían un círculo alrededor de él para escucharlo. El propio David le había dicho alguna vez, mitad en serio mitad en broma:

—Philip, si algún día dejas de trabajar en Male Company, te espera un gran futuro como actor de películas porno.

Philip San también lo creía.

David estaba a punto de tomar la decisión de quitarse de encima ese problema denominado "Fernanda Salas", cuando ocurrió una carambola. Cuatro carros chocaron en fila, uno detrás de otro. Con nada más que su silbato y su propio cuerpo, el policía del crucero Patriotismo-Mazatlán había obligado a los vehículos a que detuvieran el movimiento. Y aunque la luz verde del semáforo permitía seguir avanzando, el policía dio la contraorden y todos a frenarse, o mejor dicho, todos a estrellarse. La Toyota de Fernanda iba en medio. Se le sumieron las defensas y la tolva.

Los carros se orillaron a la izquierda. De las cajuelitas de guantes fueron sacados los papeles de los respectivos seguros contra accidentes. El conductor de uno de los coches trató de escaparse, pero la patrulla lo detuvo.

—¿Estás bien?, ¿te pasó algo? —le preguntó David a Fernanda con interés auténtico.

—Creo que le pegué al parabrisas con la cabeza. No estoy segura. Siento un líquido caliente que me recorre la pierna.

David la ayudó a que se bajara de la camioneta. No había sangre. El ardor era normal; consecuencia de la adrenalina cuando se derrama.

—Mañana te dolerán las piernas y hasta los dedos de los pies —dijo él.

—¿Y tú como lo sabes?

—Te has de haber pegado contra el tablero. Eso sucede por oprimir demasiado fuerte el pedal del freno. Es inconsciente. ¿Te duelen las rodillas?

—¿Tú me chocaste?

—No.

—¿Eres de la aseguradora? —preguntó ella; pero se dio cuenta de que la pregunta era absurda. Ningún ajustador llegaba en menos de cinco minutos y sobre todo…

"¡Qué guapo! Es muy raro ver así, por la calle, un hombre tan guapo", pensó.

—No soy de la aseguradora. Debo irme. Sólo quiero saber si estás bien. ¿Puedo ayudarte en algo?

—Tú chocaste también, ¿verdad?

Pues no. No había chocado. Pero se quedó en silencio. Podía ser que la mentira sobreentendida le resultara útil.

Porque la verdad, cuando ocurrió el accidente, David estaba en el carril de en medio, a punto de irse a recoger a su abuela.

La señora que golpeó directamente a la Toyota tenía seguro. Los ajustadores estaban llegando a un arreglo. Los dueños de los otros coches también recibían sus órdenes para los talleres mecánicos, grúas y revisiones médicas. Nada grave había ocurrido. Fernanda estaba intacta.

—¿Me va a dejar sin coche justo el día de mi cumpleaños? —se quejó con el ajustador que estaba llenando la orden para el mecánico.

—No necesita llevarlo hoy mismo ni mañana, señorita. Dispone de 30 días —comentó el empleado de Seguros ING.

—Así que cumples años. Y vas a estar sin coche —comentó David fingiendo sinceridad, como si no lo supiera.

—No los cumplo hoy. Es hasta el próximo sábado.

—¡Qué mala suerte!, porque se me estaba ocurriendo, bueno… no sé… supongo que ya tienes otros planes. Si tú quieres, podríamos ir en mi coche a cenar —dijo mientras señalaba su *Jeep*—. Conozco un lugar interesante.

—¿A cenar ahora?

—No. Ahora no. El día de tu cumpleaños, que es cuando no tendrás coche.

—Ya no tengo coche desde ahorita —corrigió Fernanda mientras veía cómo una grúa comenzaba a remolcar su Toyota azul.

—¿Eso significa que te gustaría ir a cenar hoy?

Ella se quedó mirándolo un minuto. ¿Sería posible que además de guapo ese hombre fuera soltero?

—Puedo llevarte a donde quieras. Sólo necesito avisarle

a mi abuela para que no me esté esperando. Iba a llevarla a tomar un café y un pastel. ¿Quieres acompañarnos?

—Pues no sé —titubeó Fernanda—. Pensaba tomar un taxi o hablarle a mi amiga Christianne para que viniera a recogerme…

—Aquí tienes a tu amigo David. David Sheridan. Aunque claro, puedes llamar a tu amiga desde el café o pedir un taxi. Lo que tú prefieras. Yo vivo muy cerca de aquí. En la calle de Río de Janeiro 224. ¿Para qué te quedas sola en esta avenida? Es peligroso. ¿No crees?

David no sabía exactamente si estaba trabajando o actuando por cuenta propia. Habría bastado con intercambiar números de teléfono. Todavía faltaba una semana completa para llevar a cabo el trabajo. Sin embargo, tenía ganas de seguir cerca de ella. De oír esa voz dulce. Fernanda también había sentido algo. David la había protegido. Él había hecho exactamente lo que ella hubiera querido que hiciera su novio (en caso de que lo tuviera). La había dejado manejar la situación. Él no se había impuesto; pero al mismo tiempo había estado ahí, al pendiente, para respaldarla.

—No nos conocemos —dijo ella.

—Pues sería una oportunidad para conocernos. Mi abuela te va a caer muy bien.

—¡Ay!, es que no sé si deba aceptar.

—Si quieres nos vemos otro día directamente en un restorán. ¿Qué dices? ¿Una cena el día de tu cumpleaños?

—¿De verdad ibas camino a ver a tu abuela cuando el choque?

—Sí. En serio. Tengo que irme. No me gusta dejarla esperando…

¿Por qué aceptó? Ni idea. Si a Fernanda le hubieran preguntado, no habría sabido qué responder. ¿Tal vez porque David era extraordinariamente caballeroso y guapo?, ¿o porque Christianne se tardaría mucho en llegar a recogerla? ¿O porque después de estar platicando con él se le habían quitado las ganas de pasarse sola la tarde de ese sábado?

Fue Tenorio el primero que salió a saludarlos. En cuanto se oyó el motor del Jeep comenzaron unos ladridos imparables. La abuela abrió el portón y dejó que el perro se adelantara. Iba vestida con una chaqueta azul cielo y falda negra. Ese traje era su favorito porque los botones eran negros con azul cielo, al igual que los ribetes de cuello y mangas. David sonrió. La abuela había cumplido. Cargaba en el brazo su abrigo negro de gala, el de *cashmere*.

—Te presento a una amiga, abue —y mientras lo decía se dio cuenta de que en ningún momento Fernanda había mencionado su nombre, por lo que él hizo un gesto como cuando se le da la palabra a alguien.

—Mucho gusto, señora. Soy Fernanda Salas. ¡Qué pena! Ustedes ya tenían planes! Es que me chocaron. La grúa acaba de llevarse mi camioneta.

Aquella fue una tarde insólita. Cualquiera que los hubiera visto desde lejos habría podido pensar que se trataba de una feliz pareja recién casada. Una mujer joven, de cabello castaño rizado, conversaba muy a gusto con una ancianita sonriente, demasiado bien vestida para estar en una cafetería, en donde los comensales —en su mayoría— dejaban a sus perros cómodamente atados en la calle, como se deja a los caballos afuera de la cantina en las películas de vaqueros. Los perros mejor educados andaban libres. Y mientras la gente comía, los animales disfrutaban de las croquetas y el agua limpia que había en depósitos pequeños a cada metro, cerca de los arbustos que delineaban el restaurante. En las paredes había letreros que anunciaban: *Pet friendly*. David reía de lo que su abuela y Fernanda comentaban, y su perro Labrador los acompañaba debajo de la mesa.

Él y ella se sonreían a cada rato. No les faltó tema de conversación. Fernanda les contó que se dedicaba a los bienes raíces; que le gustaban los perros, los gatos y los superhéroes. La abuela la hizo reír platicándole sus mejores anécdotas. David habló mucho también; pero no dijo ni una palabra acerca de su trabajo verdadero. Se limitó a mencionar que se dedicaba a las relaciones públicas. Curiosamente ninguno habló de Roma. Ella no dijo que era la ciudad de sus sueños, a donde le gustaría vivir algún día. Él no dijo que viajaría por trabajo y que estaba emocionado porque sería el subdirector de una escuela… Pidieron café turco y una charola de pastelillos árabes. Sólo quedaban dedos de novia. A Fernanda le hizo gracia: dedos de novia. Nunca había puesto atención en ese nombre. Con discreción miró las manos de David. Dedos de novio. Eran largos, varoniles pero con las uñas cuidadas. Era una buena señal.

Lo más raro de aquella tarde no fue que estuvieran sentados debajo de una sombrilla cuando no había sol, ni que Fernanda hubiera caminado con ellos para pasear al perro, sino que los acompañara a comprar el arbolito de Navidad, un acto familiar que no suele compartirse con personas extrañas. Pero más rara todavía fue la forma perfecta en que embonaron. Fernanda se integró a ellos tan bien como esa última pieza que le falta a un rompecabezas para quedar armado.

6

La semana se fue a toda velocidad. Nadie en la ciudad de México sabía a dónde se había ido. Había quienes se preguntaban cómo era posible que otra vez fuera viernes en la tarde. Para otros, ese misterio de los días idos se limitaba a constatar la rapidez con que las hojas arrancadas de un calendario de escritorio terminaban en el cesto de la basura.

Pero para Fernanda, esa semana en particular había sido extrañamente lenta. Al principio pensó que se debía a las dificultades de ir sin automóvil de un lado al otro. Ella no tenía una ruta fija. Su campo de trabajo abarcaba muchas colonias de la ciudad de México y zonas aledañas como Morelos, Hidalgo y el Estado de México. Y aunque hizo todo lo posible para ajustar su agenda, lo mismo debió mostrar a unos clientes una nave industrial en Vallejo (en el oriente), que una casa en condominio en la zona de Tlalpan (en el sur). En realidad, su agencia inmobiliaria tenía un perfil definido por área y tipo de inmueble; pero la difícil situación económica del país incitaba a prevenirse y a no desperdiciar ninguna oportunidad de venta.

Pero no era sólo la ciudad ni lo conflictivo de transitar por sus avenidas atascadas de vehículos lo que la hacía sentirse detenida. Una sensación de nostalgia se había apoderado de Fernanda desde la noche del sábado en que formó parte de esa molécula constituida por David Sheridan, su abuelita y hasta el perro color canela. Era como si necesitara estar otra vez con ellos. Como si la imagen de David tuviera pegamento y se hubiera adherido a su mente, no podía despegársela ni un instante. No sabía por qué, pero se descubría pensando en sus ojos, en su sonrisa, en sus manos alargadas; en su dedo anular sin argolla de matrimonio. El pecho fuerte sobre el que a ella le gustaría colocar la cabeza después de un beso muy suave.

Porque un par de veces aquella tarde del sábado, mientras platicaban con la abuela, los ojos de Fernanda y David se habían encontrado. Y a ella le había parecido identificar en él no sólo una mirada de simpatía sino algo más. En los ojos de él se había manifestado la tentación de amarla.

Y desde entonces, ella había sentido que el tiempo no corría como de costumbre; que a partir de que David se cruzó en su vida, las horas que había pasado junto a él avanzaron rápidamente; mientras que durante su ausencia cada segundo se resistía a moverse. ¿Existiría el amor a primera vista?

Aunque la belleza física suele constituir una puerta en el camino que conduce al amor, a Fernanda nunca le habían llamado especialmente la atención los hombres demasiado guapos; de hecho, lo que más la atraía de David no era la apariencia, sino la bondad con que él trataba a cualquier ser vivo. Era como si antes que su propio bienestar, a David le interesara hacerles fácil la vida a los demás. Tenía un carácter completamente amable. "'Amable' es alguien digno de ser amado", podría explicar la mamá de Fernanda en su clase de preparatoria, en la materia de etimologías, si alguien se lo preguntara.

Pero si él era tan sensacional, ¿por qué no estaba casado? Tal vez se hallaba en proceso de divorcio… Ella recordó los antebrazos musculosos, los hombros anchos. ¿Y si era enojón, o peor aún, y si fuera violento? En verdad era muy complicado conocer a un hombre.

Tal vez Mariela tenía razón en eso de que el mundo estaba de cabeza, pues ahora un hombre y una mujer se metían en una cama o en el asiento trasero de un coche y se conocían sexualmente antes de haberse preguntado los gustos personales, las aspiraciones, los planes para el futuro o por lo menos el signo del zodiaco.

Fernanda no era una chica *Cosmopolitan*. Nunca se había acostado con un hombre ni en la primera cita ni en la segunda. No le parecía mal que otras lo hicieran; pero ese no era su estilo. Tampoco consideraba que el sexo fuera un tema que se resolvería por sí mismo dentro del matrimonio. Fernanda no era como Christianne. Fernanda no era como Mariela. De pronto se quedó pensando. ¿Y Vanesa? ¿Cómo era Vanesa? Jamás le habían conocido a ningún novio. En ese aspecto se portaba como si hubiera venido al mundo sin necesidad de sentir el amor de un hombre.

—Aparentemente —se dijo Fernanda— la única pasión de Vanesa es trabajar. Pero todas tenemos secretos. Tal vez no le ha llegado el momento o tiene el corazón roto por una antigua mala experiencia con un gringo, de cuando vivía en Estados Unidos. O su personalidad es la de una soltera moderna, de esas que no tienen tiempo para nada que no sea el éxito profesional.

Fernanda seguía dándole vueltas al tema del amor, como una niña a los pedales de su bicicleta. Se había tomado el día libre, porque era viernes 28 de noviembre. El esperado cumpleaños. Al día siguiente sus amigas se lo celebrarían en el restaurante de Mariela. Fernanda les había dicho que en un rato más se iría a comer a la casa de sus papás. Su mamá estaba horneando para ella el pastel de chocolate que tanto le gustaba. Soplaría las velas en compañía de sus padres y su hermano Erick. Y en la noche... iría a cenar con el desconocido que la había ayudado cuando el choque de la semana anterior.

—Sí, el que maneja un Jeep y anda con su perro Tenorio —especificó Fernanda ilusionada, mientras hablaban por teléfono.

—A mí no me gustan los perros —confirmó Vanesa, aunque no hacía falta, sus amigas lo sabían perfectamente.

—Pues a mí me pareció lindo que llevara a su abuelita a tomar café, y no sé... sentí algo especial... No sólo es muy atento. Es tierno.

—Ten cuidado, Fer. Me preocupa oírte tan entusiasmada. ¿Cuántas veces lo has visto? Nadie te lo presentó. ¿No me dijiste que lo conociste en plena calle? —terció Mariela aprovechando las ventajas de la telefonía actual.

La idea de que Fernanda celebrara su cumpleaños yendo a cenar con un desconocido le pareció totalmente equivocada a Mariela; a Christianne, fantástica, y a Vanesa le dio gusto que todo estuviera funcionando conforme lo había planeado. Una vez más, David Sheridan mostraba ser un hombre con recursos para resolver problemas laborales.

Fernanda no había vuelto a verlo desde el choque. Simplemente, el día anterior, el jueves 27, él le había llamado a su celular para confirmar su encuentro en el restorán que ella escogiera. Y, sin pensarlo dos veces, ella propuso el restaurante de Mariela: La Crêperie de la Amitié. Cuando colgó el teléfono se dio cuenta de que había sido un poco atrabancada su elección, pues más le habría convenido ir a cualquiera de los restoranes de su zona. Al igual que ella, sus papás vivían en Las Lomas. ¿Para qué irse hasta Coyoacán? La verdad, le quedaba súper lejos, sobre todo ahora que estaba moviéndose en taxi.

Eran las seis de la tarde. Según lo previsto, había comido en casa de sus papás. El resto del pastel de chocolate estaba en la mesita de su cocina, junto con las velas color de rosa, medio derretidas, sumidas en el betún. Por primera vez en meses, Fernanda iba a perderse su programa favorito: *El amor se encuentra en Roma*. Y por más que peleaba con la televisión, no lograba programarla para que se grabara durante su ausencia. La tecnología era una de sus debilidades más fuertes. La verdad, habría hecho cualquier cosa con tal de que transcurrieran más rápido las dos horas que faltaban para la cita con David.

¿Y si estrenaba el vestido que le habían regalado sus papás? Combinaba muy bien con la bolsa que le había dado su hermano Erick. Ya se había cambiado varias veces. Demasiadas. Su cama estaba cubierta de pantalones, blusas y algunos vestidos que se había probado. También contribuían al desorden collares, bufandas y pulseras. Era ridículo cambiarse de ropa una vez más. Llamó por teléfono al servicio de taxi y se sentó en la sala a esperar.

Se había pasado la semana entera recordando a David. Era caballeroso y sexy; seductor pero amistoso. Y su estilo para subirse al Jeep, dando un brinco, le parecía adorable. ¿Quién se lo habría mandado? ¿El destino, el azar, la buena fortuna? Si algo llegaba a prender entre ellos, como una fogata… si de verdad congeniaban estando solos esa noche, sin la abuelita contando anécdotas graciosas, significaría que sí, que algo superior a ellos tenía entre sus planes entrelazar los hilos de sus vidas. En todo eso iba pensando Fernanda al cerrar su departamento, y también durante el camino.

Como salió casi con dos horas de anticipación, llegó al

restaurante media hora antes de lo conveniente. Se metió a curiosear a la tienda de antigüedades que estaba en la misma calle. Después entró a una dulcería artesanal, y aunque estuvo mirando todos los escaparates, las manecillas de su reloj parecían estar atascadas. Confirmó la hora en la carátula del celular. Seguía marcando las 8:20. Ella no quería entrar antes que él, porque daría la impresión de que estaba urgida. Tampoco quería llegar tarde, porque parecería grosera, impuntual o desorganizada. Tenía pensado entrar a las 8:35. Hacerse esperar, pero poquito.

El restorán estaba lleno. Había gente afuera bebiendo en pequeños vasos el vino de cortesía de la casa, mientras se liberaban algunas mesas. Fernanda se preocupó. ¿Y si tenían que esperar mucho? No se imaginó que estaría a reventar y que...

—¿Cuántas personas? Estamos calculando 20 minutos —dijo la *hostess*.

—¿Puedo ver si ya me están esperando? —preguntó Fernanda sintiéndose rarísima de ser una persona extraña en el restaurante donde se creía casi la dueña, los sábados, cuando estaba ahí con sus amigas.

Mariela —evidentemente— no estaba ahí a esa hora. No había clase de cocina, y hasta donde se alcanzaba a ver, "la mesa de la chef y sus amigas" había sido ocupada por otras personas que no eran Mariela y sus amigas. ¡Qué feo! Era como entrar a una casa querida en donde se ha vivido y descubrirla invadida por los nuevos inquilinos.

—¿Tiene reservación?

—No. A lo mejor ya me esperan.

—¿A qué nombre? —insistió la *hostess* de 18 años pasando la vista de arriba abajo sobre los renglones de una libreta colocada sobre un pedestal de hierro.

—No creo que estemos en la lista. El señor David Sheridan es quien cenará conmigo, bueno, yo con él —contestó nerviosa.

"¿Para qué le doy tantas explicaciones a esta mona déspota?", pensó.

—¡Mmm! Sí. Aquí lo tengo. Sí tenía reservación —informó con arrogancia—. La acompaño a su mesa, señorita Salas. Ya la esperan.

En cuanto la vio acercarse, David se puso de pie, la saludó cortésmente y la ayudó a sentarse. Todo un caballero. Muy bien vestido. Y además, precavido: a él no se le había pasado el detalle de hacer la reservación.

El ambiente era cálido, familiar y —sin ser ostentoso— muy elegante. En los murales podían verse los clásicos dibujos de Toulouse Lautrec con las bailarinas del can can y los nombres de las calles de París, escritos en letras *art deco*. El menú era una obra de arte. Estaba impreso en papel grueso, con el mismo tipo de letra que los letreros de todo el restorán, y los colores correspondían a la paleta de Lautrec: rojo bermellón, amarillo magenta, beige y negro... Pero lo más bonito eran los nombres de los platillos, tan poéticos, y las frases sobre la amistad en la parte inferior, debajo de la lista de crepas dulces.

La vida no es nada sin amistad. *Cicerón*.

La amistad beneficia siempre; el amor causa daño a veces. *Séneca*.

Un amigo fiel es una defensa sólida, y aquel que lo ha encontrado posee un tesoro. *Eclesiastés*.

Un hermano puede no ser un amigo; pero un amigo será siempre un hermano. *Benjamín Franklin*.

Para David, la cena de aquella noche era una cita como la de cualquier otro viernes. Significaba trabajo, aunque

Fernanda era especialmente bonita. Tenía las facciones delicadas como la virgen de algún cuadro de Filippo Lippi, y poseía una timidez arrebatadora. Inspiraba el deseo de defenderla de un dragón o de construirle un castillo y encerrarse a vivir con ella. Pero cenar ahí, con ella, finalmente era chamba; no era una cita personal. Para él, no se trataba nada más que de ser el acompañante contratado para una cena de cumpleaños. Ese tipo de solicitudes era una constante en Male Company, y David estaba perfectamente entrenado. Parte de la rutina consistía en pedir un pastel miniatura (dietético) en cuanto llegaba al restorán en cuestión, y luego, cuando habían terminado de comer el plato fuerte, él le hacía un gesto a su mesero y en un instante aparecía el pastel miniatura alumbrado por una relampagueante vela. Una vela sin números ni desagradables alusiones a la edad. Todo estaba incluido en el paquete promocional.

—No puedo creer que estemos aquí juntos —dijo David—. Si no hubiera sido por el choque... Te juro que creí que iba a ser imposible que alguna vez se diera este encuentro entre nosotros.

Como Fernanda no podía sospechar que esas palabras tenían un doble significado, se sintió halagada desde el principio. Claro que David se refería a que le pareció difícil cenar con ella; pero que después le resultó fácil gracias a que el accidente automovilístico le dio la ocasión de hablar con ella y poder citarla. David no quería decir que a él lo sobrecogiera el deseo de estar con ella. Él estaba ahí porque Vanesa (la jefa), estaba preocupada porque Fernanda (la amiga) se sentía sola. David estaba ahí en calidad de acompañante prepagado. Nada más. Pero Fernanda ni siquiera estaba enterada de la existencia de Male Company, mucho menos de que Vanesa le hubiera organizado esa cena que ella creía verdadera o, al menos, organizada por el azar. Por eso tomó las palabras de David como un halago auténtico, como si cupido lo hubiera flechado la semana anterior cuando chocaron. Ella no lo sabía; pero, en realidad, todo era mentira.

Él desplegó sus habituales frases, también un poema de Pablo Neruda que tenía memorizado desde hacía años y que funcionaba muy bien con las mujeres. Las ponía románticas. Elogió la belleza de Fernanda; la ayudó a elegir la comida; se interesó en sus negocios. Platicaron de por qué a ella le parecía que entre todos los superhéroes el mejor era el Hombre Araña... La cena resultó inolvidable. David no hacía otra cosa que tratar de complacerla. Cuando el pequeño pastel estuvo frente a sus ojos, Fernanda le agradeció a David con la mirada ese detalle tan lindo, tan inesperado, tan espontáneo, sobre todo.

Brindaron por el futuro. Ella bebió un Baileys en copa escarchada. Y cuando David la tomó del antebrazo para ayudarla a levantarse de la mesa, Fernanda creyó que se derretía. Se resistió al ofrecimiento de él de llevarla hasta su casa. Porque tuvo miedo de que cuando estuvieran en la puerta se apoderara de todo su cuerpo el peligroso deseo de jalarlo, hacerlo entrar y comérselo a besos. Por eso sólo le permitió que le pidiera el taxi.

Se despidieron en la puerta del restorán. Como último *gag*, él realizó un truco de magia. Aproximó su mano hasta la oreja de ella, y en lugar de sacar de la nada una moneda —como es usual— él la asombró con una caja pequeña hermosamente envuelta y con un moño. Un perfume. El broche de oro de una cena típica de cumpleaños Male Company.

Fernanda llegó a su casa en un segundo. Un minuto antes de las 12 de la noche, como la Cenicienta. No sintió el tiempo transcurrido. Su mente y su piel iban rememorando cada una de las acciones de David Sheridan. Quiso pagar el taxi, pero también de eso él ya se había ocupado. Ella entró a su depa todavía con el perfume medio envuelto en la mano. No era tarde; pero su programa *El amor se encuentra en Roma* ya había terminado.

—*El amor se encuentra en Coyoacán* —se dijo con la cara iluminada por el enamoramiento—. O se encuentra cuando tienes el carro chocado. O también podría decir que *El amor se encuentra en sábado*. Estoy segura de que David siente lo mismo que yo, y de que me llamará mañana.

David no volvió a llamar a Fernanda. El fin de semana transcurrió. También el lunes y el martes. Ella recogió su camioneta arreglada del taller de la agencia Toyota. Su vida iba retomando el ritmo de costumbre. Todo el día tenía citas para mostrar departamentos y casas. Iba a la notaría; asistía a juntas con dueños de otras inmobiliarias. Y nada. En lo relativo al amor no acontecía absolutamente nada. Ella sentía que la cena de su cumpleaños había estado muy bien. Recordaba la forma en que él la miraba; el detalle de haberle regalado el perfume y que hubiera tenido la idea de encargar el pastelito sorpresa. David se había comportado adorable. ¿Y ahora? ¿Se habría enfermado su abuela? ¿Se habría enfermado él? ¿O simplemente era de los que no llamaban? ¿O habría creído que sólo por invitarla a cenar iba a acostarse con él esa misma noche? ¿Se habría enojado porque no le había permitido llevarla a su casa? ¿Cómo saber lo que piensa un hombre?

Fernanda miró su celular cuando terminó de hacer ejercicio en la escaladora elíptica. Nada. Seguía teniendo la esperanza de que hubiera una llamada perdida. Pero nada.

—¿Y si le llamo yo? —se preguntaba cuando ya estaba entre las sábanas, lista para dormir.

Prefirió mandarle un mail. Pero él tenía un mensaje automático. *No replay. Out of office until* quién sabe cuándo.

En Roma, en el primer piso del hotel-escuela, en donde se habían instalado las oficinas para Servicios Escolares, Vanesa Kuri, Enzia Tedesco y David Sheridan estaban en junta. La materia El arte femenino de suspirar había sido eliminada del plan de estudios. Debía ser parte de un taller; el contenido era muy pobre, casi mínimo. Por lo que se determinó que "aprender a suspirar" sería un tema que se abordaría en la materia Características de una dama.

El plan de estudios era provisional. El ministerio italiano de educación concedía un año para que los responsables de la escuela llevaran a cabo los ajustes recomendados y presentaran la currícula definitiva. Pero los estudios sí tendrían valor oficial desde el principio. Les habían aceptado todo, con pequeños cambios...

Sin embargo, el taller de Técnica del beso tendría que ser eliminado. No estarían permitidas las prácticas. En caso de incumplir esa sugerencia pedagógica se les retiraría el permiso de funcionamiento. Los alumnos aprenderían a besar mirando documentales o escenas de películas.

—Pero nada de prácticas —sentenció enfática una psicóloga, la autoridad educativa italiana.

A consecuencia de ese cambio, y para darle un tono más formal, Vanesa propuso que a esa materia se le cambiara el nombre a Siete técnicas para dar el beso perfecto. Un enfoque teórico.

7

El lunes, a las 10 horas con 57 minutos todos los empleados de Male Company oyeron que su Directora General estaba aterrizando. El escándalo provocado por el helicóptero del tío de Vanesa Kuri era el aviso de que ella estaba próxima a entrar al edificio de Risco 53.

Todo era ruido. Ruido estrepitoso en el helipuerto. Ruido de murmullos, carcajadas y chismes en los pasillos, en los vestidores, en el área del gimnasio. El rumor agitaba a los empleados, en especial a los acompañantes, quienes hacían apuestas sobre si despedirían de la empresa a Philip San. Era culpable. Había tenido relaciones sexuales con una clienta. Y eso estaba prohibidísimo.

—Incumplimiento del contrato —comentó el abogado, quien llevaba en la mano derecha una grabadora pequeña. Se le veía ansioso por hacerla sonar.

—Se pasó de lanza —decían algunos acompañantes.

—Tampoco es para tanto —opinaban otros.

Había quienes pensaban que Vanesa no iba a despedirlo pues era un buen elemento. Creían que era cosa del abogado panzón, entrometido y envidioso que había hallado la oportunidad para desquitarse de la manera exorbitante en que algunos acompañantes estaban enriqueciéndose en Male Company. Porque además del pago por hora, se les otorgaba un bono cuando alcanzaban una cuota superior a las 180 horas de servicio al mes. El abogado los detestaba por ser guapos o por lo menos galanes. Philip, además, le resultaba particularmente antipático.

Cuando Vanesa entró a la sala de juntas, tres hombres se pusieron de pie para darle la bienvenida. Con un gesto les indicó que tomaran asiento.

—Nuestra intención como empresa es llegar a un acuerdo para no ir a tribunales —comenzó el abogado— pero el señor Felipe Sánchez, también conocido como Philip San, aquí presente, no acepta la indemnización que generosamente se le ofrece, considerando que él incurrió en incumplimiento de la cláusula 23 de su contrato, y que basta con invocar dicha cláusula para proceder a la recesión.

—¿No que incumplí la cláusula 22, cerdo envidioso? Me tienes coraje, porque a la hora del acostón hasta tu cama huye.

El abogado sintió deseos de conseguir para Felipe la pena de muerte. Pero carraspeó, como tragándose la agresión y precisó:

—La cláusula 22 se refiere a la obligación de los acompañantes de ser solteros o divorciados, lo cual legalmente es lo mismo. Escúcheme bien, Felipe, antes de querer pelearse relea su contrato. Y no abuse de mi paciencia. Sea considerado. Tráteme con respeto.

—Y tú mírate la jeta, panzón. Primero tápatela y luego hablas de consideración a los demás.

Y ya iba a soltar una sarta de insultos, cuando recordó que Vanesa estaba ahí y se contuvo. No quería salir de Male Company escoltado por dos policías. Vanesa era implacable. El abogado prosiguió:

—La cláusula 23 a la letra dice: "Las relaciones sexuales quedan estrictamente prohibidas. Ningún acompañante tendrá comercio carnal, de ningún tipo ni nivel, con las clientas de Male Company, durante las horas de servicio ni fuera de ellas, en ninguna circunstancia. El incumplimiento de esta cláusula cancela automáticamente la validez del presente contrato".

—Fue durante mis vacaciones —mintió Philip San.

—Falso. El incidente ocurrió hace dos días. Tenemos ya en nuestro poder las actas testimoniales y la declaración de la señora Malena Díaz de León viuda de Argüelles, a quien se le ha dado de baja de la lista de clientas y se le ha cancelado su tarjeta premier.

—Me doy por enterada —respondió Vanesa.

—Contamos con evidencias de primera mano —continuó el abogado pidiendo permiso para poner a funcionar la grabadora portátil—. Mi opinión es que no se le otorgue ni un centavo por concepto de liquidación a Felipe Sánchez.

Vanesa Kuri negó con un movimiento de cabeza. Su cabello se movió sedosamente como en un anuncio de *shampoo*.

El secretario tomaba nota. Se iba a levantar un acta. "Siendo las 11 horas con cuatro minutos…" Ella miró su reloj. No podía concederle más de diez minutos a ese conflicto. El abogado de Gérard Háusser, el marido de Mariela, estaba en la sala de espera para ayudarla con el registro de la escuela en Roma. La cita con él era a las 11:15. Para Vanesa, la impuntualidad era insoportable. Le parecía un signo de debilidad. Jamás llegaba tarde a nada ni mantenía tratos con impuntuales.

Práctica como era, pensó en números. Escribió una cifra en un papel y se lo dio al secretario para que se lo mostrara a Philip.

—Ésta es la cantidad que le ofrecemos, señor San —concluyó Vanesa—. Nuestras relaciones laborales han terminado. Considere que usted cobra por recibo de honorarios mediante contrato de 30 días, y ese plazo expira la semana entrante. Este pago que le ofrezco es adicional, un gesto de buena voluntad de mi parte y de la empresa. Ninguna ley nos obliga a dárselo.

—¿Me estás corriendo de Male Company?

—Se le pagará también la última semana, aunque no va a trabajarla. Cobrará una cantidad razonable. Será el equivalente al promedio de las horas de servicio prestado en las cuatro semanas anteriores. Es lo justo. Desde hoy, su presencia no será necesaria. Puede estar seguro de que se le hará la transferencia bancaria el primero de diciembre —explicó Vanesa en tono de orden para que así lo asumiera el abogado.

—Pero, Vane —contestó él sin deseos de pactar—. ¿Ya se te olvidó que fuiste tú quien me invitó a que colaborara?

—Siempre recluto personalmente a mis empleados. Y casi nunca me defraudan. Ese error cometido por usted nos privará de sus magníficos servicios. De una vez le aviso que no voy a darle una carta de recomendación, señor Sánchez. Firme su renuncia. Se lo aconsejo.

—Dame una oportunidad. Fue culpa de la clienta; ella quería tener relaciones sexuales. Me estuvo presionando.

—Ése es el punto, señor Sánchez. Usted no termina de asumir la filosofía de esta empresa. No se trata de que la clienta quiera sexo. Nosotros vendemos romance. Ése es nuestro producto. Exclusivamente romance.

—Que te quita, Vane, por una vez.

—Abogado, explíquele después a mi ex colaborador lo que significa crear un precedente.

—Quiero continuar trabajando en Male Company.

—En eso debió haber pensado usted antes —repuso Vanesa.

—Trasládame de tiempo completo a Roma. Además de dar las clases de baile, puedo ser acompañante allá.

Philip San creyó que el silencio de Vanesa se debía a que ella estaba sopesando la idea de mandarlo de fijo a Roma, y no sólo durante el periodo en que la Escuela del Amor brindaría a sus alumnos las clases de baile en pareja. A Philip le había ofrecido que fuera el profesor de tango. Él era una garantía: sensual, hábil y simpático. Tenía mucho prestigio como acompañante. Las clientas lo buscaban igual que a David Sheridan, Antonio de Haro, Carlos Herrasti, Ángel Pedrero y otros pocos. En esta vida, lo mejor no se produce en serie. Ni nace como producto terminado. Si así fuera no existirían los cirujanos plásticos, ni los asesores de personalidad, ni los dietistas, ni las escuelas. Todo llegaría al mundo *ready to serve*.

Y la verdad, Philip era magnífico. En Male Company, no era un integrante cualquiera. Nunca había estado en el ejército de reserva. Podría decirse que él había nacido para ser uno de los generales; era un líder nato de esa tropa de 3 400 hombres guapos, seductores, inquietantes y caballerosos, capaces de convertir una tarde aburrida en una experiencia romántica excelsa. Vanesa lo sabía; por eso le molestaba tanto perderlo como elemento. Su ausencia iba a traer daños económicos. Pero las reglas son las reglas. Y Philip había transgredido la más importante de Male Company. El corazón —no el clítoris— era el símbolo de la empresa. El servicio consistía en enamorar a las clientas, no en atenderlas sexualmente. ¿Qué clase de empleado era Philip San que no podía captar esa diferencia básica?

—Aunque no hablo italiano, me defiendo muy bien con el inglés —insistió Philip, ignorante de lo que Vanesa tenía en mente—. Y en Roma las turistas…

—Queda sobreentendido que tampoco será usted requerido como profesor de tango en Roma. Ya no hay ninguna relación entre usted y Male Company. En ninguna de mis empresas habrá jamás un lugar para usted, señor Sánchez. Lamento mucho que usted se vaya. Lo digo en serio. No es una frase de cortesía.

El abogado reconoció la señal. Vanesa se había puesto de pie. La junta había durado 6 minutos con 37 segundos. Philip San sólo tenía una opción: aceptar la oferta y no crear problemas a Male Company, porque de lo contrario lo harían pedazos.

—Mándeme un informe muy breve de cuál fue la decisión del señor Felipe Sánchez. Incluya los términos de su separación de la empresa. Gracias, abogado, ha hecho un buen trabajo —y extendió la mano para quedarse con una copia de la evidencia.

El abogado le dio el pequeño casete.

—Parecías muy moderna, Vanesa. ¿De cuándo acá tan mojigata?

—¡No soy una tratante de blancos! Soy una empresaria con ideas de vanguardia; una cazadora de talentos. Y necesito trabajar. Les agradeceré que concluyan este incómodo asunto en otra parte.

En las oficinas del Departamento Jurídico, Felipe Sánchez aceptó el dinero de la liquidación. Le hicieron firmar la carta de renuncia voluntaria y otros documentos. Estaba furioso. No quería encontrarse con sus compañeros de trabajo, porque en las apuestas clandestinas él mismo había colocado dinero a su favor. Y ahora no quería verse obligado a pagar esas deudas de juego. Quería irse pronto y no hablar con nadie.

—No hay quien entienda a las pinches viejas —dijo colérico cuando le requirieron el Jeep que le facilitaba la empresa y hasta el reloj deportivo, que sería enviado a

Utilería—. Fácil viene, fácil va. Total. Entre las mujeres ricas a las que he atendido no faltará alguna que quiera mantenerme.

Philip San tenía ganas de pleito; pero entendía muy bien lo que le esperaba en su trato con los abogados y burócratas machistas de los tribunales, en el caso de que él se atreviera a demandar a Male Company. Ya se imaginaba las carcajadas a sus costillas. Según Philip, esos hombres eran unos brutos sin categoría y por eso iban a pensar que por ser "acompañante", él trabajaba como desnudista, teibolero o prostituto de esquina.

Con el puño derecho se golpeó la palma de la mano izquierda. Necesitaba contenerse. Ya tenía bastantes problemas como para pasar la noche en una delegación de policía por haberle pegado a alguien, como ese abogado, a quien un día de estos tendría entre sus manos. Porque aunque Philip era belicoso no era estúpido, y ese no era el momento para darse el gusto de meterle una golpiza.

—Esta me la pagan —dijo en tono amenazante—. Bien dicen que la venganza es un plato que se sirve frío.

Lo primero que Philip debía resolver era de dónde sacaría el dinero para seguir dándose ese lujoso nivel de vida. No había ahorrado. No tenía ningún prospecto de trabajo. De hecho, había estado gastando el doble de lo que ganaba. Ignoraba con qué iba a pagar los intereses de las tarjetas de crédito y el cuantioso monto principal que adeudaba.

Jamás había soportado que se burlaran de él, así que se fue de Risco 53 sin despedirse, y sin sospechar que para cuando él hablaba con Vanesa durante la junta, su nombre (Felipe Sánchez) ya había sido boletinado. También su seudónimo (Philip San).

Todas las personas relacionadas con Male Company fueron informadas mediante *mails* y el servicio de *call center* de la propia empresa, de que Philip San era una persona que no prestaría nunca más los servicios que sus distinguidas clientas ya conocían y disfrutaban. Y para no desalentar el consumo, se añadía un cupón digital de 2 x 1 en el precio por hora de acompañamiento los martes y jueves. Válido hasta el 30 de diciembre.

Para cambiar de aires, Vanesa se fue a la cafetería. Pidió un té chai caliente. Tomó el primer sorbo con cuidado. Lo estaba bebiendo con un popote delgadito. Atravesó el jardín de la planta baja. Entró al elevador. Y ya sola, instalada en su oficina —que era más amplia que la sala de juntas— encendió el pizarrón inteligente con el control remoto. Estaba revisando el plan de estudios de su nueva escuela en Roma. Ya tenían el permiso para empezar a funcionar. Sin embargo, les habían advertido que deberían realizar ciertos ajustes pedagógicos, pues a la psicóloga educativa (representante del Ministerio de Educación de Italia) le parecía que había errores en algunas secuencias de aprendizaje. Por ejemplo, ¿por qué, en el temario, aparecía la materia Los síntomas del amor hasta el quinto módulo? Evidentemente estaba mal colocada. Era ilógico. Los estudiantes debían aprender eso desde el principio, y no cuando estuvieran a punto de graduarse.

Vanesa sabía que le esperaba un año difícil. Aparecerían riesgos y problemas en todos los sentidos. Pero eso era precisamente lo que volvía emocionante la vida de los empresarios. Cualquier negocio —incluso cuando tiene ganancias— se encuentra en gran peligro de muerte durante su primer año. Pero ella tenía la certeza de que saldría adelante y pronto vendería franquicias de la Escuela del Amor. También de eso se estaba ocupando.

Trabajaba 12 horas diarias —aunque poseía dinero como para pagarse siete vidas a todo lujo sin hacer nada, como gato birmano en yate—. Porque ella tenía la convicción de que la riqueza heredada mata la ambición y el sentido de la vida. Vanesa no quería vivir sin ambiciones, ajustada a una renta mensual como los jubilados, sin futuro ni desafíos. Porque, según ella, "no vale nada quien no triplica una fortuna heredada".

Para Vanesa, el dinero no era un fin. Lo consideraba un medio —tan importante como el trabajo— para dejar su huella en el mundo. Por eso le había disgustado tanto la conducta de Philip San. Ese hombre no tenía mística, responsabilidad social ni sentido del compromiso.

La gente se quejaba del desempleo. Pero desde el otro lado, ella podía hablar de la falta de personas calificadas para llenar las plazas. Simplemente, para cubrir el hueco dejado por Philip sería necesario entrevistar a muchísimos hombres, y ya preseleccionados poner cinco a prueba y luego todavía terminar de capacitarlos, porque en ese ambiente del espectáculo televisivo, el actor más guapo era vividor, adicto o por lo menos un desastre a la hora de cumplir con los compromisos.

Pero esa mañana lo importante no era Male Company sino que la Escuela del Amor por fin estaba a punto de pasar del papel a la realidad. Otro negocio imaginado por Vanesa Kuri iba a nacer, a cobrar vida. Muy pronto habría alumnos inscritos y todos deberían aprobar el currículum básico, el cual exigía un total de 560 horas de aprendizaje, entre materias teóricas y talleres. Ella y David Sheridan ya habían pensado en algunos candidatos para profesores en Roma. Lo manejarían como una especie de premio para los acompañantes más destacados. El departamento jurídico trabajaba en los contratos. Un mes en Roma, todo pagado más el salario. Siete maestros por mes. Los estudiantes llevarían siete materias por módulo. Los grupos serían mixtos. Sólo un taller de cada mes no lo era, a uno asistirían los hombres y a otro las mujeres. La edad no importaba.

Las materias del primer módulo eran:

- Bailes en pareja I: Tango, salsa y valses.
- La seducción: estrategias infalibles.
- Amor a primera vista.
- Siete técnicas para dar el beso perfecto.
- Los enemigos del amor: celos y codependencia.
- Taller de cartas de amor: Lectura de epístolas famosas y ejercicios personales de escritura creativa impresos y en mail.

Los talleres:

- Los modales de un caballero. (Sólo para hombres.)
- El coqueteo. Arte femenino por excelencia. (Sólo para mujeres.)

El plan de estudios estaba quedando bien: 36 asignaturas y dos optativas. 560 horas de clase. Seis meses de estudios. Titulación sin tesis. Examen profesional práctico, abierto al público.

Vanesa tenía muchas ideas. Pero atribuía su éxito a que siempre buscaba la opinión de los expertos. Psicólogos, historiadores, pedagogos y novelistas habían aportado sus ideas para la formación del diplomado. Una junta de dos horas a la semana, durante los últimos tres meses, la había ayudado a tener una visión práctica, teórica y a la vez multidisciplinaria. Personalmente, Vanesa le había puesto como nombre a su nueva empresa Escuela del Amor. Adoraba bautizar a sus creaciones. Ese privilegio no lo compartía con nadie.

Miró los letreros escritos en color verde sobre el pizarrón electrónico. Pertenecían al tercer módulo. Estuvo analizándolos y llegó a la conclusión de que eran demasiadas horas para las asignaturas Psicología del hombre y Psicología de la mujer. Los egresados no iban a ser expertos en la mente humana. El asesor que lo había propuesto creía que el mundo entero debía saber todo sobre conducta y pensamiento humanos, pero no era el caso. Los objetivos del diplomado eran clarísimos: "Al concluir sus estudios, los alumnos serán capaces de identificar el amor, y de poner en práctica todas las estrategias necesarias para alcanzarlo y conservarlo".

—Si tuviera tiempo, hasta yo me inscribiría —se dijo Vanesa en voz alta mientras sacaba de su bolsa Versace su teléfono celular. El teléfono sonaba insistentemente. Ella le dio otro sorbito a su té chai, que empezaba a ponerse tibio—. No está de sobra saber la diferencia entre amor y codependencia; entre el amor verdadero y el simple miedo a la soledad. Informarse de todo sobre el amor es tan útil como saber manejar un automóvil. Aunque a veces no hace falta si se tiene un buen chofer.

El teléfono celular seguía sonando ahora en la mano de Vanesa, mientras ella murmuraba:

—Y esta guía para la primera cita… Podría mandarla a imprimir a colores y enmicarla. Tal vez se vendería bien en papelerías… o en almacenes. Mjm. Puedo intentar que las exhiban junto a las tarjetas Hallmark. Para el día del amor y la amistad. Sí, es buena idea. Hay que pensar en el diseño y checar los costos… Tengo tiempo de sobra. De aquí al 14 de febrero faltan casi 60 días naturales y… bastan 35 días efectivos contando los envíos para que estén en tiendas. 20 centavos de costo, $19.90 precio público. No está mal, nada mal.

El celular se había callado por un momento y luego había vuelto a sonar. Sonaba, sonaba, seguía sonando. Por fin, Vanesa se ocupó de contestar.

—Ciao, Enzia, come stai?

Del otro lado de la línea, con ocho horas de diferencia, en la ciudad de Roma, la directora de la futura Escuela del Amor le estaba informando a Vanesa acerca del avance del hotel en donde se darían las clases. La remodelación estaba casi lista. Sólo faltaban unos cuantos detalles. Iba a haber dormitorios individuales. Estarían separados en dos secciones. Hombres en la planta baja, al lado izquierdo del patio. Las mujeres se hospedarían en las recámaras del segundo y tercer piso. Se aprovecharía la arquitectura de los balcones para practicar las serenatas.

—Mañana, a las 17 horas tiempo de México, tendremos una videoconferencia y *chat* con varios maestros. Te conectas, ¿eh? Será en inglés. David Sheridan, tu futuro subdirector, no habla italiano. Además, he decidido que algunas clases se impartirán en inglés. Más práctico. ¿No crees? Al fin que es una escuela internacional.

—Certísimo. Sí, sí. E vero.

—Necesito que prepares un proyecto de examen de colocación. Funcionaremos como una escuela de idiomas, ¿me entiendes? No todo el mundo tiene el mismo nivel ni en inglés, ni en el tema del amor…

—Ma, per ch'io?

—Cómo que por qué, tú. Porque sí. Eres la directora.

Del otro lado de la línea, Enzia hablaba de que ya tenía muchísimo trabajo encima y que esto del examen le parecía muy complicado. No se le ocurría qué preguntar.

—¿Cómo que qué preguntar? Pues de todo. Arma preguntas sobre teoría y práctica del amor, en un cuestionario tipo examen...

—Mi sembra difficile.

—No es difícil. Tú resuélvelo, Enzia. Es parte de tu trabajo saber cuál es el nivel de experiencia de cada estudiante. Así podrás conocer sus antecedentes. Si no les hacemos un examen de colocación, ¿cómo vamos a formar los grupos?

—Vanesa, c'è molto da fare qui.

—Es urgente. Te dejo. Tengo otra llamada y afuera está el abogado para orientarme sobre el registro internacional del plan de estudios corregido. Sí, sí.

—Ciao, cara. Ti voglio bene.

El secretario particular de Vanesa, un hombre joven más eficiente que guapo, hizo pasar al segundo abogado del día. Se llamaba Ismael Benítez. Era un coyote viejo de gran habilidad para resolver rápidamente cualquier trámite de patentes, registro de marcas, funcionamientos, etcétera.

—Me dijo el señor Gérard Háusser que me dedicara a su caso muy especialmente y con gran interés. Se ve que le tienen mucho afecto en casa de la familia Háusser, señorita.

—Buenos días. Soy la empresaria Vanesa Kuri. Siéntese.

Sin perder el tiempo en comentarios personales, Vanesa le planteó el asunto que la inquietaba. Le explicó que, meses atrás, habían iniciado los trámites para poner a funcionar la escuela en Roma. Un abogado italiano había conseguido la licencia de funcionamiento, los permisos del Ministerio de Cultura de Italia. Incluso habían presentado el primer boceto de plan de estudios. Ya les habían otorgado un permiso de funcionamiento. Pero era provisional.

—Esta semana lanzaremos la convocatoria para los alumnos y luego, aunque sea periodo navideño, habrá inscripciones por internet. El primer día de clases para la primera generación de la Escuela del Amor será el 19 de enero. Cae en lunes.

—¿Y cuál es el giro de tan singular empresa? —se preguntó el abogado Benítez sin abrir la boca, aunque con el gesto de un hombre que podría colarse en la casa de Playboy.

Vanesa le explicaba:

—Se trata de un diplomado con validez oficial. Pero también funcionaremos como hotel.

—Ah… Hotel, el hotel. Eso es lo clásico —el abogado se relamió los labios—. Pues, mire, licenciada, de una vez le aviso que esos son giros negros. Se manejan por debajo del agua.

—El hotel es para que vivan los estudiantes y también los maestros. Ahí mismo están las aulas, el salón de baile, el comedor, las cafeterías, el salón de juegos, el gimnasio, la biblioteca… ¡La escuela está lista para funcionar!

—Pues mis respetos. En serio que usted es muy de avanzada, licenciada —y se interrumpió porque soltó una tos ronca, de quien ha fumado 50 años sin descanso.

—¿Me ha estado oyendo o se la ha pasado malinterpretando mis palabras? ¿De verdad es usted la persona que registró el diplomado para chef de la escuela de cocina de mi amiga la señora Mariela Quintanilla de Háusser?

—Sí. Yo soy su gestor de toda la vida. También en lo que respecta a la fábrica, a su restaurante y a otros negocios.

—Entonces no comprendo lo que ocurre aquí. ¿Qué le pasa? Empecemos otra vez. Yo no estoy a punto de inaugurar un hotel de paso. ¡El hotel es para que vivan los estudiantes! Durante seis meses se alojan en una especie de internado, pero con libertad, obviamente. Se les ofrecen dormitorios, como en cualquier universidad del primer mundo. *Dorms,* ¿sí entiende a qué me refiero?

—Perdóneme, licenciada Kuri. No sé en qué estaba pensando. Le ofrezco mis más solemnes disculpas. Me pregunto por qué lo habré captado de ese modo —se le notaba desesperado por fumar.

—¿De veras es usted el abogado recomendado por el señor Gérard?

—A sus órdenes, licenciada. Permítame ocuparme del asunto. No tendrá queja de los resultados.

—Entonces, ¿por qué no me entiende? Se trata de realizar los registros para una escuela en donde se enseñe el amor. No tiene nada que ver con sexo. Y hágame el favor de guardar ese cigarro.

—Con gusto, licenciada —contestó hipócrita y zalamero el abogado mientras reprimía la rabia. Estaba harto de los no fumadores. Pero el trabajo era el trabajo.

—Le decía que estoy abriendo brecha en el rubro de la educación emocional. Es como la educación de valores. No existió desde siempre. Se inició hace apenas 30 años. Mire, usted, le pongo otro ejemplo. Hace mucho, los periodistas no estudiaban en la universidad. Aprendían su oficio en las mesas de redacción de los periódicos. Eran orientados por editores y jefes y así, mediocre y parcialmente, se transmitían los conocimientos de generación en generación. Ahora hay universidades con distintos planes de estudios que forman a los periodistas. Es lo mismo con el amor.

—¿Con el amor? Discúlpeme si le hago una pregunta. ¿Qué ha pasado con el mundo, licenciada? Usted es muy joven y tal vez no entienda la pertinencia de mi duda, pero le juro que esta época no se parece en nada al mundo en el que yo me crié. Tengo 67 años. En mis tiempos, no había escuelas para padres. La gente fumaba en donde le daba la gana y nadie tenía que ir a la escuela para que le enseñaran a enamorarse. Todo está mal por culpa de la computación.

Como si las palabras del abogado no fueran más que aire, Vanesa las ignoró.

—Hace mucha falta una escuela —continuó—. A las personas que les interese ejercer ese sentimiento les convendría saber lo que están haciendo. Es peligroso ser "aficionado" en un tema decisivo como enamorarse. El mundo es de los profesionales. Estudiar es tener la oportunidad de adquirir conceptos y de realizar ejercicios y prácticas. Ésa es la idea de la educación escolarizada. Para eso se les preparará en las aulas, para que sepan a lo que se enfrentarán en la vida real.

—Pero la vida no es lo mismo que la escuela, licenciada. ¿Quién aplica en la vida todo lo que estudió en la escuela?

—Pues mi escuela será buenísima. Y no lo he llamado para que sea mi asesor, que para eso cuento con un grupo de expertos. Usted limítese a tratar de serme útil, abogado Ismael Benítez. Escuche bien: yo necesito poner a funcionar mi negocio lo antes posible. No quiero multas, ni que me lo clausuren. Todo debe estar listo para vender franquicias. Dígame qué necesitamos hacer. Tengo un departamento jurídico. No tendrá que trabajar usted solo. Le asignaré colaboradores.

—Pues además de colaboradores va a hacer falta mucho billete.

—Eso no es ningún problema.

8

El 24 de diciembre estaba próximo. Faltaban sólo siete días para Navidad. La ciudad olía a pino, a caña de azúcar, a romeritos con mole y camarón, a luces de bengala y a buena voluntad. Los pavos esperaban en los congeladores. Las copas de champán lucirían listas para los brindis. Habría regalos. Noche de paz.

En esta temporada, cada anochecer los contornos de las casas se iluminaban por las series de foquitos de colores. En ciertas calles se oían las risas de Santa Claus.

Las piñatas de siete picos —símbolo de los siete pecados capitales— eran rotas a palazos durante nueve noches seguidas. Los niños se divertían al prender velas, cantar la letanía y recoger la fruta y los dulces que caían desde el cielo, cuando se quebraban las piñatas de colorido papel.

Mariela acostumbraba ofrecer una posada para los ancianos del asilo al que ella beneficiaba con dinero y protección médica desde hacía muchos años. Pero esa noche, además del dinero, llevaban compañía a los ancianos solitarios. Ella había educado a sus hijos en el arte de dar. Una noche al año iba con su familia a entregarles cobijas y obsequios personales como jabones de baño, espejos de tocador, lociones y talco. Les regalaban pijamas o camisones envueltos en papel de Navidad. Y disfrutaban con ellos una cena de nochebuena anticipada que, desde luego, Mariela preparaba en La Crêperie de la Amitié.

Desde el día en que se hicieron amigas, Fernanda, Vanesa, Christianne y Mariela comenzaron a compartir sus vidas. No eran de esas "amigas" que sólo sirven para comer en restaurantes los días de los cumpleaños o para contar chismes. Cada una de ellas se dejaba contagiar por las mejores cualidades de las otras y, gracias a Mariela, todas habían conocido el placer de ayudar a los más necesitados. Ahí estaban las amigas sirviéndoles la comida, hablándoles, repartiéndoles regalos, cantando con alegría la posada cuando, la verdad, a Fernanda y a Christianne se les partía el corazón de ver a tantas personas ancianas enfermas y abandonadas.

Vanesa no pudo asistir a la posada esa noche porque se encontraba nuevamente en Roma. Lo único que se le ocurrió fue mandar al asilo a un grupo de actores para que representaran una pastorèla. Y aunque en esos días todos trabajaban básicamente como acompañantes, muchos de ellos alguna vez habían actuado como ángeles, demonios o pastores. Por lo que un grupo de actores de Male Company se presentó ante un público que en vez de butacas ocupaba sillas de ruedas. Y tal vez por eso, para alegrarlos en la desgracia aprovecharon que no había director de escena ni productora ejecutiva que los limitara, y los divirtieron montando una pastorela que no sólo fue cómica sino bastante pícara. Las risas resonaron en ese espacio habitualmente triste. Era una noche especial. Única. Unas horas de abundancia y afecto. La alegría era más que bienvenida en aquella antesala de la muerte.

El festejo concluyó. La familia Háusser estaba a punto de marcharse. Las líneas de las vidas de Gérard, Mariela, Guillermo y Bernardo se cruzaban con las de aquellos asilados sólo unas pocas horas en vísperas de Navidad. Al salir de ahí, regresaban a su vida normal. Había mil cosas qué hacer. Esa semana, el 20 de diciembre a las 20 horas, se casaba Guillermo con Vivian. Vanesa había prometido regresar de Roma a tiempo para acudir a la boda.

Detrás de los Háusser iban saliendo también Fernanda y Christianne. Platicaban acerca de la pastorela.

—Te juro que el demonio de barbas rojas era David.

—De veras que estás grave, Fernanda. Ya crees ver a tu príncipe azul hasta en un asilo de ancianos.

—Te lo digo en serio, Chris. David era el de la barba esponjada. Reconocí sus ojos grises y su voz.

—Pero cómo vas a reconocer su voz a esa distancia. Sólo lo has visto dos veces. Te estás poniendo obsesiva. No te hagas eso.

—Es cierto lo que te digo. A pesar del disfraz, yo sé que era él.

—Pues si estás tan segura, acércate a saludarlo. Ya verás la sorpresota que te llevas cuando se quite los cuernos colorados y las barbas postizas.

—¿Cómo crees que voy a dar yo el primer paso? ¿Y si no se acuerda de mí?

—No se va a acordar de ti porque no es él. Entiéndelo. Hay millones de hombres en la ciudad de México. Te has enamorado de una ilusión. Mejor búscate un galán de carne y hueso.

Fernanda no se consiguió un galán sino un perro. Había visto en algunos anuncios espectaculares de la ciudad que era muy fácil adoptarlos. Y como ella quería uno, en lugar de ir a la tienda de mascotas a comprar un cachorrito se dirigió a una casa con un terreno enorme en donde decenas de animales callejeros convivían en espera de ser rescatados. Un anciano vigilante le permitió la entrada.

No tuvo que buscar mucho. El lomo gris de un weymaraner sobresalía entre el pelaje largo de la jauría. Era un animal flaco, venido a menos, que cabizbajo avanzó hacia ella. Alguna vez ese perro había tenido una casita con su nombre pintado y un cariñoso dueño que se pasó semanas tratando de encontrarlo pegando anuncios, ofreciendo recompensas, mirando por las bocacalles con la esperanza de volver a verlo. Pero la mascota no había regresado a su casa. Se había perdido definitivamente. La suerte lo salvó de que una madrugada lo atropellaran en el periférico. Se alejó entre las avenidas, eligiendo cada vez, sin querer, la ruta que más lo extraviaba. Era un animal desmejorado, sin experiencia para sobrevivir en las calles. Se veía triste. Fernanda se acercó y comenzó a acariciarlo.

—¿Cómo se llama?

—Ni idea —contestó amablemente una joven.

—Quiero llevarlo a vivir conmigo.

—Ok. Tienes que pagar una cantidad simbólica. Es para contribuir a la comida de los que van llegando.

Fernanda pagó lo que le indicaron y salió por la reja verde de metal con el perro junto a ella. Caminaban despacio. No era casualidad que hubiera un consultorio para animales a media calle, en la esquina. El veterinario le informó que el weymaraner tendría entre tres y cuatro años de edad y que estaba sano.

—Es un animal entrenado para obedecer y atacar. ¿Ya se había dado cuenta?

—No.

Salieron a la calle y el médico le mostró cómo el perro se sentaba a la orden de *seat*; avanzaba sin adelantarse ni atrasarse a la orden de *junto*. Le fue enseñando otras órdenes más, así como el comportamiento que provocaban en el perro cuando ella las pronunciaba.

Fernanda estaba encantada. En su casa nunca habían

educado a los animales, salvo para que no se comieran las pantuflas y no marcaran con orines los sillones de la sala. Y la educación consistía simplemente en esconder las pantuflas o sacar a tiempo al perro para que hiciera sus necesidades en la calle.

—Por lo menos le dieron dos cursos —aseguró el veterinario—. Obediencia básica; protección y ataque. Por la raza, supongo que cuidaba niños o ancianos; es juguetón y confiable al estilo del bóxer. Ya lo irá descubriendo usted conforme lo trate. Háblele. Este perro no fue abandonado, se les escapó por accidente. Se nota que fue un animal muy cuidado —y le siguió enseñando otros detalles de los que Fernanda jamás se habría percatado.

—¿Se va a poner nervioso en el coche?

—Claro que no. Pero no lo deje encerrado con los vidrios hasta arriba. Eso les hace mucho daño a la larga.

Total que lo bañaron, lo vacunaron, le pusieron el collar y la correa, le limpiaron los dientes y, como si el perro pudiera adivinar gracias a ese ritual la vida burguesa que otra vez lo esperaba, pareció más alegre.

—Voy a llevarte a celebrar y ahí te escogeré un nombre. Conozco el sitio perfecto —le prometió Fernanda.

En la esquina de Ozuluama y Amsterdam, en la colonia Condesa, estaba ubicado el restorán en donde algunos días antes Fernanda había ido a tomar café con David, su abuelita y su perro Tenorio.

Era un poco más temprano que la vez pasada, y como no sentía el estrés de aquella extraña cita consecuencia del accidente que la dejó sin camioneta una semana pudo observar, con tranquilidad, el lugarcito. Era adorable. Se llamaba El Ocho. Café recreativo. Y en verdad era recreativo en el sentido de divertirse y doblemente creativo en todos sus detalles de diseño. Sobre las mesas había hojas impresas en color naranja, listas para jugar gato, basta y timbiriche. Las pizzas eran servidas en bandejas de madera en forma de ocho. Y las paredes estaban forradas de papel blanco con impresos amplificados; una copia creativa de la sección de anuncios de los periódicos. En una de las columnas decía: "Hombre guapo de buenas costumbres solicita alguien que se las quite". Y un poco más abajo Fernanda leyó: "Joven soltero sin compromiso renta media cama", "Tornillo nuevo busca a la tuerca de su vida para darse un enroscón".

Aunque una sombra se proyectaba sobre la banqueta en señal de que alguien de sexo masculino se acercaba hasta la mesa donde Fernanda se había sentado a celebrar con su nuevo perro, ella continuó leyendo: "Hombre invisible busca mujer transparente para hacer cosas nunca vistas".

Estaba sola y se reía. Siguió leyendo los anuncios cuando escuchó la voz con la que últimamente soñaba. Creyó que estaba padeciendo alucinaciones auditivas. Debía ser un mesero el que se había acercado con la intención de tomarle la orden; pero al levantar la vista se encontró con él: era David.

Efectivamente aquello era una casualidad; pero no una asombrosa coincidencia. Era sábado en la tarde. El Ocho era uno de los cafés favoritos de David, en la Condesa. La suerte puede ser de gran ayuda, pero también es cierto aquello de "ayúdate que yo te ayudaré". Por algo andaba Fernanda en ese lugar a esa hora y acompañada por un perro, al que David acarició sin preguntar ni pedir permiso.

Con las manos sobre el respaldo de una silla, inclinado hacia Fernanda, David seguía sonriéndole. Ella no sabía qué hacer. Era una mujer bonita, acostumbrada a que los hombres la buscaran y la siguieran buscando incluso cuando ella rechazaba una primera invitación. No sabía si debía enojarse con David o preguntarle si algo malo le había ocurrido a su abuelita, y por qué no había vuelto a llamarla.

Después de un par de minutos de silencio, David preguntó:

—Y, ¿cómo se llama tu perro?

—No sé —respondió Fernanda sonrojándose por completo.

—¿No es tuyo? —preguntó curioso al ver al weymaraner muy instalado junto a ella.

Pero antes de que a Fernanda se le ocurriera alguna idea para salir de tan tonta situación, él se despidió. Lo estaban llamando. Le dijo que le había encantado saludarla, y regresó a su mesa donde otros cinco hombres notablemente guapos lo esperaban. El perro anónimo empezó a ponerse inquieto.

El restorán estaba animadísimo. Algunas personas, acompañadas de sus mascotas, platicaban en grupo en la esquina. La gente se saludaba. Habían comido y ya se iban, o estaban esperando mesa.

Fernanda pidió un té de frutas rojas y una pizza que no pensaba comer, y se quedó esperando. ¿Regresaría David?, ¿hablaría con ella? Era poco probable. Los platillos habían llegado a la mesa donde estaba él. Todos los hombres comían y platicaban. ¿Debería quedarse ahí sola con el perro sin nombre a ver qué pasaba? ¿Había desaprovechado la oportunidad? ¿Tendría que haber dicho o hecho algo como para que él la invitara otra vez a salir? Fernanda no tenía ni idea.

Daba la impresión de que David y sus amigos estaban trabajando, pues no había risas ni relajo, y de vez en vez, mientras comían, anotaban algo en unas hojas. Fernanda no estaba tan cerca como para poder ver lo que estaban escribiendo. ¿Cómo podía ella sospechar que todos ellos iban a desempeñarse como profesores en la Escuela del Amor en Roma y que de eso estaban hablando? Relacionaban sus pericias y el contenido de las materias; mencionaban su disponibilidad para viajar para el inicio de las clases.

Una explicación de Vanesa habría sido la única forma en que Fernanda se enterara de quién era David. Pero de temas como el amor y el trabajo, Vanesa Kuri jamás le contaba nada a nadie, ni a Fernanda, ni a Mariela ni a Christianne ni siquiera a su hermana Katyna, con quien hablaba por teléfono cariñosamente cada semana y a quien vería en San Francisco para celebrar el año nuevo. Vanesa jamás iba a contarle a Fernanda que había sido ella quien le había enviado a un acompañante para que festejara su cumpleaños.

¿Quién era realmente David Sheridan? ¿Qué clase de secretos guardaba? No era pedante. Era amable. No era un viudo enamorado, porque no se le veía invadido por la tristeza. Tampoco estaba recién divorciado, pues no daba muestras de estar enojado con la vida o furioso con las mujeres. Si no quería nada con Fernanda, ¿para qué rayos la había invitado a cenar el día de su cumpleaños?

No se sentía atraída por él simplemente porque fuera distinto de los demás hombres que ella había tratado, en el sentido de que daban señales inequívocas de querer algo con ella. Normalmente, en el rito del cortejo solía haber continuidad. El hombre invitaba una vez, luego otra, luego otra; la mujer aceptaba si él le gustaba, y luego ella podía proponer una salida y así se iba dando un ir y venir de citas cada vez más frecuentes y menos formales. Pero con David no había más que desesperación y desconcierto. Ella no era su hermana ni su prima para que él la hubiera llevado a comprar con la abuelita el árbol de Navidad.

¿Por qué se sentía tan profundamente atraída por él?

9

Hay muchas formas de conocer solteros. Ir a fiestas, antros y reuniones sociales. Atreverse a ligar en la oficina, aunque al final puede ser incómodo cuando la relación truena, y tienes que seguir viéndolo en horario fijo de lunes a viernes.

Podrías conocer solteros en la maestría... pero qué flojera seguir estudiando. O en un centro comercial de moda, donde puedes fingir que chocas contra un hombre que te gusta. La estrategia consiste en pasar muy cerca, disimuladamente, como haciéndote a la distraída. Lo rozas sin lastimarlo y te ríes, y luego aceptas tomar un *latte* espumoso con él, quien es un caballero porque decidió echarse la culpa del tropezón que tú provocaste.

Al hombre de tu vida te lo puede presentar tu hermano; te lo pueden presentar tus amigas... te puedes presentar tú misma con el pretexto que se te ocurra; con pants mientras corres en el parque, o con raqueta en una cancha de tenis, con tu mejor maquillaje, tu faldita tableada y el pretexto de que quieres retar... O hasta por televisión; entonces tendrías que escribir a la dirección electrónica que aparece en pantalla: triple dobleú punto *El amor se encuentra en Roma* punto com, y decir que quieres participar. ¡Que a ti te gustaría ser la concursante del siguiente programa!

—Porque has agotado las rutas normales para conocer al hombre de tu vida —contestó Fernanda disgustada, desde el sofá de su casa donde veía el programa, con la pijama puesta.

Estaba hablándole a la televisión. Protestaba contra lo que decía la conductora del programa, quien estaba actuando frente a la cámara todo lo que decía y seducía al público enseñándole parte de sus senos generosos, y casi toda la espalda y las piernas que asomaban sensuales a través de la abertura en la falda del vestido cubierto de lentejuelas. Y era tan guapa, tan rubia, tan sexy, tan simpática, que hasta hacía parecer hermoso su nombre: Cordelia Sánchez.

—¿Y qué hacen las mujeres como yo cuando quieren casarse y no viven en el siglo XVIII? ¡Las casamenteras ya ni existen! —se quejó Fernanda.

—Pues deja de ser tan exigente —le respondió una vocecita rencorosa en su cerebro.

—Tampoco voy a contraer matrimonio con cualquiera, sólo porque dentro de un año cumpliré 30. ¡Maldición! ¿Dónde tendré el botón para apagar la voz de mi conciencia?

—Tienes la pésima costumbre de dejar pasar las oportunidades —insistió la misma voz en tono de reproche—. No quisiste casarte con tu novio de la universidad, y eso que hacían buena pareja y duraron casi tres años. Te recuerdo que tú lo cortaste por un pleito muy tonto en el que te hiciste la ofendida para siempre. No quisiste revivir tu primer amor, aquél de los besos con sabor a chicle y textura metálica, por los frenos enderezadores de dientes, cuando tu ex vecino, Luis Enrique Domínguez, reapareció hecho un hombre, con la dentadura derecha y lentes de contacto. Y su mamá ofreció una cena con los antiguos amigos de México y él se acercó para ofrecerse a llevarte a tu casa, creyendo que todavía vivías cerca, con tus padres. Pero esa vez le dijiste que te gustaba para amigo, no para algo más…

¡Así no hay quien pueda casarse! Y recientemente tampoco quisiste formalizar tu relación con Rubén, ¿qué te pasa?

—No quise formalizar mi relación con Rubén porque no teníamos nada en común, salvo el horario para nadar en la alberca del Sport City. ¡Enamorarse es difícil! —estalló Fernanda en voz muy alta, y se fue a la cocina para sacar del refrigerador el sushi que había aprendido a preparar en la escuela de Mariela, y que iba a cenar sola, frente a la tele.

—Total, que aquí estamos —continuó malignamente la vocecita—, otra vez es sábado en la noche. Ya no vives con tus papás, pero tampoco con un marido. Y eso que desde adolescente te prometiste que te casarías después de los 25 pero antes de que cumplieras 30. Te recuerdo que acabas de cumplir 29 y por eso sientes que…

—Siento que no quiero seguir pensando en eso. Voy a comerme mi sushi de camarón adornado con láminas de plátano macho y bañado con salsa de anguila. Y punto final. ¡Ya sé preparar platillos japoneses! ¡Estoy haciendo algo nuevo con mi vida!

Fernanda le subió el volumen a la televisión. No tenía nada de ganas de sentirse arrepentida de sus decisiones pasadas.

—Por algo decidí lo que decidí. Si mi destino fuera mi novio de la secundaria… lo habría sentido. Algo en mi interior me habría avisado, ¿o no? ¿Será que tengo descompuesta la alarma de mis sentimientos? ¿Será que en el amor soy insensible? ¿Soy de ese tipo de personas que dicen que quieren casarse pero les encuentran defectos a todos?

La música del programa *El amor se encuentra en Roma* brotaba alegre por las bocinas de muchas casas en donde la gente se divertía en familia, en parejas, en grupos de amigos o en solitario, seguramente más feliz y más en paz que Fernanda, quien esa noche se sentía insatisfecha.

La conductora del programa le dio la bienvenida al concursante masculino, quien afirmó tener 32 años, aunque se veía un poquito mayor y también un poco pasado de peso, sobre todo ancho de caja toráxica. Dijo ser egresado de la maestría en Ciencias Musicales de Jalisco. Cantante profesional. Su intención al participar era conocer Roma acompañado de una mujer atractiva, a quien le gustara el *bel canto*, como a él.

—¡Un hombre romántico! —declaró entusiasmada la conductora, quien llevaba un peinado precioso de trencitas flojas hasta el cuello, amarradas con invisible hilo de nylon—. Ahora, por favor, dile a nuestro querido público cuál es tu nombre.

—Ricardo Zavaleta.

—Bienvenido, Ricardo. Bienvenidos todos a *El amor se encuentra en Roma*, el único programa semanal en donde el amor es el protagonista y ustedes, querido público, testigos privilegiados de cómo nace el amor. Todo nuestro cariño a quienes nos ven en familia, desde sus hogares, en el sur de Estados Unidos y América Latina —decía Cordelia y lanzaba besos al aire.

La música identificadora del programa anunciaba el momento en que entrarían a cuadro las tres mujeres concursantes. En algunos programas las hacían sentarse de espaldas al hombre; pero en esta ocasión las instalarían frente a él, que tendría los ojos vendados.

—El amor es ciego —dijo divertida Cordelia Sánchez—. Y, desde este momento, tú también, Ricardo. ¿Te quedó muy apretada la venda?

A las mujeres no les taparon los ojos. No se trataba de estropearles el rímel. Ya habían pasado por maquillaje y peinado en camerinos.

—Tengo una gran noticia para los concursantes de esta

noche. Me informan que el equipo de producción ha conseguido entradas para la Escala de Milán. *Wow*. [Aplausos.] Además tendremos los regalos de costumbre: el viaje en avión por Alitalia, las maravillosas noches de hotel en habitaciones independientes, muchísimos euros para comprar ropa de diseñador, entradas a las pasarelas para ver desfiles de moda transportándose a bordo de un Mercedes Benz [el cual estaba próximo a aparecer en un anuncio en la pantalla]. Y ahora mismo, sólo después de unos brevísimos mensajes de nuestros patrocinadores, Ricardo iniciará las preguntas que lo llevarán a descubrir que…

—*El amor se encuentra en Roma* —rugió al unísono el público que se hallaba en el estudio.

Después de que millones de personas vieron los lujosos acabados interiores del Mercedes Benz en sus respectivas televisiones, Ricardo Zavaleta preguntó:

—Número dos, ¿cuál es tu ópera favorita?

—Madame Butterfly.

—Esta pregunta es para ti, número tres. Dime, ¿dónde y cómo te gustaría que un hombre te declarara su amor?

—Sería una noche con luna llena. En una pequeña *trattoria* en Roma, como la de la película *La Dama y el Vagabundo*. Comiendo espagueti en una mesa pequeña cubierta con un mantel de cuadros grandes, rojos y blancos. De repente, él me cantaría el aria del amor eterno de Tosca, a *capella*. Y su voz sería toda la música. Yo sabría que él me ama. Ése es mi sueño —dijo terminando con un suspiro.

—Esta tipa ya nos echó a perder el programa —advirtió Vanesa Kuri, detrás de las cámaras.

Junto a ella estaba parada Fanny, la productora ejecutiva.

—¡Pero qué mal plan! —continuó Vanesa—. Estamos

en el minuto nueve y el público ya sabe que Ricardo Zavaleta va a escoger a la número tres. ¡Se acabó la emoción!

—No te desesperes. Ahora mismo lo arreglamos —prometió Fanny.

—Esto es un desastre. Van a empezar a canalear. Nada más faltó que dijera que habían llegado a la *trattoria* de sus sueños en el Mercedes Benz. ¿Es mercadóloga la número tres o qué?

—No, que yo sepa, Vanesa.

—¿Estás segura de que estos dos no son novios y esto no es un fraude para que les paguemos la luna de miel? ¿Quién hizo el *casting*, Fanny? Haz un corte. Vámonos con la conductora. Cambia a premios para el público.

—Prevenida, Cordelia —ordenó la productora ejecutiva, desde el micrófono de su diadema—. Vamos contigo en tres segundos. Anuncia premios para el público. *Floor manager*, cámara dos, set principal a cuadro.

A las 12:15 de la noche, Vanesa entró a su depa. Se había trasladado en el helicóptero de su tío desde el helipuerto de la televisora hasta el de Risco 53. Estaba sola en su piso de 900 metros cuadrados.

Desde su propia sala de televisión, iba a revisar *El amor se encuentra en Roma*. Necesitaba reflexionar. Le puso *play* a la copia digital del programa de esa noche. Comenzó a verlo en la pantalla de cristal líquido que ocupaba toda una pared. Era una pantalla gigantesca, empotrada, hecha a la medida. Lo recorrió de atrás para adelante y le puso *stop*, luego *rewind*, luego otra vez *forward*. Continuó viéndolo desconcertada.

Ese amplísimo cuarto de televisión era una mini copia de un estudio antiguo de la Metro Goldwyn Meyer. El muro de la izquierda estaba lleno de recuerdos, trofeos y cámaras antiguas de video. Sobre las repisas alternaban portarretratos con fotos de Vanesa en los cocteles de promoción previos a la primera transmisión de cada programa; fotografías de Vanesa con gente muy importante de Hollywood; con sus profesores de la maestría en Producción de Imágenes en UCLA. Las fotos más grandes eran las de sus ídolas: Coco Chanel y Helena Rubinstein.

—Si tú estuvieras viva, admiradísima Coco Chanel, yo iría ahora mismo a París a entrevistarte. Escribiría tu biografía secreta, la que te llevaste a la tumba, y la transmitiría como un clásico, una vez al mes, en Biography Channel, para que inspiraras a las mujeres empresarias de todo el mundo como me has inspirado a mí. No sé qué opines tú, Coco, pero yo creo que la biografía que tenemos de ti, en el canal, es bastante superficial y frívola.

¿Por qué ninguno de tus biógrafos te preguntó cómo enfrentabas las pequeñas derrotas? De seguro habrás vivido situaciones desconcertantes como lo que me pasó a mí esta noche. Es que no me lo explico. La número tres y el concursante Ricardo Zavaleta no se conocían. Lo checamos. Él viajó desde Aguascalientes para el programa, y ella desde Laredo. Nunca se habían visto. No era un fraude. Y en verdad parecía que habían nacido para amarse. Las preguntas de él eran muy buenas, y perfectas las respuestas que ella le daba. A la número dos y a la número uno Ricardo les hacía el tipo de preguntas que sólo pueden responderse con monosílabos. En cambio, a la número tres le seguía preguntando para profundizar, tal como hace un ingeniero cuando descubre un pozo que sí tiene petróleo. Lo cual estuvo bien para ellos. No lo niego. Pero el problema es que la gente no cree en eso, aunque diga que sí. La prueba es que cuando ven por televisión que dos personas se identifican tanto que congenian al cien por ciento… simplemente el público cree que el programa está amañado. Hasta mi tío me llamó la atención. Dijo que se notaba muy ensayado. Y eso que él sabe perfectamente que no hay previos. Lo producimos en vivo cada semana, incluso vacaciones y días festivos. ¿Me entiendes?

En la pared, desde una fotografía retro, preciosa, color sepia, Coco Chanel continuaba en silencio como de costumbre. Su cara acartonada miraba al vacío. La gran modista aparecía vestida con su invento: el traje sastre con falda Chanel, y en la mano derecha sostenía un frasco de su ahora clásica fragancia Chanel No. 5.

—No estoy triste, Coco. Estoy asombrada. En mi opinión, el amor es como la magia. Siempre hay truco. Y resulta que yo produzco programas de esa clase de magia, y obviamente no me los creo. Pero entonces, de repente, aparece ante mis ojos un *show* sin trucos y me quedo desconcertada. ¿Habrá gente que se enamore así? ¿En verdad a cada persona la está esperando su media naranja?

El sonido de la televisión desapareció junto con la imagen.

—Estoy cansadísima. Me voy a dormir —anunció Vanesa como si Helena Rubinstein y Coco Chanel fueran sus abuelas, y pudieran darle las buenas noches.

Vanesa se quitó la ropa y la tiró sobre la *nonna*, un mullido sillón de brazos largos con taburete color verde agua. Al día siguiente, su ama de llaves mandaría todo a la tintorería y guardaría los tacones Max Mara en el clóset especial para zapatos. Sacó de su clóset de pijamas una camiseta larga y se la puso. En el gran espejo de su vestidor se reflejaba su imagen. Su pijama tenía un letrero en el pecho: *Woman who behaves, rarely makes history*. Entró a su baño donde había un prodigioso lavamanos de porcelana de Limoges que ella usaba para lavarse los dientes, pero que bien podría estar exhibido en el museo del Louvre, en el área dedicada al siglo XVII.

Aunque estaba en estado de cansancio extremo, Vanesa era una mujer disciplinada así que, casi sonámbula, retiró de su cara el maquillaje, se pasó la loción refrescante y después se aplicó la crema de noche; se lavó los dientes y hasta utilizó el hilo dental después del *water pick*. Ya había cerrado los ojos y casi había empezado a dormitar, pero seguía de pie. No podía acostarse. Todavía no terminaba de cepillarse el cabello, 500 veces cada lado. Iba en la 279. No pudo contener un gran bostezo. Cuando por fin terminó de sacarle brillo a su largo cabello negro, caminó varios metros sobre el suelo de parquet, y se sentó en su cama. Colocó sobre el buró la barrita de chocolate que le dejaban sobre la almohada y que ella jamás probaba. Se cubrió los ojos con su antifaz de seda negra y, con un aplauso, apagó la luz de su recámara.

Mientras tanto, en Roma eran las 8:30 de la mañana. David ya había desayunado y trabajaba con Enzia Tedesco en el salón para maestros, cerca de Servicios Escolares.

Estaba ayudándola a redactar el examen de colocación que Vanesa había pedido. Debían tenerlo listo para la videojunta, y en cuanto quedara aprobado lo editarían en formato pdf para enviarlo a los alumnos cuya solicitud de ingreso fuera aprobada.

En la ciudad de México, Fernanda dormía en su cama y desde ahí soñaba con David.

Con la mejilla sobre la almohada y el cuerpo debajo de un cobertor rosa claro de tela polar, la mente dormida de Fernanda gozaba con la imagen de David Sheridan. Injustamente atractivo, dolorosamente guapo para quienes no podían abrazarlo. Cara ovalada, ojos gris acero; sexy a morir. Bigote y barba de dos días sobre la piel ligeramente bronceada. Y una boca que daban ganas de meterse en el oído como el audífono de un Ipod, para que de esos labios salieran frases amorosas que entraran suavemente al tímpano. Una boca que recorriera la piel desnuda de Fernanda; desde el cuello perfumado, al norte, hasta el sur de su pequeño ombligo. Porque en el sueño ella andaba en bikini. Y habría dado la vida entera a cambio de que David le diera besos sobre la piel que a ella solamente el sol le acariciaba.

David no se había hecho la depilación definitiva. Era varonil, de estilo clásico. No un metrosexual sin vellos con piel de quinceañera. Todo en él era clásicamente masculino, natural y sexy. Mirada enigmática, manos largas, voz grave, barba oscura. Era un hombre capaz de seducir a una mujer, de apoderarse de ella, de hacerla sentirse voluntariamente prisionera entre sus brazos.

En el sueño, Fernanda y David andaban en una playa, como si estuvieran de vacaciones en un *resort* de Cancún. Tomaban el sol. Dormitaban en unas sillas de lona rayada, junto al mar.

En su cama, Fernanda seguía dormida, y en ese mundo del sueño David era su pareja, estaban contentos y se tomaban de la mano. Jugaban ping pong, ajedrez, backgamon. Todas las actividades estaban diseñadas para dos. Fernanda no se sentía sola porque él la acompañaba. Y aunque no se besaban, sabía que sus labios iban a terminar rozándose antes de que ella despertara, porque también para los besos de amor hacen falta dos. Y ahí estaban él y ella, frente a frente.

Estaba tan enamorada, que habría dado todas las mañanas soleadas de un año entero de su vida a cambio de provocar en David la misma sensación de necesidad que ella tenía de él, aunque fuera por un instante. Quería que él se obsesionara con ella, igual que un buzo sin oxígeno sólo puede pensar en que necesita aire. Y ahí, mientras ella dormía, en su sueño David la amaba y deseaba tanto casarse con ella como un náufrago ansía llegar a tierra.

Porque a pesar de ser una muchacha bonita y muy deseada, ninguno de los pretendientes ni novios de Fernanda había logrado darle lo que ella necesitaba: amor duradero, intenso y espontáneo. Amor físico y espiritual. Ella no quería simplemente sexo con cariño ni sexo con atracción. Casi nadie parecía recordar que los seres humanos, además de cuerpo, tenían eso otro a lo que se podía denominar espíritu o alma; eso otro que también debía ser tomado en cuenta a la hora en que dos cuerpos se entrelazan. Pero algo estaba mal, algo fallaba. Las pocas veces que Fernanda había tenido relaciones sexuales, el hombre dejaba el amor tan fuera de la cama como dejaba su coche afuera de la sala. Ese mismo hombre que la había cortejado con gestos de ternura, se enfocaba sólo al sexo cuando por fin lograba que ella accediera. De alguna forma, el amor se quedaba en el cortejo y el sexo era lo único en la cama. Las palabras tiernas iban desapareciendo igual que los preámbulos. Nada de besos prolongados ni de pláticas previas, nada de miradas tiernas para seducir el alma.

Demasiado pronto se acababan las idas a bailar, las caminatas bajo la luz de la luna; las sorpresas románticas y esos momentos inquietantes en que se revive el inicio del amor al entregarse una vez más a los escarceos. Porque desabotonar lentamente una blusa muy femenina puede formar parte del placer de un hombre, por siempre. Deshacerse de la ropa no tiene por qué ir convirtiéndose con el paso del tiempo en una tarea fría y ajena al sexo, como cuando cada persona se desviste automáticamente para acostarse a dormir, luego de una larga y aburrida jornada de trabajo.

En opinión de Fernanda, el amor verdadero debía ir construyéndose con cada detalle sutil, con cada acto en el que él y ella se interesaran en su pareja, porque sabrían lo que el otro siente, quiere y necesita, porque desearían complacerse mutuamente con un amor hecho a la medida; sin egoísmos, con total entrega; sin esperar nada a cambio, porque la otra persona también lo da todo.

¿Por qué el romance duraba casi nada? ¿Y por qué había hombres que no lo incluían jamás en su vida? Había algunos que, confundidos, creían que obtener el amor de una mujer no significaba otra cosa más que ella se dejara arrastrar a un cuarto de hotel o al asiento trasero de un coche. Ésos eran los peores.

David sí había mostrado ser un maestro en las artes de la seducción; se veía a leguas que era capaz de sostener esas miradas que estimulan el anhelo de llegar al paraíso. Con un hombre como él lo mejor de la vida podría repetirse aunque pasaran los días, las semanas o los años. Él seguiría siendo amoroso, sensible, divertido; se interesaría en ella, de verdad en ella por completo, en todos sus aspectos de mujer, y no sólo en la hora en que ella volvería a estar disponible para volver a tener sexo. Y luego nada. Y antes nada.

Hay sueños que se sienten tan reales que a veces permiten satisfacer deseos. Y el deseo de Fernanda era ser amada totalmente; pero no por cualquiera sino por David, ese hombre que inexplicablemente no había vuelto a hablarle por teléfono. Él era adorable; se habían entendido y atraído desde el primer encuentro; pero extrañamente él no daba señales de estar interesado en ella. Era como si algo externo, ajeno a él, le impidiera volver a acercársele. Mientras que a ella, la necesidad de que él se dejara amar, y también de que él la amara, le crecía en el cuerpo, en los sueños y en el alma.

Pero no únicamente para los besos de amor hacen falta dos personas. También para la traición y para el engaño es preciso contar con dos: el engañador y la engañada quien, según los indicios, podría ser, ese día, la señora Malena Díaz de León, viuda de Argüelles. Un hombre sin escrúpulos la había seleccionado como su candidata. En el tablero del tiro al blanco, ella era el blanco al que él quería atinarle, y él un filoso dardo que ya se había lanzado a buscarla.

Lo primero que hizo Philip San al ser despedido de Male Company fue telefonear a la mujer que, según él, era la responsable absoluta de que él se encontrara incómodamente desempleado. Como la señora Malena no respondía el celular, Philip decidió ir a apostarse a la puerta de su casa. Algún día, la señora Malena tendría que salir de su mansión. Pasaron horas largas. La reja seguía cerrada. Él estaba empezando a perder la paciencia, cuando vio que del estacionamiento de puertas eléctricas surgía la camioneta Hummer en la que ella se transportaba. Se paró enfrente del vehículo como había visto hacer a muchos en las películas de acción, y estuvo a punto de que lo atropellaran. Sin embargo, logró su objetivo, porque la señora le ordenó al chofer que se detuviera. Ella se bajó para hablar con Philip San. Caminaron unos metros lejos de la Hummer para que nadie los escuchara.

Malena Díaz de León viuda de Argüelles había estado realizando los preparativos para irse de la ciudad. No quería ni acordarse de que había tenido relaciones sexuales con un acompañante de Male Company. Había sido una imprudencia. Un error irreparable. Nunca más iba a disfrutar de ese servicio tan bueno. Le habían retirado su tarjeta Premier; la habían humillado. Ese abogado majadero, ese marrano que seguramente sí se daba la gran vida con jovencitas, la había acusado de pasarse de la raya. A ella, que por primera vez no se había conformado con mirar. Pero claro, él era hombre; mientras que ella, como mujer, como viuda…

Todo había sucedido sin planearlo. Poco a poco. Primero el vino tinto y luego el champán. La proximidad de Philip; su mano atrevida acariciándole la rodilla debajo de la mesa, y a ella, la verdad, hacía muchos meses que nadie la rozaba sexualmente. Su marido llevaba casi un año de muerto…

La señora Malena sólo se permitía mirar muchachos. Llevaba un par de meses invitando a los acompañantes de Male Company, literalmente sólo para que la acompañaran. Se contentaba con eso. Ellos eran muy formales. Ni para bailar se acercaban más de lo recomendado. Pero Malena estaba viva y la sangre le hervía por todo el cuerpo en cualquier estación del año. Por eso la había querido tanto su esposo (tan adorado por ella), porque los dos eran ardientes y se amaban. Pero ahora estaba sola por culpa de aquel infarto fulminante. Él ya no estaba para saciarla. Malena visitaba ciertas páginas de internet y hablaba por teléfono a ciertos números telefónicos; pero no era suficiente, todo funcionaba para el sentido de la vista y el oído. La piel de Malena era exigente; necesitaba tocar y ser tocada. Los días pasaban y ella no se había atrevido a complacer su sentido del tacto. Pero aquella noche en que terminó sin ir al teatro, aquella noche tan próxima, la verdad era que se le habían pasado las copas. Desde que se casó con Arturo Argüelles, solía tomarse sólo una copa de vino tinto durante la comida con el objetivo saludable de disminuir los triglicéridos. Por su parte, los acompañantes no tenían permitido beber más de dos copas; pero a ella nadie tenía derecho a prohibirle nada, porque era viuda y su único hijo ya estaba casado y vivía en otra ciudad, y Philip era soltero, y ella tenía 55 años, y él no era menor de edad, era todo un hombre de 27.

La señora Malena decidió irse a su casa en Puerto Vallarta porque sintió miedo. Se imaginó que iban a demandarla o que ese muchacho Philip, tan rubio y tan atrevido, con el cual se había permitido menos de 55 minutos de relaciones sexuales, iba a querer extorsionarla.

Cuando ella reservó originalmente las cuatro horas de acompañamiento, sólo tenía previsto ir a cenar y al teatro. Pero los boletos se quedaron sin ser aprovechados, porque ella iba por la tercera copa de vino, cuando Philip le dijo:

—Malena… Nada te impide disfrutar de un *show* mucho más entretenido que cualquier obra de teatro.

Él andaba corto de dinero. Ella podía apoyarlo. Un *striptease* no violaba las reglas de su relación, porque entre ellos no pasaría nada… "nada que ella no quisiera que pasara". Aquella frase evocadora la hizo sentirse sensual y deseada como en la época de la secundaria. Y como la abstinencia la traía herida —igual que en su honorable adolescencia—, Malena sintió un deseo intenso de ver el espectáculo. Quedaron de acuerdo en que de tocar… nada, absolutamente nada.

Y se fueron a un hotel discreto pero elegante de la colonia Anzures. Él sugirió que ordenaran champán, y ella se bebió un par de copas, mientras Philip —tarareando la música de la película *The Full Monty*— empezaba a desnudarse. Primero bailó *You sexy thing*, cantada por Donna

Summer, que tal cual era la música de cuando Malena era estudiante, y sus papás le daban permiso de ir a bailar a discotecas.

Philip era todo un profesional. Traía la música quemada en orden, en el reproductor de cds, para que no hiciera falta la ayuda de ningún técnico de sonido mientras él iba quitándose la ropa poco a poco, con muy buen *timing*. Y la señora Malena gozaba con la música y con esa imagen que estaba llenándole los ojos, y empezó a sentirse feliz. Y miró a Philip contoneando los brazos y las piernas, y haciendo señas eróticas muy claras y muy cercanas a ella, al ritmo de *You can leave your hat on*. Y entonces ella no supo qué pudo más: si ese cuerpo masculino desnudo, la voz áspera de Tom Jones o su propia e insumisa abstinencia. El hecho fue que Philip bailó sobre la cama y ella le bailó encima a Philip.

—Y lo que siguió después no fue culpa de nadie —insistió el ex acompañante, aproximándose a la señora Malena, quien se había bajado de su Hummer y le había pedido a su chofer que estuviera atento por si algo se ofrecía, porque ella necesitaba aclarar un asunto privado con Philip San, el joven rubio que había llegado oportunamente a buscarla.

—Unos minutos más y no me hubieras encontrado —afirmó la señora Malena como si hablara con un novio, cuyo contacto le hubieran prohibido sus padres.

—Necesitaba verte —improvisó él—. No podemos seguir separados. Me quitaron el trabajo. Me dejaron sin nada. No sé qué hacer. Estoy en la calle. No sé si tú…

—Tienes razón —admitió la señora Malena—. Pensándolo bien, no tenemos por qué suspender nuestra relación. Éste es un país libre.

—Odio tener que hablar de dinero. Pero me corrieron de la empresa de acompañantes y no me dieron nada, ni un peso. Y fue porque estuve contigo.

—Hablemos en plata —propuso la señora Malena liberada de todo sentimiento de ternura, culpa o compasión—. ¿Cuánto me cobrarías por una semana en Puerto Vallarta?

—¿Lo mismo que hubieras pagado en la agencia? —se aventuró él esbozando la más sexy de sus sonrisas.

—Sería carísimo, Philip. Mejórame la tarifa. Piensa que tú no gastarías nada. Nos hospedaríamos en mi casa. ¿Te gusta esquiar? ¿Te gusta pasear en lancha? ¿Te gusta la comida fina?

—Me gustas tú —mintió él.

—Y a mí me gusta mucho este nuevo trato.

Intercambiaron algunas palabras y ambos estuvieron conformes con el precio de acompañamiento por la semana (todo incluido).

La señora Malena se imaginó que Philip era un buen muchacho, un poco vago y desencaminado; pero no malo ni peligroso. Un elemento tan delicioso como inesperado para la semana decembrina de descanso que iba a pasar en Puerto Vallarta.

Philip abordó la camioneta Hummer pensando en que la señora Malena era demasiado obvia, nada romántica. Él esperaba que ella le ofreciera su protección financiera, en abstracto. Se podía mencionar el dinero, pero no la palabra "tarifa". Eso era insultante. No iba a ser fácil enamorarla. Le costaría trabajo. Pero él estaba decidido a esforzarse para acabar teniendo firmas mancomunadas en la chequera de ella. Iba a hacer gala de sus mejores lances para volverse imprescindible. Iba a enloquecerla de tal modo que fuera ella quien le rogara a él que se casaran.

10

La marcha nupcial sonaba extraordinariamente. Las niñas del coro cantarían el *Ave María* después, casi al final de la ceremonia. En esos momentos todos los ojos estaban fijos en la novia, bellísima, vestida de blanco. Caminaba lentamente, mientras la cola del velo se arrastraba sobre la alfombra roja de la nave principal de la iglesia.

Cerca del altar, Mariela y su marido Gérard ocupaban los lugares de la izquierda, los destinados a los padres del novio. La novia, Vivian, y su papá avanzaban hacia el sacerdote; iban precedidos por un cortejo de damas y numerosos pajes; eran los sobrinitos de ella. Guillermo la esperaba en el altar, visiblemente emocionado.

Fernanda hizo un gesto de que iba a llorar. Christianne le dio un codazo. El sonido de los vestidos largos de todas las invitadas sentándose al mismo tiempo sobre las bancas de madera les advirtió que no debían permanecer de pie.

—¡Nunca voy a casarme! —musitó Fernanda—. Jamás voy a tener vestido de novia, ni pajes, ni ramo, ni banquete, ni noche de bodas, ni...

Y el rímel le tiñó de color castaño oscuro una lágrima escurridiza.

—Contrólate, Fer, ¿ya fuiste al ginecólogo? —indagó Vanesa con su clásica actitud práctica. He leído que alrededor de los 30 años hay un cambio hormonal importante.

—Algún día nosotras seremos tus damas de honor, y tú serás la más linda del mundo con tu vestido de novia. No llores, Fer —le rogó Christianne apiadándose.

—Tal vez nunca llegue a casarme. ¿Por qué a ti no te importa, Christianne? ¿No te hace falta llegar en las noches a tu casa y saber que hay un hombre que te ama?

—No. A mí me gusta ser libre.

—¿Y a ti, Vane?

—Nunca pienso en eso.

—Yo no puedo pensar en otra cosa —sollozó Fernanda—. No quiero quedarme soltera. Quiero un marido y quiero tener hijos y estar cerca de ellos cuando se casen, como ahora está haciéndolo Mariela.

—Mariela tiene casi el doble de tu edad. Bueno… no tanto; pero sí nos lleva 20 años.

—¡Cómo crees!, nos lleva 15 o 16. Mariela anda por los 45 años.

—Pero no estamos hablando de la edad de Mariela. Te estoy preguntando para qué piensas tú en las bodas de unos hijos que ni siquiera han nacido. ¡Qué rara eres, Fernanda! ¿Para qué te preocupas por eso? —se asombró Vanesa conforme se lo decía. Ella vivía el día a día, siempre en el presente.

—Es que yo quiero casarme. Desde que era niña soñaba con eso.

—¡Shh! —las reprimió una mujer vestida de negro que parecía un buitre por las plumas rosas que llevaba a modo de bufanda.

—Se te van a hinchar los ojos y los labios —le dijo Christianne al oído—. ¿Quieres llegar a la fiesta con la nariz colorada?

—Sé inteligente, Fernanda, —susurró Vanesa—. Llora después de la fiesta; nosotras te consolaremos en tu casa.

Fernanda logró colocarse en la segunda fila de solteras para atrapar el ramo de la novia y se quedó con él para asombro de Vanesa quien, siendo tan alta, suponía que cualquier otra mujer de su estatura taclearía a la pequeña Fer y capturaría el balón-ramo para anotarse el éxito de ser la siguiente en casarse, de acuerdo con la tradición-superstición. Pero la suerte quiso que el ramo cayera como un meteorito exactamente a los pies de Fernanda, quien no tuvo que hacer nada más que recogerlo y abrazarlo como a un bebé para impedir que fueran a pisarlo las elegantes y sofisticadas damas que aparecerían fotografiadas en las revistas femeninas más importantes del país, pues la boda del hijo de Mariela no era cualquier boda sino la alianza entre dos familias de alcurnia, socialmente importantes y acaudaladas.

Diciembre es un mes ideal para salir de vacaciones. Cambiar de vida durante unos días, cambiar de locación, cambiar de clima. Las calurosas playas están llenas de recién casados, pero también de familias reunidas alrededor de las abuelas. En las playas hay bebés, niños traviesos, adolescentes dispuestos a desvelarse todas las noches. También hay tríos de amigas convencidas de que van a pasársela muy bien. Uno de esos tríos estaba formado por Fernanda Salas, Vanesa Kuri y Christianne Lainez.

Mariela no había podido sumarse al grupo. Para ella, las vacaciones de diciembre eran deliciosamente caseras. La cena de Navidad se celebraba siempre en su residencia en la ciudad de México, alrededor de un frondoso árbol navideño. La había celebrado así, cada año, con su marido y sus hijos exclusivamente. Ahora sería distinto. Iban a consolidarse nuevas rutinas, nuevos hábitos. En el futuro, tal vez serían ellos quienes fueran a casa de Guillermo y Vivian, o podría suceder que se volviera tradición que Guillermo la pasara con la familia de su esposa. Tendrían que adaptarse.

Desde siempre, Mariela y Gérard daban una gran fiesta para recibir el nuevo año en su rancho, donde tenían varias suites para alojar a su querida y extensa familia: padres, suegros, hermanos con esposas e hijos, dos tías solteras y hasta un par de matrimonios amigos de toda la vida. Del 27 de diciembre al 2 de enero convivían en una tradición muy importante para ellos: la barbacoa enterrada, los paseos en sus caballos, las tardes en la cancha de tenis y las noches de gratas conversaciones cerca de la fogata. Hacían ese tipo de juegos que permiten incluir a muchísima gente sin importar las edades. Y se divertían en grande.

Gérard y Mariela se sentían muy juntos siempre y ahora más, cuando ya se notaba la ausencia del primero de sus hijos. Era natural, se había casado. La boda había sido perfecta. Guillermo y Vivian, los lunamieleros, estarían llegando a Mónaco a esas horas. Se quedarían dos semanas en Europa.

—Parece que este año no iré con mis amigas a ninguno de los viajes. Ellas se quieren ir al carnaval de Río de Janeiro y para mí eso es mucho relajo. Y como el bebé nacerá a finales de mayo… tampoco hay forma de que vaya al maratón —le comentó Mariela a Gérard mientras desayunaban huevos benedictinos en la terraza de su recámara—. Ellas están ahorita en Buenos Aires. La verdad no me acuerdo si primero iban a Costa Rica o al revés. Te juro que no lo sé. Me lo explicó muy bien Fernanda; pero con todo lo de la boda tengo la cabeza revuelta.

—Tú y yo iremos a Disneylandia con el que viene.

—Ay, mi amor, faltan por lo menos cinco años para

que lo llevemos a Disneylandia, ¿no crees? ¿Qué va a hacer un bebé de brazos en un parque de ese tipo?

—¿Quieres decir que ni tú ni el bebé van a montar a caballo en Valle? ¿Pues a qué van tú y el bebé al rancho?, ¿a ese niño no le gustan los ponis? Pensaba que íbamos a regalarle uno para su primer cumpleaños —y se inclinó para acariciarle el vientre.

Mariela soltó una risita distinguida. Gérard siempre sabía cómo hacer que se distrajera de cualquier cosa que la preocupara.

—A ti te sientan muy bien la edad y el embarazo, Mariela. Estás más bella que nunca.

—A veces me angustia el bebé. ¿Y si algo no sale bien, Gérard? El doctor dijo que era rarísimo que una mujer de mi edad...

—Pero también dijo que todo estaba perfectamente. Y para asegurarse te hicieron tantos análisis. ¿Necesito recordarte que te hiciste algunos en dos hospitales distintos? Estás bien, mujer. Dos veces bien. No dejes que te atormente esa cabecita.

—Tengo el presentimiento de que algo va a salir mal... siento miedo... No recuerdo haber tenido esta sensación en mis otros embarazos.

—Éramos demasiado jóvenes para entender lo que estaba pasando. La experiencia tiene sus desventajas, amor. Con la edad nos volvemos temerosos pues hemos oído historias terribles que les pasan a los demás. Pero este bebé viene bien. Te lo aseguro.

—¿Así lo sientes?

—Te lo pongo de este modo: si es verdad eso que se dice actualmente de que los pensamientos tienen un efecto químico en el organismo humano... lo que más conviene es no darles entrada a los pensamientos negativos. Trata de ocupar tu mente en otra cosa. Déjalo estar y en enero nos vamos a Houston a que te haga un chequeo general el doctor Hartness. Así te dirán por tercera vez que todo va bien. Ven aquí, mi vida, quiero abrazarte.

Mariela se levantó de su silla y se sentó sobre las piernas de su marido. El aire de la terraza estaba impregnado del suave olor de los geranios. Se abrazaron con fuerza, con dulzura. Él también estaba preocupado pero no lo decía. Se quedaron en silencio, tomados de las manos.

A Christianne le gustaba tanto cambiar, que durante las vacaciones se permitía decir pequeñas mentiras. Nunca les decía a sus amantes eventuales en qué ciudad vivía ni tampoco a qué se dedicaba. Decía que era empleada en una tienda de Blockbuster o en un Starbucks, o que era *barwoman* en un crucero. Cuando le hacían las preguntas convencionales, ella contestaba lo primero que le venía a la mente. Y como era hija única, inventaba que tenía muchas hermanas. Decía que estaba de vacaciones con dos de ellas; se llamaban Vanesa y Fernanda. Su hermana mayor, Mariela, se había quedado en casa porque estaba embarazada.

El efímero *affaire* de Christianne opinaba que en realidad aquellas hermanas —que estaban acostadas sobre los camastros, tomando el sol junto a la alberca— no se parecían entre sí. Las tres supuestas hermanas eran muy diferentes. Una era pelirroja, otra castaña y otra de cabello negro y lacio. Una *petite*, una mediana y la otra francamente muy alta. Todas delgadas, menos Christianne, quien era la única que podía anunciar orgullosamente lencería talla C sin necesitar rellenos.

Lo único que no cambiaba Christianne durante las vacaciones era su nombre y su sabia costumbre de ser ella quien llevara a las relaciones sexuales los condones de alta seguridad. Le parecía que un amorcito de cuatro días en Costa Rica y otro de la misma duración en Buenos Aires serían suficiente diversión internacional para celebrar que ese año de 2008 llegaba a su fin con éxito. La inmobiliaria acababa de vender cuatro edificios completos en Playa del Carmen, a un solo cliente.

—Esta Navidad le pedí a Santa Claus dos muñecos, uno de Costa Rica y otro de Buenos Aires —comentó Christianne mientras se cubría el cuerpo de filtro solar protección 10—. A ver cuántos me saco en la Rosca de Reyes.

—Pásame el de protección 80 —pidió Vanesa— hay que cuidarse la piel. ¿Para qué usas esa porquería? Para eso mejor te hubieras traído aceite de coco de Acapulco. Broncea más parejo.

—Te garantizo que en Buenos Aires también venden aceite de coco en las playas de Iguazú —intervino Christianne.

—En Buenos Aires no hay playa. Iguazú son las cascadas, ¡qué bárbara, Chris!, ¿para qué te mandé el mail con las fotos y el plan del viaje? Iguazú es la segunda cascada más alta y caudalosa del mundo —dijo Fernanda.

—Pues adonde vayamos me da igual. Ahí, donde sea, yo voy a gastar todas mis energías en bailar tango —anunció Christianne.

—Y nosotras contigo —dijo Fernanda—. Oye, Chris, ahí te está llamando tu galán costarricense.

—Lo único que no me gusta de él es su nombre. Se llama Ataulfo.

—Como el mango, ¿no? —preguntó Vanesa divertida.

—¿Será que los mangos ataulfo del Wal-Mart son de Costa Rica? Voy a preguntarle. Una buena viajera siempre habla con la gente local y prueba lo típico. Ahora que quién sabe si de veras Ataulfo es de aquí; en los viajes, todos dicen mentiras.

—Empezando por ti, chiquita —se burló Vanesa.

—¿Que no les gusta ser mis hermanas?

—Sí, tú, como somos idénticas. ¿Quién va a creerte esa mentira? —preguntó Fernanda.

—Es que somos hermanas de orfanatorio.

—Ay, no seas cruel —opinó Fernanda.

—Nosotras iremos a las motos de agua. ¿Nos alcanzas?

—Sí. Allá las veo, Vane. Sólo me pongo de acuerdo con Ataulfo para lo de mañana. Va a acompañarnos —comentó con gesto atrevido.

—De seguro se le ocurrió a él solito ir de paseo al volcán, ¿no? —se burló Fernanda mientras botaneaba dietéticos palitos de pepino con sal.

A diferencia de Christianne, durante los viajes Vanesa y Fernanda jamás tenían ningún tipo de contacto con hombres en edad reproductiva. Para ellas, las vacaciones significaban paisajes nuevos y descanso. Un encuentro sensual con el propio cuerpo. Baños de mar. Sentir la arena en las plantas de los pies al correr descalzas por la playa. Tocar el viento al atravesar el cielo azul en el paracaídas… Ellas se acostaban a leer novelas a la orilla de la alberca del hotel y se pasaban las tardes en el *spa* recibiendo masajes de chocolate, de lodo, de hierbas…

—Qué buenas vacaciones organizaste otra vez, Fer.

—Baratísimas, ¿verdad? Las conseguí en la web. Ahora podemos despilfarrar en masajes. Pasado mañana tenemos otra excursión. Nos toca el volcán Arenal.

—¿Pues no fuimos antier? —preguntó Christianne que regresaba de su acuerdo con Ataulfo.

—Ese es el volcán Poás. El de mañana además tiene balneario y es adonde nos va a acompañar tu Ataulfo, más te vale habérselo dicho bien, porque si no… va a comprar la excursión equivocada.

—Ok, ok. Me distraje. ¿Y para qué vamos a ver otro volcán si ya fuimos a ver uno?

—¿Y para qué quieres conocer otros hombres si ya conociste a Ataulfo?

—¿Será por consumista? —preguntó Christianne entre risas, casi en la cara de un mesero que se había acercado a tomarles la orden y que anotó en su libretita: otro mojito, dos frapuchinos y una botana de papa horneada.

—¿Se imaginan? —continuó hablando Fernanda—. El balneario recibe el agua del volcán Arenal y vamos a pararnos en traje de baño debajo de cascadas naturales que están calientes, otras tibias y otras hirviendo. Cada cascadita tiene una tarjeta con la temperatura en grados farenheit y centígrados, para que la gente no vaya a quemarse. ¡Qué genial!, ¿no? Ya quiero sentir el agua cayéndome sobre el cuerpo y luego, por la noche, cenaremos junto al volcán en plena erupción.

—Ay, cómo crees que en plena erupción —desconfió Vanesa—. Es absurdo. ¿Es un volcán domesticado con horario de espectáculo o qué? Si en serio está en erupción tendrían que evacuar la zona. Y si no… es puro cuento.

—Bueno, bueno, a mí no me eches pleito, así está en el folleto. En las fotos se ve a los turistas comiendo en el bufet y la lava ardiente con piedritas saliendo del cráter… Mira —y Fernanda le extendió el tríptico—. Si no me crees, checa las fotos.

—Con tal de que haya langosta en abundancia como anuncian, yo me doy por bien servida —dijo Vanesa sacando de su bolsa de playa un atomizador de aguas Vichy. Cerró los párpados y tranquilamente se hidrató el rostro—. Yo creo que, de algún modo, todo en este mundo es publicidad. Y la publicidad contiene: 10 por ciento de información verdadera, 30 por ciento de algún deseo humano muy popular y difícil de alcanzar, y 60 por ciento está compuesto de mentiras. Para comenzar, la mentira básica es la famosa "necesidad"; 90 por ciento de las necesidades son creadas. Leí una frase genial el otro día. La dijo hace siglos La Rochefoucauld: "Hay personas que nunca se hubieran enamorado si no hubiesen oído hablar del amor". Está increíble, ¿no? El amor ha tenido un súper marketing a través de los siglos.

Fernanda se quedó pensativa. La idea le pareció horrenda. Completamente antinatural, casi grosera. El amor existía y punto, no era un refresco que necesitara marketing. Christianne simplemente preguntó:

—¿Para qué estás leyendo ese libro si nunca andas con hombres, Vane?

—¿Y tú qué sabes? No todo lo que hago sucede ante tus ojos.

—No te hagas la interesante, Vanesa. Ya no estén leyendo y háganme caso. O me voy con Ataulfo al *solarium*.

—Lee un rato, Chris.

—No estamos en una biblioteca para que se la pasen leyendo. Mejor vamos a "playear". Ya me aburrí.

Con su sombrero de ala ancha, debajo de una sombrilla, protegida por unos enormes anteojos de sol, al estilo de Jackie Kennedy, Vanesa trataba de convencer a Christianne de que se quedara en los camastros con ella y con Fernanda.

—Espérate a que baje el sol, Chris. Te presto esta novela. Es de Nora Roberts. Está buenísima. Ya la terminé.

—Si no vas a leerla, Christianne, yo la quiero. He leído todas las de Nora Roberts. Son geniales. Justo iba a comprar ésta en el aeropuerto. Me encantan.

—Ahora estoy empezando este librito de teoría —continuó Vanesa entregándole la novela a Fernanda—; bueno, más bien es un ensayo sobre la diferencia entre el amor y el enamoramiento. El autor es Alberoni. ¿Quieres echarle un ojo? ¿No? Ok. En esa bolsa también traigo revistas de moda.

—¿Y tú para qué lees tantas páginas sobre el amor? Si necesitas saber eso, yo te lo explico en corto, Vane —le ofreció Christianne—. El amor es lento, largo, repetitivo, monótono, cotidiano. El enamoramiento es intenso, eléctrico, inquietante, divertido y variado… Con el amor te sientes segura; con el enamoramiento te sientes intensamente viva. El amor es cómodo y cálido como un cuarto de televisión; el enamoramiento es agitado y peligroso como *surfear* en Hawai. ¿Ya podemos irnos a la playa?

Mientras Christianne explicaba su clara preferencia por el enamoramiento, llegó al Blackberry de Vanesa un mensaje que contenía un video. En la pantalla pequeñita alcanzaba a reconocerse a Philip San. Estaba a medio vestir, ejecutando una parte del proceso de seducción con que le había sacado un buen dinero extra a la señora Malena Díaz de León viuda de Argüelles. Ese remedo de *streaptease* había sido filmado con un celular en el vestidor de Male Company. Se conoce que les estaba contando a otros acompañantes cómo había bailado para ella al ritmo de la música de Tom Jones, la primera vez. La evidencia seductora de un presumido en una duración de tres minutos.

—Ay, qué espanto —dijo Vanesa mientras le bajaba el volumen para que los jadeos y los rugidos de Philip no salieran por la minibocina del teléfono con agenda electrónica.

—¿Te vas a comer todas esas cáscaras de papa cubiertas de engordante queso, Christianne? —quiso saber Fernanda sintiendo cómo se le hacía agua la boca.

—Yo no me explico para qué quieren el cuerpo las mujeres como ustedes. No comen lo que se les antoja ni le entran a los revolcones con el otro sexo. ¿Por qué les importa tanto vivir a dieta? Los hombres de carne y hueso no son como los modistos que andan buscando esqueletos para que modelen sus creaciones sobre una pasarela. Esta idiotez de ser talla cero la inventó una anoréxica que luego volvió anoréxicas a las demás. A los hombres les gustan las mujeres auténticas, divertidas y de curvas incitantes. ¿Cómo puede divertirse un hombre en la cama con una mujer esforzadamente flaca y recta? Los hombres son como los carros deportivos. Y nosotras, como las carreteras. Ellos aportan la palanca de velocidades y nosotras las curvas.

—Qué mal gusto, Christianne —se quejó Fernanda.

—Piénsalo bien y reconoce que tengo razón, las únicas obsesionadas con tallas y kilogramos son las mujeres. A ellos les importa una buena sonrisa, carnita de donde agarrar y que no los estén molestando.

—De veras que eres vulgar, Christianne. Toma. Lee este libro, ¡rápido!, a ver si te sirve de algo —dijo Vanesa carcajeándose.

—No es mal gusto. Es la verdad, allá ustedes si no la quieren reconocer —aseguró Christianne y atacó con incitante gula otra cáscara de papa cubierta de queso cheddar y crema agria.

—Oye, Fer, ¿al rato me ayudas a conseguir un boleto a buen precio de Buenos Aires a San Francisco? —preguntó Vanesa—. Perdóname la lata, pero es que en las vacaciones me opongo a tener tratos con mi oficina para mis asuntos personales, y tú eres buenísima, ¿me ayudas? —y apagó su Blackberry.

—Seguro. Al rato lo hacemos. ¿Viajas por chamba a San Francisco? ¿O a ver a tu familia?

—¿Entonces no regresas al D. F. con nosotras? —preguntó Christianne.

—No. Me voy directo a Frisco a celebrar el Año Nuevo con mis papás, la abuela y mi hermanita Katyna. Ya tiene novio. Supongo que mi tío también llegará a tiempo. Ahora anda en Japón.

—¿Tiene novio Katyna?

—Y está enamoradísima. Creo que ha pensado mudarse a vivir con P. P.

—¿Con Peter Parker? —bromeó Fernanda—. ¿Katyna anda de novia con el Hombre Araña?

—Pues su P. P. está bastante más guapo que el actor que sale de Peter Parker. En realidad está guapisísimo.

—¿Cómo se llama tu futuro cuñado?

—No me lo van a creer, pero no lo sé bien. Creo que Pedro o Pablo Puttnam. O sea, Peter o Paul Puttnam. Pero como todos le dicen P. P. y siempre ha vivido en California... Hay gente que cree que se llama José, porque es mexicano *old fashion* y más macho que una canción de mariachi.

—¿Pues cuántos años tiene?

—No sé. Le calculo 26, pero no me creas. ¿Me pasas una de tus peligrosas cáscaras de papa, Chris?

—Ten, pero cuando te la acabes nos vamos a las motos de agua.

—Ok. Tú mandas.

Iguazú es un verdadero espectáculo. Lo mismo de cerca, mientras caminas por los andadores entre las cascadas y la brisa te salpica (y tienes que ponerte un plástico como gabardina para no quedar toda empapada), que como un paisaje en el taxi aéreo, ya que desde el cielo se capta una vista panorámica de tierra prieta alternada con vertiginosos ríos verticales de agua. Las cataratas también lucen magníficas cuando vas avanzando hasta la Garganta del Diablo, ese estrecho paso que divide Brasil de la Argentina. Fue un día completo en la naturaleza. Sol espectacular, enormes plantas, cascadas increíbles, arco iris y tierra.

Al día siguiente, todavía fascinadas, Vanesa, Fernanda y Christianne volaron de regreso a Buenos Aires. Llegaron a tiempo para ir a comprar piel: chaquetas, abrigos, carteras y botas. Volvieron muertas de hambre al hotel y cargadas de paquetes. Y estuvieron de acuerdo en pedir al *room service* —cada una en su habitación— una ensalada ligera o una empanada de choclo y queso y un botellín de agua, para no matarse el apetito para lo que les esperaba. Descansaron un rato, se bañaron sin prisa, se automasajearon los pies con una crema especial, se vistieron elegantes y se fueron de farra.

La noche fue buenísima para todas. Se fueron juntas a un centro nocturno a ver un *show* de tango, a cenar bife y a bailar. Esa noche, bajo la luz de Río de la Plata, cada una conoció a un gaucho y se entregó a un asunto distinto con él. Christianne, al turismo erótico; Fernanda, a conversar; y Vanesa, a reclutar un buen profesor de tango para la Escuela del Amor, porque a su candidato mexicano, Philip San, no deseaba volver a verlo nunca.

Quedaron en reunirse las tres en el hotel a la mañana siguiente; cada una llegaría cuando quisiera. Mantendrían los celulares prendidos para ayudarse en caso de que alguna lo necesitara. Se trataba de una noche libre.

Cuando Vanesa y Christianne abandonaron el restaurante separadas, cada una con un hombre a cual más interesante, Fernanda tomó un taxi y se fue sola al hotel. Ya en su recámara, abrió la cortina del balcón para mirar la noche llena de estrellas desde su cama. Se acostó y se dedicó al raro placer de extrañar a David. Conforme iba recordando, sentía un estremecimiento y la promesa de algo nuevo e inquietante. Una especie de melancolía le recorría el cuerpo. Se sentía romántica. Miró una vez más el cielo de esa noche formidable y suspiró. Estaba enamorándose.

A la mañana siguiente, mientras desayunaban omelet de corazones de alcachofa —muy clásico— y "masitas" con café, Christianne empezó a burlarse de Vanesa, pues "como el león cree que todos son de su condición", estaba convencida de que su amiga por fin había dejado de ser vegetariana en la cama. Supuso que ese argentino, el mejor partido de los del *show* de baile, era con quien había ejecutado acrobacias en la cama de él o en cualquier parte, que para eso tenía dinero en exceso Vanesa, para no tener que atenerse a lo que un hombre le invitara sino para pagarse lo mejor: no una sencilla habitación de cinco estrellas, sino de una constelación entera en donde la higiene, el lujo y la seguridad estuvieran certificados.

Y sí, en efecto, Vanesa se había acercado a hablar con el bailarín, el mejor en todos sentidos de las tres parejas que habían estado sobre el escenario la noche pasada. Lo había abordado directamente, y se había salido con él a la avenida 5 de Julio. Lo había llevado a cenar a un lugar diferente y de ahí a la habitación del hotel, donde estaban hospedadas todas en el mismo piso, aunque no el mismo cuarto. Pero no se hizo acompañar por él para tener relaciones sexuales, como se imaginaron Christianne y Fernanda, sino para ponerlo a prueba en cuanto a su capacidad como docente, pues un hombre puede bailar muy bien y no tener las dotes mínimas para enseñar a los demás su arte. Así que Vanesa fingió que no sabía bailar tango y se colocó en situación de alumna para poner a prueba a Eduardo Carminatti quien, arrogante, le comentó que había enseñado a bailar a media Argentina, qué va, a media América; presumió de que él y Ludmila, su compañera actual, habían ganado el segundo lugar en una competencia internacional de tango. Tenía en casa el diploma y con gusto se lo mostraría. Ella prefirió no ver el diploma y tampoco quiso contratar a Ludmila, aunque el bailarín insistía en que la gran oportunidad de Vanesa Kuri era promover a Eduardo y a Ludmila como pareja de tango.

—De ninguna manera —ordenó Vanesa—. Mi negocio no consiste en montar un *show* de baile étnico. Lo que me hace falta es un buen profesor de tango.

Y para eso lo había llevado a un sitio privado, porque no iba a ofrecerle un trabajo con todos los detalles en las barbas del capitán de meseros donde el tal Eduardo Carminatti había trabajado hasta ese día o, mejor dicho, hasta esa madrugada.

—Si quieres dejar un suplente, consíguelo ya, porque esta oferta de trabajo tiene tiempo limitado: 24 horas.

Eduardo Carminatti aceptó en un segundo, sin pestañear. Para él, la presencia de Vanesa Kuri era un sueño cumplido. Desde el más allá, como un arcángel o un hada madrina, había aparecido una empresaria extranjera para invitarlo a dar clases de tango en Roma y para funcionar como acompañante cuando se le necesitara. Era genial. Pero para él aquello era sólo el principio. Estaba extasiado. En el mundo había alguien que apreciaba su talento. La vida era como una feria y él estaba subiéndose a la rueda de la fortuna. Por fin otra vez estaría en lo alto. A su juicio, todo era "velozmente soberbio".

Terminaron de afinar los detalles. Salario, plan de trabajo, seguro médico, tipo de contrato. Male Company le reservaría un pasaje de avión (por Aerolíneas Argentinas) para el siguiente día hábil. También le arreglarían la visa de trabajo. Debía poner sus asuntos privados en orden y estar listo. Vanesa le dejó una tarjeta de presentación con los datos del director de Recursos Humanos. Debía arreglarse con él, a partir de ese momento, para todos los detalles. Cuando llegara a la ciudad de México, Eduardo Carminatti debía presentarse en el noveno piso del edificio de Risco 53, en Pedregal de San Ángel. Ahí se le daría el entrenamiento necesario. También alojamiento, vestuario y servicio de gimnasio. Viajaría con ella y con todo el equipo docente a Roma el 15 de enero; ahí recibiría Eduardo la segunda etapa de su capacitación básica. Las clases iniciaban el lunes 19.

11

En casa de los padres de Fernanda nadie estaba dispuesto a devolverle al perro sin nombre. Iban a cumplirse ya seis meses desde que había muerto de viejo el pastor alemán. En vida, ese animal se había llamado Sombra, y era al que más habían querido de entre todas las mascotas de Erick.

—Y aunque los animales son una responsabilidad —estaba diciendo su madre—, ya estamos encariñadísimos todos con él, sobre todo tu hermano. ¿Para qué te lo quieres llevar a tu departamento, Fer? Aquí tenemos jardín. Tú te pasas todo el día en la calle por lo de la inmobiliaria. El pobre animal va a estar solito.

—Pero, mamá…

—Bien sabes que los perros se deprimen, ¿verdad que lo sabes? Cuando quieras verlo pues vienes aquí, hijita. ¿Cuál es el problema? Tú comes con nosotros dos o tres veces por semana.

—Pero es mío, mamá —insistió Fernanda— sin entregarles todavía los regalos que había comprado para ellos en el viaje.

—El perro es tuyo, eso nadie lo niega. Pero si lo dejas aquí puedes ahorrarte el trabajo de recoger el excremento —sugirió el papá.

—Búscate otro en la perrera —propuso Erick—. Anónimo ha pasado más tiempo conmigo que contigo. ¿Qué clase de ama eres? Lo tuviste un día y te largaste de vacaciones dos semanas.

—No seas tramposo, Erick. El perro es mío y no se llama Anónimo. Hoy mismo le pongo nombre.

—No peleen, por favor, devuélvele el perro a tu hermana. Mañana compramos otro para esta casa. Total, es de ella.

A Fernanda no le pareció muy convincente la defensa de su padre; había un tono de reprobación a pesar de haber pronunciado las palabras justas: "es de ella".

—Pues no se lo quiero devolver, papá. Anónimo ya se acostumbró a ir conmigo y con mis amigos a todos lados. Duerme en mi cuarto. Me acompaña al fut. Ni loco. Yo no le doy nada. Que se consiga su propio perro. ¿Verdad, Anónimo, que quieres quedarte conmigo?

El perro aulló contento y se echó a los pies de Erick, a quien ya consideraba su amo.

—No se vale, mamá.

—Está muy apegado a tu hermano. ¿No lo ves? A ti no te hace caso.

—¡Mamá!, ¿cómo me va a hacer caso si no he estado en México? No iba a llevarme al perro a Costa Rica. ¿O sí?

—Hay gente que viaja con sus perros —atacó Erick.

—También hay gente que quiere más a los perros que a su propia hermana.

—Pero de qué hablas, hija. ¿Qué te pasa?

—Tú dijiste que no le hago caso al perro.

—Dije que el perro no te hace caso a ti. Que es distinto. Pero en el fondo da igual porque no puedes negar que, solito, el perro se va con Erick.

—Pero se puede encariñar conmigo, mamá, si dejan de sabotear que yo me lo lleve a vivir a mi depa. No es de Erick. ¡Es mío!

—Basta. Ya estuvo bien. Luego vemos lo del perro, Fernanda. Ahora cuéntanos de tu viaje —ordenó el papá.

Todavía disgustada porque todos se habían confabulado en su contra, Fernanda se metió al baño de las visitas para serenarse. Respiró hondo. Iba a darles los regalos sin más discusiones, pero eso sí, el weymaraner se iba a Francia con ella esa misma tarde. El perro era suyo y viviría en su departamento, en el número 37 de Francia.

Pero la suerte tenía otros planes para Anónimo. Fernanda tomó rumbo a El Café Ocho, en la Condesa, en cuanto salió de la casa de sus padres, que también consideraba totalmente suya pues ahí había pasado su infancia, su adolescencia y su etapa universitaria; porque ahí tenía todavía su recámara hasta con su computadora y sus antiguos muñecos de peluche; su querida casa a la que mil veces le habían dicho sus padres que podía volver cuando quisiera, por si decidía que no le gustaba vivir sola... El hecho es que cuando salió de esa casa se sentía espantosamente culpable y chantajeada por sus padres tan amorosos y por su hermano Erick, quien invariablemente cargaba todos los objetos pesados hasta la cajuela de la camioneta de Fernanda, y sin quejarse.

Pero ni aun así iba a ceder. Por lo que, aunque se sentía completamente miserable, no iba a dejarles el perro. Era suyo. Se mordió el labio inferior mientras pensaba que sus papás también le habían tomado cariño. Nada le costaba darles ese gusto... y estuvo a punto de renunciar al perro. Ella ni siquiera estaba encariñada con él. Pero al final decidió que si ellos lo querían tanto, pues que fueran más seguido a visitarla. Ella era la que siempre iba a verlos y había las mismas 11 calles entre la casa de sus padres y el departamento de ella.

Y entonces tuvo un pensamiento absurdo que terminó de convencerla de que ella tenía razón para ofenderse. Su familia no tenía derecho a ponerse en ese plan. Porque en el futuro, con qué confianza podría ella dejar a sus hijos (todavía ni engendrados) a que pasaran unos días en esa casa, para que se los cuidaran, cuando ella y su marido (inexistente) se fueran de viaje. Era obvio que sus padres iban a encariñarse mucho con sus hijos (aún no nacidos) y, en consecuencia, iban a exigirle que los dejara a vivir con Erick (quien sería un tío divertido y revoltoso). Porque Erick iba a ser muy simpático y los iba a entretener con sus juegos. Se sintió poco querida; estuvo segura de que sus padres querían más a Erick que a ella, y puso mala cara.

Total, que Fernanda se sentía egoísta e infeliz y no tenía ganas de contarles del viaje. Y no le daba la gana dejar que su hermano la despojara, en franca alianza con su madre. Por lo que había subido al perro a la camioneta Toyota y se había ido con todo: el weimaraner y las dos maletas (por las que había tenido que hacer un pago adicional, por el exceso de equipaje). Estaban muy pesadas y Erick no quiso ayudarle a subirlas otra vez a la camioneta. Y su mamá no lo había obligado a ayudarla. "Así que fue fácil saber de qué lado estaba mami", se dijo Fernanda resentida. Les llevaría los regalos de Argentina y Costa Rica el domingo siguiente. Ni siquiera iría el miércoles a pasar con ellos la fiesta de fin de año, estaba pensando mientras manejaba por paseo de la Reforma. Tomó la desviación por avenida Palmas. Milagrosamente el tránsito fluía.

Tener un pleito con su hermano y sentirse desgraciada era lo último que se había imaginado cuando bajó del avión horas antes. Se había despedido de Christianne con amorosos abrazos. El viaje había concluido y la convivencia por vacaciones también. Fernanda estaba sin nadie. No había a la vista ningún hombre deseoso de pasar la tarde con ella. Pero a su amiga sí la estaban esperando en el aeropuerto.

Edgar González (el chef, amante sabatino de Chris y compañero de todas en las clases de cocina) estaba ahí, con un enorme ramo de rosas rojas, desesperado por tener a Christianne para él solo. Fernanda prefirió no ver el reencuentro tipo incendio que se avecinaba; nunca le había gustado ver a otras parejas teniendo intimidades y Christianne era propensa al canibalismo, así que había rechazado el aventón que ellos le ofrecían y se había ido en un taxi directamente a su casa, sólo a recoger su camioneta, y de ahí, a 11 calles exactas de su depa, quedaba la casa de sus padres. Tenía la intención de pasar una tarde rotundamente pacífica. Pero aquello había acabado en pleito. Y Fernanda sabía que sus papás la censuraban por no haberle dejado el perro a su hermano menor y entendía sus razones; pero el perro era suyo y lo quería tener en su depa. No había sido idea de Erick ir a rescatarlo a la perrera.

Se fue a tomar un pastel. Necesitaba que se le subiera el nivel de chocolate en el alma. Las llantas Michelin de su Toyota la llevaron hasta El Ocho, donde la rutina parecía no haberse suspendido ni un instante. Todo seguía igual. La gente platicaba en grupos sobre la banqueta. Los perros estaban conviviendo entre sí y con sus amos. El letrero de *Pet friendly* seguía sobre el muro. Las pizzas servidas en charolas de madera en forma de ocho parecían deliciosamente eternas, detenidas en el tiempo. Sólo faltaban David y su abuelita, sentados en la mesa de la esquina, sobre la calle de Amsterdam, o David y los cinco amigos guapos, en la mesa rectangular sobre la calle de Ozuluama, para que Fernanda sintiera como un paréntesis imaginario sus vacaciones de casi dos semanas a Costa Rica, Iguazú y Buenos Aires.

Desplegó el menú. Se dio cuenta de que además de coraje tenía hambre. No sería prudente. No comería una ensalada. Comenzaría con el pastel de doble chocolate y luego con una pizza hawaiana, y en eso estaba cuando notó que el perro se zafaba de la correa que ella creyó haber amarrado bien al respaldo de la silla. Anónimo corría en dirección al parque. Un olor antiguo pero inolvidable lo guiaba hacia su hogar, que no era una casa ni un departamento, sino una niña de siete años que avisaba a sus padres —entre gritos y saltos— del regreso de Gris, porque así se llamaba Anónimo. La niña lo había bautizado Gris, pero no por Griselda ni por otra razón, sino por el color gris del pelaje. Era un ama pequeña, con una imaginación también pequeña.

Fernanda no quiso recibir ninguna recompensa. Les explicó que no había llevado al perro a esa zona porque hubiera visto en los postes de la colonia ninguno de los letreros con la foto de Gris y la promesa del dinero. Lo devolvía con gusto y sin querer recibir nada a cambio. Les contó que le habían aplicado todas las vacunas hacía apenas medio mes. Tampoco quería que le reembolsaran los gastos de veterinario. Se alegraba de que la niña lo tuviera de regreso. Lamentaba que lo hubiera llorado tanto… Pero ahora se le veía tan feliz que le daba mucho gusto. El perro emocionado seguía lamiendo la mano de la niña.

Estuvo platicando un rato más con los jóvenes padres que llevaban otras dos niñas, una de brazos y otra dormida en la carriola. Se despidió de todos. El regreso a la pizzería no fue como la carrera al parque. Ahora caminaba arrastrando los pies, con el olor de la correa en la mano derecha como testimonio de que no había sido un sueño la aventura con el famoso perro weimaraner.

Regresaría a la casa de sus padres. Les contaría exactamente lo que había pasado. Haría las paces con Erick. Por lo pronto, en El Ocho no sólo la esperaban un café descafeinado y un pastel de doble chocolate.

—¿Vives en esta cafetería? —le preguntó David a modo de saludo.

—No. En realidad acabo de regresar de Buenos Aires —y se pasó la servilleta de papel una vez más por la boca; le daría mucha vergüenza tenerla negra a causa del chocolate.

—¿Hoy?

—Sí. ¿Vienes a tomar café con tus amigos? —le preguntó Fernanda arrepintiéndose de inmediato, pues David iba a pensar que ella estaba demasiado al pendiente de él y de la gente con quien se juntaba, y eso no era bueno.

—Vine con mi abuela.

—¿Quieren sentarse? —lo invitó ella con el propósito de que la voz de su conciencia no fuera a reprocharle luego que ella no aprovechaba las oportunidades.

—Te lo agradezco. Ya tomamos algo. Volví porque mi abuela olvidó su bufanda. Voy a ir a pedírsela a la cajera. Te quedó una migaja aquí —dijo él y se la quitó con los dedos, suavemente.

Fernanda sintió la fuerza de una descarga eléctrica. Se ruborizó. Por fin, la tarde mejoraba. Él se sentó un momento y escuchó lo que ella se moría por platicarle. Le contó que acababa de devolver a Anónimo a su dueña original, una linda niña, y que el perro había estado perdido siete semanas. Su dueña llevaba la cuenta exacta, a pesar de ser tan chica. Y aunque la niña seguía siendo niña, el perro ya era un adulto, porque tenía tres o cuatro años, y en la edad de los perros andaría por los 28, y por cierto estaba muy bien educado, porque había tomado cursos de defensa y ataque y de obediencia básica. Se lo había explicado el veterinario a Fernanda cuando ella lo había ido a buscar a la perrera; pero no porque a ella se le hubiera perdido el perro ni porque conociera a la niña desde antes y la estuviera ayudando a buscarlo sino porque… y continuó hablando desordenadamente porque se sentía muy nerviosa.

—¡Qué coincidencia tan rara! —dijo David—. Así que el perro está de regreso con su ama original, y tú no sabías que ella iba a venir a esta hora al parque.

—De hecho, yo no sabía que yo iba a venir al parque. Tendría que estar ahora en la casa de mis padres —y cuando lo dijo le ganó la nostalgia—. Simplemente sucedió. De repente todos coincidimos. Sin conocernos. Sin planearlo. A Anónimo, que en realidad se llama Gris, perdón, eso ya te lo había dicho, lo estaba cuidando mi hermano Erick.

—¿O sea que vives con tu familia?

Fernanda se quedó en silencio un momento y de golpe se sintió triste. Se había peleado con su hermano Erick para nada. Ahora ninguno de los dos tenía al perro.

David creyó que Fernanda estaba en silencio porque él le había hecho una pregunta demasiado personal, por lo que cambió de tema:

—¿Estás cansada del viaje? Tienes triste la mirada y tú siempre sonríes con los ojos.

Los ojos castaños de Fernanda se iluminaron como si tuvieran por dentro focos de 400 watts. Había escuchado bien. David se había fijado en que ella tenía la mirada luminosa. Y era verdad. No toda la gente la tenía tan brillante como ella. Lo sabían sus amigas, su familia, los que la conocían y notaban cuando se le apagaba la luz por la enfermedad o la tristeza. Pero a David lo había tratado muy poco. Y, sin embargo, él se había fijado.

—Me está esperando mi abuela —dijo él y soltó la risa—. Vas a pensar que yo soy… no un "niño de mamá" sino "un niño de su abuela". ¿Te gustaría saludarla? Está aquí a la vuelta, en el Jeep. Sé que a ella le encantaría verte.

—Tal vez podríamos tomar un café aquí, tú y yo algún día. Ponernos de una vez de acuerdo. No dejárselo a la suerte —sugirió ella.

—Pues la suerte hace maravillas —respondió David refiriéndose a lo que acababa de ocurrir entre la niña y el perro.

Pero como Fernanda andaba sentimental, lo tomó como que él no quería comprometerse a una cita para tomar café con ella, por lo que simplemente le contestó:

—Salúdame a tu abuela, por favor. Deséale feliz año. En este momento no tengo tiempo de ir hasta tu coche para platicar con ella. Debo irme cuanto antes. Yo también tengo familia. Y sé que me están esperando.

David se limitó a felicitarla.

—Feliz Año. Déjame darte un abrazo —pidió él.

Y aunque se trataba de un abrazo social, cuando sus cuerpos se enredaron ambos se sintieron transportados a un lugar llamado paraíso. Sus corazones palpitaron más rápidamente. El tiempo se detuvo. Los párpados se cerraron como un telón para cubrir la realidad. Y, efectivamente, la realidad se volvió invisible para ellos. Durante unos segundos el mundo desapareció. No existía nada más que ese par de cuerpos fundidos, que se acoplaban como si hubieran sido creados para estar juntos. Cada uno era el pedazo de una pieza que por fin quedaba completa. Permanecieron un rato así, juntos, tratando de prolongar la prodigiosa sensación que se había provocado entre ellos. Ella suspiró, entreabrió los ojos. Quería verlo, asegurarse de que David estaba ahí, de que no era uno de sus sueños románticos. Él la abrazaba con ternura pero también con la fuerza exacta para retenerla siempre. Él no quería que esa mujer se exiliara de sus brazos.

Cuando Fernanda regresó a la casa, su familia estuvo a punto de no creerle.

—Ese perro debería comprarse un billete de lotería —dijo el papá—. ¡No hay quien pueda explicar la suerte!

—Sería más fácil que confesaras que se te escapó —rugió Erick.

—Yo sí puedo explicar la suerte. La suerte es tener una familia como la nuestra. Perdóname, mamá. De veras lo siento, Erick. Tengo cólico y estoy muy irritable. Tal vez si me lo hubieras pedido de otro modo te hubiera dado al perro, pero te pusiste muy exigente, y contigo siempre es igual, te encaprichas y no reconoces lo que es tuyo y lo que no lo es, y haces que mamá se ponga de tu lado.

Al darse cuenta de que las palabras estaban tomando un rumbo peligroso, lejano a las intenciones conciliatorias de Fernanda, la señora Ingrid puso punto final a la discusión. Dijo que era tarde y los condujo a la cocina con todo y las maletas. A Erick le tocó cargarlas, aunque seguía furioso con su hermana.

En la mesa de la acogedora cocina, al calor de la charla, mientras Fernanda sacaba los regalos del equipaje, la señora Ingrid preparó unas quesadillas y café descafeinado. Probaron los alfajores recién llegados y todos oyeron gustosos lo que Fer había visto. La descripción del volcán Poás, con ese mirador enorme desde el que se veía el color azul neblinoso del cráter, y que ellos también deberían visitar algún día… Y los colibríes totalmente morados o rojos, tan distintos de los de México, y la rana roja, en verdad extraordinaria… Porque Costa Rica resulta ser un corredor biológico representativo de toda la fauna y la flora del continente. Y platicaron, se rieron y recibieron las chamarras de piel y la bolsa de mano. Y se rieron otra vez. La armonía había vuelto. Y cuando Fernanda ya se iba, tuvo una idea. Iba a conseguir otro perro para Erick. No le compraría un cachorro. Sería un perro *ready to go*. Adulto y educado. Ella podía reparar lo que se había dañado.

A la mañana siguiente llegaron a la perrera. El anciano vigilante de la puerta los dejó entrar. Vieron que varias jaurías correteaban. Algunos animales, echados sobre el cemento, se lamían las heridas de batallas callejeras. No había ningún lomo gris a la vista.

—¿Y ahora qué hacemos? —preguntó Erick—, ¿quién atiende aquí?

—*Seat* —gritó Fernanda desde el frente, como si estuviera en el patio del ejército.

Para asombro de su hermano, varios perros se sentaron. Otros voltearon hacia el frente, indecisos, como si no reconocieran la voz de mando. La mayoría de los animales permanecían indiferentes.

—*Stay* —ordenó Fernanda a voz en cuello—. ¿Ves? Los que se sentaron están educados. ¿Cuál te gusta?

Un alaskan malamute mestizo bastante sucio atrajo la atención de Erick.

—¿Qué edad tiene?

—Eso no sé cómo averiguarlo.

—Da igual. Éste es el que quiero.

—¿Seguro? Hay más. Puedes ver otros.

—No. Quiero este. Mira sus orejas. ¡Checa sus ojos!

—Entonces vamos a hablar con la muchacha que está allá. Tenemos que hacer un pago simbólico antes de llevárnoslo —dijo muy segura de sí misma mientras acariciaba la espalda de su hermano.

12

Hay muchas formas de decirle adiós a un año. Rodearse de amigos y parientes, hacer un brindis y chocar las copas; dar gritos de júbilo y apresurarse a repartir decenas de abrazos, como lo estaban haciendo en su rancho de Valle de Bravo, Mariela, Gérard y su primogénito, Bernardo Háusser Quintanilla.

También la fiesta de año nuevo puede ser muy parecida a la de Navidad, pero con las uvas y sin los regalos. Así la festejaban en casa de los padres de Fernanda, en donde el perro adoptado —al que Erick había nombrado Alaska— estaba perfectamente integrado a la familia. Fernanda no se habría perdido los preparativos de esa cena por nada. Adoraba ayudar a su mamá a cocinar el bacalao, los frijoles refritos y el jamón claveteado con jerez, y desde hacía tres años ella había introducido a la tradición familiar unas botanas que Mariela le había enseñado a guisar: berenjenas a la parmesana y champiñones rellenos de espinaca y queso de cabra. A todos en la casa les fascinaban.

Pero no por ser menos numerosos son menos felices los que andan en el mundo por parejas y celebran el año nuevo en un centro nocturno rodeados de extraños. David Sheridan y su abuelita Lilí habían hecho reservaciones en un hotel de la ciudad de México para escuchar a Alberto Cortés cantar *Mi árbol y yo*. A ella le encantaba ese cantautor, y a David le gustaba ver feliz a su abuela. En ese momento estaban comiendo las uvas y se reían mientras se atragantaban, porque ella estaba muy retrasada y no había podido tragarse ni siquiera marzo, y al ritmo de las doce campanadas se deseaban con gran amor que todos los deseos se les cumplieran ese año y siempre. Lo curioso es que ninguno de los dos había pensado en nada para sí mismo. David deseaba salud para su abuela, y ella deseaba que una buena muchacha llegara para quedarse en la vida de su nieto.

Horas antes, cuando Vanesa entró al hotel Empire de San Francisco con la intención de registrarse, se encontró con que nadie más que ella había llegado. Desde muy temprano estaba preparada la suite con seis habitaciones, salón de estar, baños con tina romana y jacuzzi, terraza, comedor y tres estudios (con instalaciones completas tipo *business center*). El empleado del *front desk* del hotel le entregó el comprobante de un paquete que debía ser reclamado en ciertas oficinas de migración en el aeropuerto internacional de donde ella procedía, precisamente. Según la tarjeta de envío, el paquete era voluminoso y pesaba más de 130 libras; además, lo habían puesto en cuarentena. Origen: África. Remitente: Mr. and Mrs. Kuri. Destinatario: Vanesa y Katyna Kuri.

No van a venir, pensó Vanesa y prefirió no abrir el sobre todavía. En esos formularios de las oficinas de correo, donde suele haber un espacio para un mensaje breve, Vanesa imaginó escritos un pretexto y una disculpa, así que prefirió guardar el sobre en su nueva bolsa Gucci, y sentarse un rato en uno de los butacones del recibidor. De pronto captó el significado: esa área del hotel se llamaba *recibidor* porque ahí se daba la bienvenida a los huéspedes, ahí obviamente se les *recibía*. ¿Por qué a ella nunca la recibían personas sino muebles, edificios, hoteles? ¿Dónde demonios estaban sus padres que no podían reunirse con ella y con su hermana a pasar el Año Nuevo?

Vanesa iba vestida con pantalones ajustados y un moderno abrigo de seda. Estaba completamente absorta en su decepción, cuando un hombre atractivo, que había estado esperando detrás de ella para que lo atendieran en el *front desk*, le ofreció la más varonil de sus sonrisas y, con la intención de comenzar un típico filtreo, se dirigió a ella. Pero Vanesa estaba de muy mal humor y no le devolvió la sonrisa ni prestó atención a las frases amables que él decía en inglés. Simplemente se lo quitó de encima haciéndose pasar por francesa no angloparlante.

—*Pardon, monsieur. Je ne parle pas anglais.*

Y sin levantar el rostro, dijo "*good bye*" con un acento perfectamente gutural y parisino.

No estaba dispuesta a enojarse. Odiaba enojarse, pero tampoco tenía ganas de ser la primera en entrar en la suite Queen Elizabeth, la que sus ocupados e importantes padres habían reservado con cinco meses de anticipación y con la promesa de que ese 31 de diciembre sí se reunirían todos.

La ineficacia familiar desesperaba a Vanesa. Llevaban cuatro años intentando estar todos juntos en San Francisco para celebrar el año nuevo. Y sus célebres padres terminaban mandándoles tarjetas postales desde Dinamarca, Camboya o Perú, y ahora desde Angola, África.

Al parecer jamás iban a lograrlo. Sólo eran seis personas: papá, mamá, Vanesa, Katyna, el tío Bill y la abuela. Vanesa podía organizar que 3 400 acompañantes —procedentes de cualquier lugar del mundo— llegaran al mismo hotel a la misma hora, y que estuvieran todos juntos cuatro días en un congreso convocado por ella; pero no conseguía que sus padres las pusieran a ella y a Katyna en el primer lugar de sus prioridades.

Siempre mostraban estar más interesados en los pueblos que en las personas; en los ensayos científicos que ambos publicaban en revistas especializadas que en sus dos hijas, Vanesa y Katyna, a las que por supuesto jamás les había faltado nada. Les habían dado educación en las mejores universidades del mundo, capital para iniciar negocios propios, un árbol genealógico alto y esbelto como un álamo y apariencias físicas espectaculares; y por si todo eso fuera poco, una cantidad impactante de contactos sociales, amigos y relaciones. Les habían enseñado a tomar decisiones y a moverse por el mundo como en su propia casa. Sobre todo les habían dado libertad desde que eran adolescentes, para que ambas vivieran sus vidas a su propio aire.

Enojadísima, Vanesa se dejó caer sobre un sofá del recibidor del hotel.

—Siempre es lo mismo. Para hablar con mi madre o con mi padre debo pedir una cita a una secretaria o al subjefe de algún proyecto patrocinado por la ONU. ¿Para qué eligen vivir en esos sitios polvosos e incomunicados? ¿Por qué cuando se supone que voy a reunirme con mi familia, a mí siempre me reciben los brazos de un sillón? —y sin darse cuenta, se puso a acariciar el suave terciopelo de la tapicería.

Estaba, efectivamente, "abrazada" por un sillón Bergier de terciopelo color oro cobrizo, cuando notó que entraban su hermanita y su abuela por la puerta giratoria de cristales biselados del gran hotel. Reían a carcajadas.

—*Hey* —gritó Katyna y se lanzó hasta donde estaba su hermana—. *What's up?* —preguntó y la jaló para que se pusiera de pie y las abrazara.

Como Katyna también era bastante alta, aunque no

tanto como Vanesa, se estrecharon de modo natural; pero como la abuela Giselle ya estaba muy reducida a causa de la osteoporosis, Vanesa tuvo prácticamente que doblarse. Habría sido más cómodo abrazarla sin levantarse del sillón, porque así la altura de las mejillas de Vanesa (sentada) y las de su abuela (parada) sería la misma.

Con el poder que siempre había tenido para hacerla sonreír, Katyna comenzó a platicarle a Vanesa acerca del viaje por la carretera Uno. La abuela de 77 años se había empeñado en manejar a mayor velocidad de la permitida y una patrulla las había detenido.

—Tampoco la abuela iba a venir —bromeó Katyna—, querían llevarla a la cárcel. Le dieron una buena multa.

Como en general Katyna no tenía la costumbre de esperar nada, sino que se situaba tranquilamente en las circunstancias y vivía feliz, no le molestó que sus padres no hubieran llegado pues era lógico: estaban en África. Y aunque fueran adultos y fueran sus padres, eran el tipo de personas que sólo comprendían el significado de lo que habían acordado hasta que estaban a punto de que los planes familiares se concretaran. Seguramente se hallaban a la mitad de una investigación científica imposible de interrumpir sin que tuvieran que pagar después las consecuencias, o les había surgido el compromiso de dirigir un discurso a un comité internacional que patrocinaría alguno de sus proyectos multinacionales. Así que les habían mandado algún regalo exótico para compensarlas en lo que se encontraban algún día con ellas, tal vez en África o en Bangladesh porque, indudablemente, lo más fácil era que sus hijas fueran a visitarlos, cuando pudieran, a algún país del tercer mundo.

Los regalos que Katyna había comprado para todos también habían llegado. En uno de los pasillos del majestuoso hotel, cerca de la zona de los *bell boys* y del resguardo de equipaje, esperaban cinco jacarandas brasileñas, muy bien formadas y con sus etiquetas de "verificadas" por la inspección fitosanitaria. En los troncos lucían los sellos de ingreso autorizado a los Estados Unidos.

—¿Les gustan? ¿Verdad que son formidables? En Brasil su nombre se pronuncia con *y* como *ya* o sea que los árboles se llaman yacarandás.

—Se llaman jacarandas, en español —tradujo Vanesa—. La ciudad de México está repleta de ellas. No me acuerdo si es en febrero o en marzo, pero el hecho es que en el primer trimestre del año el horizonte se cubre de color lila, y si pasas manejando por las calles, con las llantas del carro puedes aplastar una especie de alfombra formada por esas flores que son como campanitas. Y desde el helicóptero, las copas de las jacarandas parecen manojos de brócoli color lila.

—¿Hay tantas en México? Y pensar que estaba considerando instalar mi agencia de detectives en Río de Janeiro. Me voy a vivir a México, abuela. ¿Te parece?

—Te seguiré a cualquier ciudad medianamente civilizada que tú escojas, *my baby*. México estaría bien, porque también podría verte a ti de vez en cuando, Vanesa. ¡Vives tan ocupada como tus padres!

—Me daría gusto que conviviéramos, *granny*; pero los negocios me tienen muy atareada —respondió Vanesa pasando por alto la comparación de que estaba "tan ocupada como sus padres".

—¿Y para qué mandaste las jacarandas al hotel de San Francisco? Se las hubieras enviado de una vez a África.

—¿No vienen? —preguntó decepcionada la abuela—. Con las ganas que tengo de verlos, pero es que yo no puedo permitir que me pongan 14 vacunas para ingresar a Angola. Si alguna de ellas prende, me mata.

—No son 14, abuela, son seis —corrigió Katyna.

Pero nadie hizo caso porque, olvidada de sus nietas, la elegante anciana de cabellos claros y vestido Yves Saint Laurent recordó la época en que tenía una salud de roble y ningún viaje de 36 horas en avión le hacía mella. Y pensó en sí misma, vestida apropiadamente para un safari; pero su recuerdo era tan antiguo que no tenía sonido ni subtítulos, como las primeras películas de Chaplin.

—El año próximo terminaré la carrera —anunció Katyna—. Hay que decirles a *mom* y a *dad* que lo celebremos en París. Sería muy fácil para ellos acercarse.

—Nosotras estaremos ahí, sin falta —aseguró la abuela Giselle—. ¿Verdad, Vanesa?

—Cuenten conmigo. Estoy yendo cada mes a trabajar a Roma. Avísame con tiempo para organizarme, Katyna. Por cierto, hace mucho que no vamos a andar en bicicleta a Bélgica.

—Tienes razón.

—¡Ya sé que voy a regalarte por tu graduación! Te voy a dar un buhito y te invito unos días a Bélgica para andar en bicicleta en Brujas. ¿Te gusta la idea, abogada?

—Me encanta. Pero, ¿quién va a hacerse cargo del buhito? A mí me gustan las plantas, pero no los animales.

—Un buhito de cerámica. Hay unos preciosos que cambian de color según el clima. Los he visto en Italia. Se colorean de rosa cuando hace calor, y de azul ante la amenaza de llovizna. Cuando nieva se ponen anaranjaditos y…

—*Cool*. Lo podría poner sobre mi escritorio, cuando tenga una oficina.

—¿Y cómo te ha ido con P. P.? ¿Había buen ambiente en Vail? Mis amigos estuvieron en Montana. Se está poniendo de moda. ¡En Vail ya te encuentras a cada gente!

—P. P. anda bien. Se fue a Bélgica. ¿Y qué se hace en Costa Rica, Vane? ¿Te divertiste?

—Niñas, niñas, me duelen mucho los pies. ¿Por qué no vamos a la *suite* a beber vino caliente y bizcochos de almendra? Ahí podríamos seguir platicando. No tenemos por qué acampar en este *lobby*.

13

Y resultó que Male Company le había otorgado a David cuatro noches libres. Se trataba de un bono por el trabajo extra realizado días antes en Roma para auxiliar a Enzia Tedesco. Era viernes 3 de enero. Él se sentía como de vacaciones. Tampoco trabajaría el sábado ni el domingo. El lunes estaría libre también.

Insistió en llevar a su abuela al oculista para que le hicieran nueva graduación a sus lentes, y luego la invitó a comer a un restaurante francés muy acogedor, situado en la colonia Nápoles.

A pesar de sus 87 años, Lilí aguantaba bien el paso. Esa señora pertenecía a la generación de mujeres sumisas al destino, acostumbradas a hacerse fuertes y no molestar nunca a nadie con sus necesidades personales. Por lo que David le pidió como un favor —supuestamente para que él descansara— que fueran a la casa a dormir la siesta. Luego llevarían a Tenorio a pasear a la calle de Ámsterdam. El plan era comer un postre en su café favorito: El Ocho.

En apariencia, el año había iniciado sin ninguna novedad. Sin embargo, David, el indiferente e incasable David, el eterno soltero, se sentía incompleto, como si algo importante le estuviera haciendo falta. No sabía qué era pero se sentía extraño, entre melancólico y nostálgico.

Mientras la abuela Lilí dormía la siesta, él salió a dar

la vuelta con Tenorio que iba ladrándole a cuanto perro se encontraban en la colonia. Detrás de la enredadera más tupida o de las llantas de un coche estacionado, o de unas cortinas muy gruesas, Tenorio sabía que algún perro lo estaba esperando para responder a su saludo, ya fuera con ladridos feroces o con amigables movimientos de cola. Pero los ladridos alcanzaban el volumen de una orquesta cuando pasaban frente a la tienda de mascotas. Y por más que los empleados limpiaban y limpiaban, los cristales estaban llenos de huellas de manos infantiles y de las patas de algunos perros que se lanzaban con fuerza contra el cristal de doble grueso.

Una cachorra golden retriever, muy blanca, de orejas color miel, atrajo la atención de David, quien no se conformó con verla sino que entró con Tenorio a la tienda y la compró de inmediato.

Cuando él volvió a la casa, la abuela se mostró muy consternada.

—Chole no va a querer cuidarla —advirtió—, y a estas alturas de mi vida yo no puedo ofrecerme. Lo lamento. ¿Cómo fue que la compraste?

—No es para nosotros. Vamos al café, ¿quieres?

Y sin explicar sus intenciones a la abuela Lilí, David Sheridan cuidó a la perrita toda la tarde y estuvo vigilante hasta que el cielo se oscureció. Él tenía la certeza de que Fernanda llegaría al café. Pero no sucedió lo que él esperaba. Entonces el sábado David pasó dos veces por ahí en el Jeep, en la mañana. Una vez más parecía que era culpa de la suerte que él no se encontrara con Fernanda; pero recordó que los sábados ella iba a la clase de cocina en Coyoacán, y se fue con Tenorio y la perrita a buscarla.

Vanesa, Fernanda y Christianne le habían llevado a Mariela regalos del viaje: unas plumas de ave pintadas con paisajes típicos de Costa Rica, en miniatura, y una chamarra de gamuza azul marino que le quedó mejor que si ella misma se la hubiera probado luego de pedir su talla.

Mariela les estaba mostrando un álbum de la boda de Guillermo y Vivian. En algunas fotos estaban ellas entre los invitados.

—¿Te molestaba la luz de los reflectores de la iglesia? —le preguntó Mariela a Fernanda. Saliste con los ojos entrecerrados.

—Estaba lloriqueando porque no encuentra con quién casarse —se burló Christianne.

—Ya no me importa si me caso.

—¿Qué? —preguntaron todas en desorden.

—Creo que me sucedió lo que estaba buscando. Ya sé qué se siente estar enamorada. ¡Estoy enamorada!

—¿Por qué no nos lo has presentado?

—Porque… es complicado.

—Los casados nunca se divorcian —sentenció Mariela—. Al final, todos acaban siendo mal negocio. ¡Sácatelo de la cabeza cuanto antes!

—No es casado.

—¿Y entonces? ¿Por qué no te ha hablado formalmente? Eres una preciosidad, Fernanda, y además un encanto de muchacha. Cualquier hombre debería sentirse más que honrado de que tú lo amaras.

—Él no sabe que yo me enamoré de él. Déjenme ver si puedo explicarles. Por fin estoy viviendo el sentimiento que yo quería conocer. Es arrasador. Se siente en el cuerpo y en el alma. Y… aunque no sé si vaya a terminar ocurriendo algo con él, lo importante es la clase de persona en que una mujer se convierte cuando está enamorada. Es una sensación casi mística, como de querer ser mejor. El mundo se transforma. Eso es lo primero que ha hecho él por mí. Es por él que siento esto. He dejado de pensar en mí y en mis caprichos. De repente…

—No te vayas a ir de misionera. Así ha de haber empezado Gandhi.

—¡Cómo eres, Christianne! Se me hace que no logro explicarles lo que siento. No sé. A ver… antes que pensar en mí, lo que a mí me importa es que él esté bien, que no sufra ni le falte nada, que consiga todo lo bueno que desea en la vida.

—Eso es lo que sienten las madres por sus hijos —intervino Mariela.

—Les juro que mientras más lo explico más me enredo. Ojalá pudiera explicar el amor. Capturar en algún lado esto que estoy sintiendo. Debería ser tan fácil como estas fotos de la boda de Guillermo y Vivian. Aquí —dijo pasando la mano sobre el álbum— quedaron los recuerdos, los sentimientos, y cada que las veamos nos acordaremos de la boda de Guillermo y Vivian, de esta época de nosotras.

—¿Y? —preguntó Vanesa.

—¡Ay!, se me ocurre que es difícil definir el amor, pero sé muy bien que es eso lo que estoy sintiendo.

Afuera, en la calle, resultaba realmente imposible encontrar un espacio para dejar el Jeep. David había estado dando vueltas y más vueltas. No había lugares vacíos en los estacionamientos públicos. Y de pronto sintió que era un despropósito completo lo que estaba haciendo, por lo que se regresó a su casa a jugar un rato basquet.

Al fondo del largo patio estaba la canasta, clavada muy alto contra el muro de cemento. Tenorio correteaba ladrando detrás tratando de quitarle el balón, pero invariablemente era David quien encestaba.

—Si ya paseaste a Tenorio, podríamos ir a otro lugar

esta tarde —dijo la abuela Lilí—. ¿No necesitas comprar ropa para tu viaje? Me gustaría ir contigo a las tiendas.

—Voy a comprarla en Roma. Es de mejor clase. ¿Tú quieres comprarte algo?

—No. Sólo pensaba acompañarte. Dime, David, ¿por qué quieres que hagamos algo juntos cada que dispones de un rato para ti? Yo puedo quedarme en paz a tejer. No tienes que compensarme las horas que no pasas conmigo por estar de viaje. No voy a morirme todavía. En verdad no hace falta que te quedes. Es raro que pases tanto tiempo aquí, caminando como alma en pena. ¿Te sucede algo? Te noto diferente. No sé, te portas de un modo extraño.

Realmente resultaba extraño, porque aunque David era un hombre muy ocupado y muy cumplido con el contrato de Male Company, trabajaba diez horas diarias y nunca transgredía ninguna de las normas, le sobraban las mujeres para pasar el rato. Era un hombre que podía gustarle a cualquier mujer. Era agradable y poseía unos modales seductores irresistibles. Para David siempre había jóvenes hermosas (no clientas) con quienes divertirse en la ciudad de México y en todas partes. Él estaba acostumbrado a dejarse querer y a hacerlas reír. Incluso solía aceptar planes con Pedro Solís, Philip San y otros compañeros del trabajo para juntarse con nenas bellas como modelos, interesadas en pasársela bien con hombres interesantes, de su mismo nivel estético y económico. Eran experiencias eróticas sin compromiso ni trascendencia.

Pero en ese momento, David no tenía ganas de eso. En sus manos había empezado a crecer la añoranza por una mujer específica. Tenía ganas de cosas tan simples como platicar con ella. De escuchar su voz, de provocar en ella una sonrisa. La veía en el recuerdo. Le gustaba cómo platicaba Fernanda; le gustaba la forma en que le había contado el asunto del perro Anónimo y la ternura con que había barnizado sus palabras al hablar de esa pareja de esposos jóvenes, de la niña dormida en la carriola y del globo metálico amarrado en cada una de esas muñecas. Porque el hilo se elevaba como una ilusión desde la muñeca de cada niña, sin importar si estaba despierta, dormida o soñando. El Parque México había cambiado de significado. Nunca antes David lo había visto así. De pronto lo redescubría como un lugar donde las parejas felices paseaban con sus hijas pequeñas y su perro y sus globos metálicos.

Como David tampoco se había enamorado jamás, creyó que lo único que pasaba era que Fernanda le gustaba mucho; le gustaba muchísimo. Todo en ella le encantaba porque era bonita y muy dulce. Él se dio cuenta de la enorme necesidad que sentía de estar con ella, exclusivamente con ella. Sin embargo, no la llamó para invitarla a salir. Y aunque ambos vivían en un mundo moderno, en pleno 2009, en donde existen los teléfonos celulares, él prefirió dejar a la suerte la realización de esa cita. Tomó a la cachorrita y se fue al parque. Y, como para engañarse, se dijo que no tenía otra intención que entrenarla para que dejara de orinarse en cualquier sitio.

Esa tarde Fernanda tampoco se apareció por El Ocho. Tenía cosas que hacer. Era el cumpleaños de su papá y toda la familia se iría al día siguiente a celebrar a Las Vegas. Habían comprado un paquete de cinco días y cuatro noches. De domingo a jueves. Fernanda se había hecho cargo de organizar el itinerario con todo y los espectáculos. Verían *Le cirque du soleil* y un par de *shows* de magia.

Los días se iban, sin piedad, uno tras otro. Nadie podía deternerlos. Tampoco era posible recuperarlos. Igualmente incontrolable es el amor. ¿Cuántas veces roza la vida de cada persona el amor verdadero? ¿Cuántas veces llega la oportunidad? ¿Y si la persona no se da cuenta a tiempo?

David sentía un vacío. El amor también podía ser una molestia, un sentimiento que no dejaba estar en paz. Él extrañaba muchísimo a Fernanda. Era absurdo porque apenas la conocía. Pero la necesitaba. David jamás había confiado en la intuición; sin embargo, en ese momento, presentía que ella era la mujer de su vida. Y no dependía de él que ella también lo amara. Ni siquiera podía controlar el amor que él estaba sintiendo: era una red de emociones y sensaciones, que apenas podía identificar. ¿Quién había dicho que el amor y la felicidad llegaban juntos? Él se sentía inquieto, desconcertado. La necesitaba junto a él, para él. La necesitaba desesperadamente, cada día más.

Porque a pesar de haber estado cerca de tantas mujeres, ninguna había provocado en él lo que Fernanda le hacía sentir. Y aunque ella volvió de Las Vegas, no habían vuelto a verse.

David temió que Fernanda no hubiera pensado en ningún momento en él. El amor no es un concurso de belleza, de dinero ni de influencias ni de poder. Es arbitrario e inesperado. Ni siquiera tiene reglas. A veces se presenta como una suave llovizna y otras veces como un huracán. Es distinto para cada persona; difícil de reconocer en cada ocasión. El amor es un sentimiento invasivo de alta intensidad. Es un hilo tan invisible como inexplicable que une a dos personas sin importar lo lejos que estén, lo diferentes que sean o lo dispuestas que estén a querer enamorarse.

Christianne se había ocupado de los negocios importantes de la inmobiliaria en ausencia de Fernanda. La perrita aprendió a no manchar las alfombras ni los pisos en la casa de Río de Janeiro 224. Vanesa seguía trabajando, resolviendo problemas, haciendo contactos con los conferencistas; todos los días escuchaba los pormenores de la Escuela del Amor en la voz de Enzia Tedesco, a larga distancia. Mariela se preocupaba menos y comenzaba a decorar la recámara de su futuro bebé.

La inauguración de la Escuela del Amor se aproximaba. David estaría en Roma durante 10 días y quiso dejar a una cuidadora a cargo de la abuela Lilí. Porque si algo llegaba a ofrecerse sería una catástrofe. Chole no estaba entrenada para pedir una ambulancia ni para hacer nada inteligente en lo que él podía tomar el primer avión de Roma a México. Y como conocía a su abuela, sin decir una palabra David llegó a la casa con una señorita.

—Te presento a María de Jesús —le dijo él a su abuela—. Se va a quedar aquí en la casa justamente los días de cada mes que yo esté en Roma. ¿No te importa?

—Cuando tú vas, yo vengo, David. Soy una vieja, no una criatura.

—He pensado que dormirá en el cuarto del fondo.

—¿Y a qué se dedica usted, señorita?

—A nada —mintió ella. Necesito unos días para pensar en si acepto una oferta de trabajo.

—¿Y usted acostumbra a pensar con horario fijo, al lado de una anciana y en los mismos días en que mi nieto estará en Roma? ¿Y por esos pensamientos que tendrá junto a mí, usted va a cobrarnos?

—Así es —respondió la mujer, quien tenía tanta habilidad para mentir como para volar avionetas.

—¿Y verdad que no se va a ir a pensar a otra parte en ningún momento, sino que va a estar aquí, cerca de mí, como cuidándome?

—Podemos ver la tele, también puedo leerle libros o acompañarla si necesita salir de la casa y visitar a alguien o hacer sus compras. Hacemos lo que necesita el paciente.

David sonrió.

—Por lo que se ve, María de Jesús no sabe improvisar en el escenario, y yo no tuve tiempo de escribirle el libreto completo y hacer que lo ensayara. Pero en lo suyo, te garantizo que es habilísima. Tiene gran experiencia. Yo sabía que no iba a poder engañarte, abuela, pero no puedo quedarme tranquilo. ¿O prefieres que renuncie a mi trabajo en Roma?

—No porque esté vieja me voy a morir mañana. Mi madre llegó en perfecto estado a los 91 años. La muerte es tan natural como la vida, David. Entiende que no puedes impedir que llegue mi hora sólo por estar preocupándote. Te vas a gastar en pagarle a esta señorita lo mismo que cobrarás allá.

—Tenemos los mejores precios de la zona, señora. Todas somos enfermeras técnicas tituladas, con especialización en geriatría.

—Hazlo por mí, abuela.

—Ay, hijo, ¿no te parece suficiente con Chole?

—Por supuesto que no.

—Bueno. Si no hay más remedio… estoy de acuerdo, pero que venga exclusivamente en las noches y trabaje un turno. Será de 12 de la noche a ocho de la mañana. Antes no hace ninguna falta. A esas horas no va a haber quien le abra, Chole y yo siempre vemos en cablevisión la función de *Cena y cine* que termina a medianoche. Usted va a dormir en el cuarto junto al mío, señorita, y con la puerta abierta, los moribundos no pueden estar gritando para que los auxilien.

—Abuela, no somos ricos, pero esto podemos pagarlo sin problema. Que trabaje 12 horas, ¿quieres?

—De ninguna manera. Yo enseñaré a Chole lo que tiene que hacer si se me ocurre empezar a morirme a media tarde o a media mañana. No me mires así, yo la enseñé a planchar, y para que te enteres almidonar camisas es bastante más difícil que llamar por teléfono a una ambulancia. Pondré el teléfono de emergencias del hospital Ángeles Metropolitano en el refrigerador, debajo del número de la carnicería. ¿Te parece suficiente?

David no había imaginado que ganaría la batalla con tanta facilidad. María de Jesús comenzaría esa misma noche. Así que se fue tranquilo, en su Jeep, a pasear con Tenorio. En la mano derecha traía una bola peluda y pequeña, y con la izquierda controlaba el volante. Entonces acomodó a la cachorra en el asiento de al lado, para disponer de la mano derecha y cambiar las velocidades. Era delicioso andar libre, sin preocupaciones y sin techo, manejando a esa hora por la ciudad. Dejó el coche sobre avenida Nuevo León. Paseó con su perro por el parque. Le dieron la vuelta a la calle de Amsterdam y se instalaron en el café de siempre.

Como si se hubieran citado y ambos fueran puntuales, Fernanda caminaba en dirección a él. Iba de falda. Las botas dejaban al aire sus muslos bronceados. Llevaba el cabello suelto. Su mejor sonrisa afloró al notar que David estaba ahí.

—¿Vives en esta cafetería? —preguntó ella esta vez.

—Vengo diario. Venimos diario —indicó David señalando a Tenorio que exigía que Fernanda lo saludara.

Ella bajó la vista para encontrarse con el cariñoso perro color canela. Primero le sobó la cabeza y luego le pasó la mano por debajo de la mandíbula.

David no se había puesto de pie, porque estaba ocultando a la cachorrita debajo de la mesa.

—Ella es para ti. He estado esperando para que tú le pongas nombre.

La cara de Fernanda se iluminó. Con las dos manos tomó suavemente a la perrita y la acarició. Tenía fría la nariz y las orejas gachas.

—Es muy chiquita.

—Pero los de esta raza crecen rápido. En pocos meses parecerá un caballo.

—¿Para mí?

—Sí. Es para ti. Hace muchos días que te la estoy guardando. Le he enseñado algunos trucos. No se hace pipí adentro de las casas y ya sabe dar la pata. Mira.

—Quiero que se llame Luna.

—¿Porque hoy es blanca y redondita?

—Sí, por eso. Es el primer regalo que me das. Gracias.

Entre los dos, a cuatro manos, colocaron suavemente a la perrita sobre la banqueta para animarla a que mostrara sus gracias. Era adorable cuando daba la pata. David la recompensó con una galleta en forma de hueso.

Adentro del restaurante, pensativo, Philip San observaba la escena.

A causa de Tenorio, David había convertido El Ocho en su segunda casa. Como le encantaba andar por todos lados con su perro, ahí se reunía sin problema con la gente cuando tenía que organizar algún asunto de trabajo con otros acompañantes de Male Company, o simplemente para platicar un rato. Jamás había citado ahí a una clienta. Era su segundo hogar, su oficina privada, el lejano patio anexo de su casa donde tomaba café y pasteles deliciosos con su abuela, cualquier tarde, antes de irse a cumplir con sus deberes de acompañante.

Philip San estuvo a punto de acercárseles. Había ido para pedirle ayuda a David. La señora de Puerto Vallarta lo había mandado al demonio desde hacía bastantes días, y él seguía sin conseguir trabajo. Eran las seis de las tarde.

Había ido a El Ocho porque sabía que en esa cafetería podría encontrarlo.

David no tenía la más remota idea de lo que le inspiraba hacer esa mujer llamada Fernanda Salas. Pero ahí lo tenía, de rodillas, junto a ella, acariciando la barriga de una perrita que él había comprado intempestivamente para agradarla. Fernanda no se había hincado; se había agachado cuidadosamente para que la minifalda no dejara a la vista más de lo necesario; y para no perder el equilibrio se apoyaba en un brazo de David.

Fernanda no le despertaba la distante admiración física que le habían provocado ciertas actrices de Hollywood ni las mujeres que se dedicaban a la actuación o al modelaje. Para David, Fernanda era real, totalmente verdadera y humana. La temperatura tibia de sus manos era muy distinta a las de las mujeres que aparecían en las frías portadas de las revistas. Tampoco tenía la piel ardiente desde el principio, como las mujeres desnudas con quienes terminaba revolcándose, a veces, en una cama ajena.

David no lo sabía, pero desde niño había tenido la costumbre de fincar sus relaciones más "sentimentales" con personas que desde algún punto de vista eran inalcanzables. Su predilección por esas mujeres que huían del matrimonio tanto como él lo habían mantenido lejos del compromiso. En sentido estricto, nunca había tenido novias. En su ambiente (y en general en el mundo moderno) no era necesario hablar con los padres de nadie ni escribir cartas de amor para acabar besando a una chica, yendo con ella al cine y teniendo relaciones sexuales, sin que ninguna de estas actividades significara nada más que lo que objetivamente significaba: copular, divertirse usando los cuerpos como juguetes. Él tenía relaciones con mujeres tan bellas como eventuales, por las cuales podía sentir simpatía, admiración y deseo, pero no este sentimiento que le provocaba Fernanda. Era como si él fuera de metal y ella un imán; como si él fuera un cometa que jamás se hubiera atrevido a volar y ella el viento que lo impulsara a hacerlo. De pronto Fernanda era más que una persona. Era un lugar para quedarse, una esperanza, un hogar, unos labios irresistibles, un sueño habitable.

Era muy fácil estar con David. Era muy fácil estar con Fernanda. No había silencios incómodos. Además, la perrita era un facilitador ideal para hablar como si hubieran estado juntos desde siempre. David no dio explicaciones ni le advirtió que no la vería los siguientes días porque viajaría a Roma. Simplemente le dijo que debía salir del país y que la llamaría tan pronto volviera. Ella estuvo de acuerdo. Él tampoco le aclaró cuál era la relación que lo unía a Philp San cuando se aproximó a la mesa donde estaban y dijo que tenía algo que pedirle: le urgía conseguir trabajo. Apenas cruzaron dos palabras, porque David le pidió que pospusieran la conversación entre ellos para después, esa misma noche, si tanto le urgía. Pero no ahí ni en ese momento. No era la ocasión apropiada. David no lo especificó, pero era evidente que sólo quería estar con Fernanda. Hipócritamente, Philip dijo estar conforme pero se sintió rechazado; el deseo de vengarse le hizo apretar los puños. Sabía, por conocidos comunes, que a David lo habían nombrado subdirector de la Escuela del Amor. Le pareció más que injusto que David Sheridan sí se fuera a trabajar a Roma, que siguiera en Male Company ganando dinero a carretadas, que tuviera un romance con esa muchacha tan frágil y apetecible como un pastelito recién horneado al que un par de manos de hombre podían partir por la mitad. En opinión de Philip, ella era como una dulce golosina a la que sólo le hacía falta la boca de un hombre maltratado por la mala suerte, decidido a desquitarse con ella.

Esa noche, con la perrita golden retriever abrazada, Fernanda se fue a su departamento sin sospechar lo que ocurriría durante ese año que apenas iniciaba.

14

Con la mirada puesta más allá del horizonte; arreglada como si fuera la modelo de una portada de revista, con un traje sastre Chanel, Vanesa avanzaba por la zona internacional de la terminal dos del aeropuerto de la ciudad de México. Iba a abordar un avión con destino a Roma.

Y con la misma elegancia con que los rascacielos se mantienen en pie —majestuosos, firmes y brillantes, sin que se les ocurra sentir incomodidad o fatiga, a pesar de las horas que se pasan completamente verticales—, así también Vanesa estaba erguida y perfecta a todas horas, cualquier día de la semana. Su ropa no mostraba ni una arruga, como si acabara de salir de una tintorería francesa. Y al caminar, en su cabellera cada pelo se movía de forma sincronizada para provocar un buen efecto de conjunto, como las nadadoras de un ballet acuático. Era asombroso verla andar sobre sus zapatos nuevos de 12 centímetros comprados en la boutique del hotel Empire de San Francisco. Nunca se le habría ocurrido viajar vestida cómodamente con suéter, jeans y zapatos tenis, tal como hace cualquier viajera frecuente y sensata.

Detrás de Vanesa —quien incluso lucía un femenino sombrero color violeta, para hacer juego con sus zapatillas— avanzaban ocho acompañantes seleccionados para trabajar como maestros. Entre todos conformaban un escuadrón de ángeles sensuales. La gente se giraba para observarlos. Destacaban como individuos y como grupo. Aquello era la prodigiosa visión de la belleza. Una mujer joven y alta vestida como súper modelo, con el cabello negro y largo, casi flotando, iba seguida por una escolta formada por ocho individuos que fácilmente podían aparecer en el portal de Hotmail, en la sección dedicada a exhibir a los hombres más guapos y atléticos del *jet set*. Porque si bien es cierto que ninguno de ellos era millonario como su jefa, todos tenían el *look* de guapos sexys. Desde luego eran actores jóvenes y desempeñaban 24 horas el papel de "hombre irresistible".

Un diseñador de imagen les había pulido desde el gusto para saber vestir, hasta la piel de los zapatos. Les habían compuesto la nariz y los dientes. No había errores en sus caras ni en sus cuerpos. Todos eran como Ken, el novio de la muñeca Barbie; el accesorio ideal de la mujer moderna: un muñeco de plástico al que los diseñadores habían omitido colocarle genitales.

A estos sensuales acompañantes, un asesor los había capacitado para que aprendieran a reprimir los comentarios de mal gusto. Incluso, un experto en sueño los había entrenado para que jamás roncaran.

Y por el modo en que estos hombres sabían clavar la mirada, por la forma seductora en que se les abría la camisa y hasta por el aparente descuido con que el cabello les resbalaba sobre el rostro, algunas adolescentes les pedían autógrafos o les tomaban fotos con las cámaras de sus celulares, creyendo que ellos eran parte del elenco de una telenovela extranjera de próximo estreno.

Aunque en Male Company no tenían autorizado poner en práctica todos sus talentos, en la vida real, fuera de las horas de trabajo, todos eran tan eficientes en el terreno sexual como en el romance.

Vanesa viajaba en *first class*, obviamente. Sus empleados, en turista. Mirar a todos esos hombres juntos era más interesante que poner los ojos en las minipantallas donde se transmitía una de las películas destinadas a entretener a los viajeros de ese vuelo previsto para aterrizar a las 17:20 horas tiempo de Roma en el aeropuerto internacional Fumicino.

—Las normas de seguridad de esta aeronave... —recitaba una voz femenina.

—¿Tú crees que haya algún pasajero de avión que en un momento de peligro pueda poner en práctica este rollo que en cada vuelo sueltan las aeromozas? —preguntó Carlos Herrasti.

—Pues más nos vale empezar a tener fe en la educación, porque lo que nosotros vamos a enseñarles a nuestros futuros alumnos es bastante más difícil que jalar una mascarilla para "ponerla sobre nariz y boca y respirar normalmente en lo que se reestablece el nivel del oxígeno en cabina".

—Esta escuela parece más bien una obra de teatro. ¿Ya sabes qué tipo de alumnos tendremos?

—Ni idea. Entrevistarlos e inscribirlos es una de las obligaciones de la directora. Yo supervisaré el trabajo de los maestros.

—¿O sea que eres mi jefe?

—Y te voy a traer tiranizado, cien por ciento esclavizado —rió David.

Aunque viajaban en turista, las aeromozas se dedicaban a mimarlos. El avión contenía platillos de *first class* suficientes para ofrecerles a esos ocho hombres exactamente lo mismo que a quienes habían pagado el doble por sus anchos asientos. No les pusieron mantel, ni copas de cristal en sus mesitas, para evitar que otros pasajeros exigieran el mismo trato aunque no fueran guapos. De modo que, obsequiosas y felices, las asistentes de vuelo revoloteaban alrededor de los súper bellos con la misma fruición y constancia con que los colibríes succionan intermitentemente la miel de las flores.

Durante el vuelo, esos atractivos hombres ocupaban los primeros asientos de la sección de los "mortales". De su jefa Vanesa Kuri sólo los separaba una cortina de tela sobre el pasillo y la invisible orden de no acercarse a esa zona donde los asientos se estiraban hasta volverse camas, se bebía champán en copas largas y no había que aguantar a ningún patán que estuviera pateando el respaldo durante las 14 horas que duraba el vuelo.

—¿Has pensado en que podríamos ponerlos a actuar? —preguntó Carlos Herrasti mientras oprimía el botón metálico del brazo derecho de su asiento. El respaldo se reclinó. No viajaban en primera, era cierto. Pero tener una charla con el buen David podía distraer a Carlos y lograr que el viaje resultara casi cómodo—. Date cuenta de que si representaran por parejas los mejores parlamentos de Romeo y Julieta, nuestros alumnitos aprenderían bastante del amor…

En la zona del avión destinada a los semidioses, Vanesa no se hallaba precisamente cómoda. Estaba rumiando su descontento. De veras que la gente no tenía la más remota idea de lo que significaba arriesgar el dinero para iniciar un negocio. Era desesperante crear empleos para directores que cometían toda clase de equivocaciones, como Enzia Tedesco, a la que despediría en cuanto tuviera otra persona menos inepta para ocupar el cargo. ¿Cómo era posible que hubiera hecho lo que hizo? ¿No tenía sentido común? ¿Hacía falta que Vanesa le moviera un pie y luego el otro para que Enzia caminara en la dirección correcta? ¿A quién se le ocurría que una escuela del amor podía funcionar con el 95 por ciento del alumnado de sexo femenino y sólo el cinco por ciento de hombres?

—Se les inscribió en el orden en que pagaron —había dicho Enzia el día anterior, vía telefónica, como justificándose—. Tenemos en total 238 mujeres y 12 hombres. Completamos el cupo de 250. Y según entiendo, ése era el objetivo. Primero los seleccionamos y luego los aceptamos conforme fueron pagando. En ningún momento se me ocurrió pensar que era forzoso limitar el número por sexo. Eso es sexismo, Vanesa, y ya no se usa —había continuado defendiéndose.

—Pero, Enzia, Enzia, ¿cómo se van a formar las parejas para las clases de baile? ¿Cómo se van a organizar para practicar las serenatas? ¿Cómo? ¿Cómo? ¿Cómo? ¡238 mujeres y 12 hombres! Y uno de ellos mayor de 65 años.

—Se estipuló que la edad mínima era de 18, pero nunca se habló de la edad máxima —refunfuñó Enzia, sin percatarse de que sus explicaciones no llegaron al oído de Vanesa. El teléfono celular había sido abandonado sobre la mesa del enorme escritorio.

Vanesa se creía incapaz de colgarle el teléfono a nadie. No porque no se lo merecieran, sino porque ella faltaría a los buenos modales. Y si había algo en el mundo que interesara a Vanesa era precisamente *Vanesa Kuri*, quien debía ser perfecta lo mismo en su arreglo que en su conducta. Pero tampoco tenía por qué seguir escuchando justificaciones infantiles de una mujer que estaba ganando una fortuna por dirigir pésimamente la Escuela del Amor.

El recuerdo de su última desavenencia con Enzia Tedesco la enfureció como si aquello estuviera sucediendo ahí mismo, en el avión.

¿Cómo era posible —se preguntaba la fundadora de la

Escuela del Amor— que la gente pensara que los actores no servían para nada? ¡Los actores servían para todo! De todos sus empleados —abogados, administradores de empresas, entrenadores deportivos, contadores, pedagogos y otros profesionistas concretos y supuestamente útiles—, nadie, absolutamente ninguno de ellos la había salvado tantas veces como su grupo de actores. Y prueba de ello era que para reparar la gigantesca equivocación cometida por Enzia Tedesco, 226 acompañantes desempeñarían el papel de alumnos. Todos viajarían en avión a Roma. Unos tomarían el vuelo de esa misma noche y el resto el de la mañana siguiente.

Vanesa decidió relajarse. Tomó el teléfono que estaba instalado en el respaldo del asiento frente a ella, deslizó su tarjeta de crédito American Express y habló con el contador de Male Company. Quería estar segura de que todos esos gastos inesperados fueran facturados correctamente para que sirvieran como deducibles de la Escuela del Amor. Los dormitorios de los alumnos, inicialmente amueblados para uso exclusivo de una persona, ahora serían de ocupación doble. Tendría que adquirir más camas individuales. Hasta donde se podía ver, la Escuela del Amor iba a funcionar el primer semestre con bastantes reclamaciones de parte del alumnado y fuertes pérdidas económicas para ella.

El nuevo negocio estaba cobrando vida. Muy pronto sería la inauguración. Habría conferencias; una comentarista de la televisión italiana iba a cortar el listón de la biblioteca. Los estudiantes inscritos estaban siendo reacomodados por pares del mismo sexo en los dormitorios. El personal docente y administrativo trabajaba sin parar. Los preparativos iban quedando listos. De pronto empezó a quedar tiempo para socializar, dormir o pasear por las calles cercanas en donde las tiendas seguían abiertas. Via Veneto, con sus escaparates de ropa y sus joyerías, era un buen lugar para distraer la mente y estirar las piernas. David salió de la Escuela del Amor con el deseo de pasear por ahí. Estaba solo. No había pensado en adquirir nada; de hecho, él jamás salía a la calle con la intención de comprar. A veces, simplemente, algún objeto se destacaba ante sus ojos como si fuera un *close up* que le subrayaba que eso que estaba ahí, en el aparador, era para él. Se quedó mirando fijamente un anillo de brillante; tenía la forma de una gota de agua, que pareció agrandarse entre el resto de la aterciopelada charola de los anillos de compromiso. Alzó la vista y se quedó asombrado. Como parte de la decoración del local había un cartel con la imagen de Dante Alighieri, quien sostenía en la mano un libro titulado *La divina comedia*. Era un cartel más apropiado para una librería que para una joyería. Desechó el pensamiento y —con un impulso parecido al que le hizo comprar a la perrita golden retriever— entró al establecimiento, habló con un hombre viejo e italiano y pagó con su tarjeta de crédito el anillo.

Por fin llegó el 19 de enero. En el auditorio, se oía el rumor típico de los estudiantes en un primer día de clases. Tal como había calculado Vanesa Kuri, la composición del alumnado era semejante a la de las escuelas universitarias de idiomas. Un ambiente multicultural y multirracial daba ese tono de primer mundo necesario en toda institución educativa seria. Las edades de los inscritos oscilaban entre los 18 y los 27 años. Solamente un par de señoras rubias, bien maquilladas, mayores de 40 (con discretas cirugías plásticas), y un señor de 65 años, habían solicitado su ingreso. Esos tres adultos consumados ocupaban los asientos de la primera fila. Detrás de ellos había una fila de asientos completamente vacía —como un abismo generacional— y, a partir de la tercera, las mochilas, las gorras, las pañoletas palestinas y otros indicadores tanto en la vestimenta como en la conducta identificaban a los típicos estudiantes universitarios de cualquier campus.

El promedio estético era más que aceptable. Al parecer, también el académico. No eran reprobados ni vándalos. Enzia Tedesco había elegido entre los aspirantes a personas con buenos antecedentes escolares, quienes habían contestado de modo aceptable el cuestionario de colocación, además de mostrar promedios aprobatorios en las instituciones educativas de procedencia. Eran personas seriamente interesadas en el amor.

Un día después, en cuanto llegaron a Roma, apenas con tiempo para ajustarse al cambio de horario, los 226 acompañantes fueron convocados a una rápida junta privada. Escucharon de boca de Vanesa Kuri que debían mezclarse como iguales con los estudiantes. Ninguno revelaría su trabajo en Male Company. Todos eran jóvenes y debían hacerse pasar por auténticos aprendices del amor, incluso ante la directora Enzia Tedesco. Todos, sin excepción, tendrían que hacer las tareas, asistir a clases y aprobar hasta el último de los exámenes. Fingirían ignorancia en los temas en que eran expertos. En caso de algún problema, podrían recurrir a David Sheridan; pero eso sí, siempre de modo confidencial, pues nadie, por ningún motivo, debía enterarse jamás de que no eran estudiantes auténticos. Finalmente, les indicó que, para evitar confusiones, mantendrían sus nombres reales; también su nacionalidad. David los tenía anotados ya en una lista secreta.

En consecuencia, los 226 empleados de Male Company debían atenerse a los lineamientos básicos del papel que representarían: el del alumno bien portado y activo. Y tendrían que someterse al examen de colocación —que ingenuamente les aplicaría Enzia Tedesco—, en cuanto concluyera la jornada inicial, la cual incluía tres conferencias magistrales acerca del amor y una sesión magna relacionada con el funcionamiento de la escuela.

En el auditorio, los estudiantes se notaban excitados como si se tratara de la entrada a un concierto y no a un periodo académico. Se miraban unos a otros y coqueteaban. Se divertían al imaginar cómo se llevarían a cabo los exámenes finales de materias como *Siete técnicas para dar el beso perfecto*. ¿Les permitirían trabajar en equipos? ¿Ante quién tendrían que mostrar que habían adquirido los conocimientos y que eran dignos de recibir un 10 de calificación oficial en "besos", y no simplemente ser aprobados con un mediocre siete? ¿El título tenía validez en Hollywood? ¿Cuál era el campo de trabajo?

El semestre era más que prometedor, y comenzó con la bienvenida de la directora general, Enzia Tedesco. El idioma reglamentario de la escuela era el inglés, pero los alumnos podían hablar en su lengua madre y adquirir un aparato para traducción simultánea como los que suelen usar los visitantes de museos. Se les informó que era innecesario que tomaran notas de las conferencias magistrales, pues los apuntes editados estaban listos para ser adquiridos en la tienda de artículos escolares situada junto a la cafetería. Además de la versión impresa, podían adquirir el contenido de las conferencias en versión digital, en video o en audio.

Sin más preámbulos, Enzia presentó al primer conferencista. Durante 50 minutos los estudiantes escucharon diferentes conceptos del amor a lo largo de la historia, su relación con instituciones como el honor, la caballería, el matrimonio medieval y otros asuntos interesantes de la cultura de Occidente. No hubo preguntas. Se dio un descanso de 10 minutos y luego, durante la segunda conferencia, se les mostró en una presentación en Power Point lo que ocurre en el organismo humano sometido al proceso de enamoramiento.

Los estudiantes reían al ver las imágenes con datos como aumento de tumefacción penial, endurecimiento de pezones, aceleración del ritmo cardiaco, pérdida de atención, y otros asuntos tan biológicos y anatómicos como poco espirituales.

El segundo descanso fue de 20 minutos y sirvió para que los estudiantes acudieran a la cafetería y adquirieran bebidas y sándwiches europeos; también había pasta, ensalada, sushi, pizzas y hamburguesas. La típica comida rápida. El redondo reloj del pasillo mostraba la hora. Faltaban cinco minutos para tener que estar de regreso en el auditorio.

El siguiente participante, un hombre italiano, autor de célebres libros en la materia, se sentía cansado. Había dado la misma conferencia tantas veces que no sólo él se la sabía de memoria, sino que hasta su chofer podía repetirla con todo y los chistes que él acostumbraba usar para divertir a sus oyentes en cualquier lugar del mundo.

El hecho fue que, como su foto no aparecía en la cuarta de forros de los libros de su autoría, y como Vanesa Kuri lo había contratado por su currículum y prestigio (a través de una agencia de charlistas), y no por su rostro —el cual ella nunca había visto—, el eminente doctor en psicología y filosofía Giovanni Mori decidió ordenarle al chofer que ocupara su lugar en el presidium. Prometió que le daría unos euros como propina para recompensarlo.

El obeso doctor Giovanni Mori se acomodó tranquilamente en la última fila del auditorio y resopló. Sacó de la bolsa de su saco un chocolate relleno de galleta, le quitó la envoltura y le dio un buen mordisco. Estaba exhausto y aburrido. Los pies le dolían de tanto caminar en los pasillos de la feria del libro a la que había debido acudir esa semana. La tarde anterior había contestado entrevistas en programas de radio. Y ahora estaba ahí, ya harto, en la Escuela del Amor.

Uno de los recursos que usaba la editorial para vender más libros, además de pagar publicidad en anuncios en periódicos europeos y estadounidenses, era recurrir a la voz del autor quien debía ir promoviendo, en persona, su propio libro. Era un hecho que sus lectores fanáticos deseaban conocerlo; esperaban que les autografiara sus libros.

Para Giovanni Mori encontrarse con los admiradores era una cosa; pero hablar ante escolares y maestros que no lo conocían ni habían leído sus obras era otra. Él reconocía que se trataba de una parte inevitable del circuito generador de *bestsellers*; pero no le gustaba hacerlo, aunque le pagaran las conferencias. Pero como la encargada de la mercadotecnia de la editorial se había ido a preparar la siguiente presentación en otra sede para esa misma tarde, y como él era un autor y no un santo, se le ocurrió la travesura de darle a su chofer la oportunidad de usar el micrófono y dirigirse al público.

Desde el presidium, sentado en el centro, el chofer saludó a los estudiantes y a los maestros. Afirmó sentirse muy honrado de participar en la inauguración de los cursos de ese instituto. Y aclarándose la garganta comenzó a repetir las palabras que el doctor Giovanni Mori solía decir.

En el primer momento, cuando la directora Enzia Tedesco lo presentó desde el podium mencionando que sus libros habían sido traducidos a 14 lenguas, que era poseedor de dos títulos de doctor, pues lo mismo era filósofo que psicólogo, y que de ahí se derivaban la profundidad y originalidad de sus libros… el chofer se sintió acorralado. ¿Y si los alumnos le preguntaban algo que él no supiera? Pero después se tranquilizó. No era un hombre nervioso y manejaba bien el automóvil. Su empleo no estaba en riesgo y, la verdad, él se sabía las anécdotas de memoria. Así que comenzó muy contento a contarles la terrible historia de amor entre Abelardo y Eloísa.

—Abelardo fue un joven teólogo francés. Una noche, mientras soñaba con su amada Eloísa, fue castrado con un cuchillo. ¿Y saben por qué? ¿Tienen idea de cómo fue?

Al escuchar esas preguntas que sólo tenían como propósito estimular la curiosidad, los alumnos se acomodaron en las bancas para oír mejor al chofer quien, disfrazado de conferencista, siguió relatando con detalles sangrientos y morbosos los pormenores de un amor histórico sin final feliz. Cuando concluyó, luego de casi una hora de hablar sin interrupciones, los alumnos estallaron en aplausos.

A continuación se abrió la sesión de preguntas. Como suele suceder, los alumnos nuevos se mantienen reacios a participar. Entonces, Enzia Tedesco consideró que era el momento de entregar el diploma al conferencista y anunciar el siguiente receso. Pero de pronto, de en medio de las butacas, la mano del alumno de 65 años se elevó amenazadora. Una edecán le acercó el micrófono y el hombre preguntó:

—Usted ha dicho que Abelardo nunca volvió a ver a Eloísa. También afirmó que él se retiró del mundo y se encerró en un monasterio. ¿Cuál es el nombre exacto del monasterio y a qué orden religiosa pertenecía? ¿Cuál es el ejemplo del amor medieval, por antonomasia?

El chofer sintió que la situación lo rebasaba. Él no era catedrático universitario. Ni había estudiado para ser capaz de escribir esos libros traducidos a 14 lenguas. Nada sabía de monasterios ni de órdenes religiosas, ni mucho menos de "antonomasias". Sintió ganas de salir corriendo. Él debería estar cómodamente sentado en alguna butaca del fondo, comiéndose una barra de chocolate… Entonces descubrió la solución a su problema:

—Ah, ¡pero qué pregunta tan fácil! Hasta mi chofer que está sentado al fondo de este auditorio podría contestarla —dijo señalando con el brazo al verdadero doctor Giovanni Mori.

Cuando concluyó el tercer receso, se informó a los estudiantes que antes de que se pasara a las explicaciones relativas al funcionamiento práctico de la escuela —como por ejemplo, la hora en que se iba a cerrar en la madrugada el portón principal, los servicios adicionales de la biblioteca virtual y otros detalles—, se procedería a presentar al subdirector de la escuela: David Sheridan, quien sólo estaría en Roma la penúltima semana de cada mes para trabajar directamente con los profesores. Antes de darle la palabra, Enzia Tedesco insistió en que ella, como directora general, viviría en la escuela y su oficina estaría permanentemente abierta para auxiliar a los alumnos en todo lo que les hiciera falta. Debían hacer cita con la secretaria.

David Sheridan se colocó de pie en el centro del presidium. No se sentó detrás de la mesa larga a la que se cubre con un típico mantel de tela color verde, sino que cuando caminó desde atrás del foro y se paró frente al público, las 243 alumnas verdaderas creyeron que tanta belleza acumulada en un solo hombre era imposible. David tenía los ojos grandes y levemente ovalados, verdes con un brillo iridiscente que contrastaba a la perfección con su piel bronceada; su cabello castaño era rizado y lucía una barba de dos días bien delineada. El cuerpo marcado por los músculos ejercitados en el gimnasio era el símbolo de la tentación. Las alumnas vieron a un hombre que no llevaba traje de oficinista. Vestía un atuendo informal: pantalón azul marino, playera beige de tela finísima que dibujaba cada uno de los músculos de su pecho. Y la chaqueta, 70 por ciento seda, 30 por ciento lana, le caía perfectamente mostrando el equilibrio de sus hombros y la estrechez de sus caderas. El resto de ese paisaje de carne masculina podía adivinarse con sólo seguir el contorno de la tela, que cubría a ese súper deseable maniquí de carne y hueso que estaba parado ahí enfrente de todos, esbozando una sonrisa enigmática, como la de un actor a punto de iniciar la versión moderna de una representación de *Hamlet*.

Nadie iba a oírlo. Él lo sabía. Todos se lo estaban comiendo con los ojos. A David le pasaba siempre lo que a las mujeres tipo miss universo. Era inútil querer hablar; absurdo pretender que alguien se concentrara en un primer momento en sus palabras. A nadie le importaba su opinión; tampoco sus pensamientos. Cuando la belleza aparecía, todo estaba dicho. No hacía falta pedir ni preguntar. No había quien se resistiera a apoderarse con los ojos de un ser inexplicablemente extraordinario, casi inhumano.

Vanesa sabía los efectos que la apariencia de David Sheridan provocaba, por eso tenía impresa su fotografía a todo color en la carátula de su muestrario de acompañantes Male Company. Por eso se había llenado rápidamente la escuela con mujeres, pues la foto de David aparecía en el folleto digital. Él sería el rostro de las franquicias de la Escuela de Amor. Lo estaba reservando para ese proyecto. No había querido quemar su imagen subcontratándolo para que anunciara calzoncillos Calvin Klein, como se lo habían solicitado insistentemente.

Para Vanesa, David era un trabajador ejemplar: creativo, inteligente y guapo hasta quitar el aliento. Pero por encima de todas estas cualidades, era leal (un rasgo más difícil de encontrar que la belleza). Además, nunca se metía en problemas. De entre los 3 400 acompañantes, él era el mejor activo fijo de Vanesa. Una piedra angular en sus negocios. Un cerebro muy útil. Un hombre tenaz y con iniciativa. Prácticamente era su amuleto de la buena suerte.

David Sheridan se mantuvo quieto y silencioso durante unos segundos más para que los corazones femeninos disminuyeran el número de palpitaciones por minuto y —sin soberbia, con profunda humildad—, les dio las gracias por estar presentes en ese importante acto y les pidió que por favor en ese momento prestaran atención a sus palabras. Quería inspirarlos a todos; quería pedirles que no permitieran que el interés en sus estudios se degradara con el paso de los días y el trato constante con el tema. Él deseaba que durante los siguientes seis meses que duraba el diplomado, cada uno de los alumnos mantuviera ese entusiasmo y esa sed que ahora sentían todos de conocer el amor.

—Recibirán una formación académica muy rigurosa —les dijo David Sheridan— para que sean capaces de aplicar sus conocimientos teóricos y prácticos, igual que los amantes más profesionales y célebres, que han existido a través de los siglos. Porque en el amor no todo es espontaneidad e intuición; existen reglas y estrategias probadas para alcanzar la excelencia. Para empezar, el amor no es una serie de etapas o pasos que se van superando y dejando atrás —les dijo con su voz bien proyectada, sin necesidad de usar micrófono—. El amor es un proceso continuo como respirar, por ejemplo. Amar se hace todos los días, durante toda la vida —las estudiantes suspiraban—. Y cuando no se cuida el amor, aparece el desamor con todos sus rostros y máscaras. La tarea de ustedes es impedir que se extravíen la imaginación y el interés de mantener vivo ese increíble sentimiento que reúne a dos personas de un modo esencial y único. En este instituto ustedes se liberarán de prejuicios y malos hábitos. Aprenderán recursos y técnicas. Pongamos un ejemplo mundano: los hombres creen que bailar con una mujer pertenece a la etapa uno, es decir, que se baila para conquistar; pero que en cuanto la mujer ha aceptado al hombre como su pareja, él puede tachar de su lista vital la palabra "baile". Admitir esta idea en el repertorio de los pensamientos ciertos es un grave error. Aprenderán, desde hoy, que bailar es importante siempre. Es una experiencia romántica básica. Y piensen conmigo cuál es la razón. Durante la vida cotidiana, conforme se adquiere confianza se borran ciertos límites. Es común que desaparezca el glamour, y estemos obligados a ver a nuestra pareja despeinada, fachosa, quejándose de que alguien debe quedarse a esperar al plomero. Imaginémosla: ella con el cepillo de dientes encajado en la boca y la espumosa pasta blanca brotando por la comisura de sus labios. ¿Ya la vieron? ¿Ya se la imaginaron? No se ha metido a bañar; trae puestas unas chanclas torcidas y viejas. El hombre, por su parte, ¿cómo está en ese momento? Trae puesta una horrenda camiseta de futbol americano manchada de cerveza o de alguna otra bebida que ingirió la noche anterior y que le embarró la ropa porque él estaba distraído ensuciándose los dedos de grasientas papas a la francesa o de pollo rostizado, y estaba ovacionando a los jugadores de algún partido que transmitían en la tele. Él no se lavó los dientes antes de irse a dormir. Él tampoco se ha peinado. Es muy probable que tenga mal aliento. Espantoso, ¿verdad? Ninguno de ellos se presentaría en ese estado a bailar. ¿Ya comprenden? Para reencontrarse y abrazarse envueltos por la música, cada uno recuperaría lo mejor de su conducta y de su imagen. El sentimiento de amar se debilita a causa de los peligros de la vida cotidiana. ¿Cómo fortalecer el amor verdadero? Una pareja inteligente procurará que existan muchos momentos románticos, inspiradores, no repetitivos, los cuales equivalen a las vitaminas, el agua y los plaguicidas para mantener sano el amor.Durante sus cursos, ustedes no solamente aprenderán los más importantes bailes de pareja: valses, tango, merengue, que son fundamentales para activar el romance y la intimidad. Ya he dicho que el baile es una oportunidad para la seducción. También lo son el buen humor, el ingenio y la alegría. Es muy necesario usar la cabeza. Ustedes participarán en talleres en donde trabajarán aspectos psicológicos indispensables como, por ejemplo, la diferencia entre un desacuerdo y un pleito, estrategias de guerra aplicadas al terreno del amor, los tres pasos básicos para la reconciliación, técnicas para conversar entre amantes, etcétera.

En los documentos que se les han entregado, notarán que hay un importante equilibrio en la tira de materias. De cualquier modo podrán ofrecernos sugerencias a la directora Enzia Tedesco, a quien verán de tiempo completo, y a mí, David Sheridan, que estaré en la escuela la penúltima semana de cada mes. Acérquense a nosotros y al equipo administrativo y docente. Ustedes constituyen la primera generación de la Escuela del Amor. Cuestionen. Critiquen. Propongan. Transfórmense mientras aprenden. ¡Juntos estamos haciendo historia!

Si los suspiros tuvieran color, el aire del auditorio se

habría pintado de rosa. Las estudiantes lo miraban como si fuera el protagonista de su película favorita. Todas querían tomar clases con él. Deseaban que David Sheridan fuera su profesor en la materia Siete técnicas para dar el beso perfecto. Todas ansiaban lo imposible: tenerlo a la mano.

15

Cuando David regresó a la ciudad de México, iba decidido a conseguir que Fernanda lo amara. Ignoraba que ella había empezado a quererlo mucho antes que él a ella.

No tenía ni idea de que ella soñaba con él desde el 21 de noviembre. No imaginaba que —tal como hacen las adolescentes primerizas cuando el amor les llega— Fernanda se había pasado muchos días esperando a que sonara el teléfono, anhelando que fuera la voz de él la que por fin se escuchara del otro lado de la línea. Él no sabía nada de esto, y ella no iba a revelarle los sufrimientos de amor que había conocido por su causa, porque después de aquella noche en que David la invitó a cenar por su cumpleaños, él jamás la había llamado. De hecho se volvieron a ver porque Fernanda lo había buscado sin que él se diera cuenta. Ella había creado la oportunidad. La estrategia de acudir frecuentemente al café El Ocho había funcionado bien, porque ese amor tan intenso que se había dado entre ellos jamás hubiera existido si Fernanda no hubiera tomado la iniciativa. Aunque, a decir verdad, él también había dado un paso al regalarle la perrita.

Él no estaba dispuesto a seguir perdiendo el tiempo ni a permitir que su falta de experiencia en el amor verdadero lo alejara de esa mujer que inexplicablemente le interesaba como nunca antes le había importado nadie. Quería estar cerca de ella y comenzar una vida juntos cuanto antes.

Más tardó en aterrizar el avión que en llamarla por te-léfono. Quería verla inmediatamente.

Fernanda respondió mejor de lo que él esperaba. De-legó algunas de sus citas a una de las comisionistas de la inmobiliaria y le avisó ambiguamente a Christianne que iba a dedicar la tarde a unos asuntos personales.

Durante la separación, el amor entre Fernanda y David había crecido muchísimo. Y el deseo se había inflamado como una fogata a la que se le esparce sabiamente gasolina. David se dirigió a Male Company; resolvió unos asuntos pendientes y aprovechó para bañarse y cambiarse de ropa. Se dirigió al restaurante donde había citado a Fernanda.

Lo que hicieron juntos ese día se pareció mucho más a la cena previa a la noche de bodas de las parejas antiguas, que a la primera comida de una pareja contemporánea. Él la invitó a comer pato laqueado a un restaurante gourmet situado en el mezzanine del hotel Camino Real. La esperó en el bar, tomando agua traída de Suiza. La botella parecía una escultura de cristal y el precio era más adecuado para una obra de arte que para 335 mililitros de agua de montaña.

La *hostess* los acomodó cerca de una hermosa fuente vertical de piedra, donde el agua cristalina era tan trans-parente como el deseo que ellos sentían de no comer, de no respirar, de no seguir separados por esa mesa. Todas las moléculas de sus cuerpos estaban orientadas al mismo fin. Únicamente deseaban tocarse, abrazarse sin que siquiera la ropa se los obstaculizara. Pero llegó el pato y se lo comieron con una ensalada que parecía una pirámide tailandesa. Y, mientras tanto, iban conociendo sus historias. Fernanda hablaba y él sólo escuchaba. Ella dijo tener un hermano que se llamaba Erick, menor que ella por nueve años. Él no sabía lo que era tener hermanos. Ella tenía unos padres muy amorosos y unidos. Él no sabía lo que era tener padres; había quedado huérfano a los cuatro años. Ella tenía un grupo maravilloso de amigas íntimas. Él, en el fondo, siempre había sido un solitario muy sociable.

Fernanda le habló de Vanesa y él no confesó que la conocía. Mucho menos se atrevió a revelarle que era su jefa. En silencio, David recordó aquella noche en las oficinas de Male Company, cuando había mirado la foto de las cuatro amigas en el Maratón de Nueva York. Vanesa se la había dado adentro de un fólder. Era para que él identificara a Fernanda, la única tímida de todas ellas; debía llevarla a festejar. Eso había ocurrido la misma noche en que Vanesa Kuri le había ofrecido a David la subdirección de la Escuela del Amor. Y él recordó la velada en La Crêperie de la Amitié a donde la había llevado a celebrar su cumpleaños 29, como si fuera una clienta muy recomendada a la que debería ver sólo esa vez y nunca más.

—Pero por encima de todo —le había advertido Vanesa en aquella ocasión— te pido que por ningún motivo vayas a lastimarla.

Y aunque él en verdad no tenía la intención de herirla, habría en las próximas semanas entre David y Fernanda, tantos besos como lágrimas.

Él deseaba conocerla. Darle tiempo para que no se asustara cuando le propusiera matrimonio. Era un hombre de 35 años que no necesitaba varios meses de noviazgo para saber que ella era la mujer que le interesaba. La primera, la única, la definitiva. Ninguno de los dos estaba casado ni tenía compromiso. A David no se le ocurría que necesitaran saber nada más antes de casarse. Porque eran libres. Porque se gustaban. Porque él la amaba desesperadamente. Porque el pasado eran anécdotas que podrían platicarse una tarde de domingo. Y el futuro era un lugar que llenarían como quisieran.

Él la quería para escenificar, en la vida real, los paseos en el parque empujando una carriola de bebé. Y quería tener con ella uno, dos o tres niños con quienes jugarían basquetbol en el patio de la casa de la abuela Lilí.

Quería a Fernanda para que su cama nunca estuviera desierta y para que las mañanas tuvieran sentido. La quería para cuidarla y hacerla reír; para escuchar sus preocupaciones y temores. Para apoyarla. Para que la sola presencia de ella le hiciera acordarse de mirar la luna. Para que el mundo se ampliara, porque iba a interesarse en todo lo que a ella le importara. La quería para estar juntos. Para tener a quien volver cada noche y en quien pensar cada día.

Fernanda era una mujer dulce y tierna. Pero las mujeres de ahora no eran como las de antes. A ella podrían inspirarle ternura los niños, pero de ahí no se derivaba forzosamente que ella quisiera, como él, comenzar una familia cuanto antes. Porque a pesar de que David no sabía lo que era eso, lo intuía y ahora lo anhelaba. Aunque sonara absolutamente sentimental, él deseaba formar una familia con Fernanda.

De modo que cuando la tuvo enfrente, durante la comida, le preguntó qué pensaba de los hijos y del matrimonio; y ella dijo que prefería que fuera primero el matrimonio y luego los hijos, y no como algunas de sus conocidas, excesivamente modernas, que habían llevado a sus propios hijitos como pajes a la ceremonia nupcial. Porque en la actualidad, mucha gente iba haciendo la vida sin firmar papeles para ver primero si las cosas funcionaban, y luego formalizar los vínculos legalmente.

Fernanda le confió a David que ella era tradicional. Le gustaban los rituales. Le dijo que deseaba casarse de blanco; quería salir de la casa de sus padres. Tener un álbum con las fotos de la boda. Guardar en una caja su vestido de novia, aunque fuera impráctico y ocupara espacio en lo alto del único clóset.

Y en el restaurante, sin que nadie los molestara, como si el resto del mundo no existiera, David y Fernanda estuvieron desde las tres de la tarde hasta más allá de las nueve de la noche, platicando. Después del postre, pidieron otro y luego una infusión de frutas rojas. No se daban cuenta de nada de lo que estaba ocurriendo alrededor de ellos. David sentía que en la bolsa de su saco un anillo exigía su atención. Metió la mano lentamente. Rozó el estuche. Titubeó. Fernanda lo miraba con amor, con devoción, con absoluta entrega. Era tan obvio que ambos ya se amaban, que las palabras se habían vuelto innecesarias. Entonces ocurrió lo último que ella hubiera estado esperando. David puso una rodilla en el suelo, la miró fijamente a los ojos y le entregó un estuche de marfil con una sortija de oro amarillo y un brillante cortado como gota de agua. Le pidió que se casara con él, el día, la tarde o la noche que ella eligiera.

Desde otras mesas, las mujeres sonreían conmovidas. El hombre que se estaba declarando como en una película era guapísimo y tierno… y a ella la consideraron en verdad afortunada. En la mesa que ellos ocupaban, Fernanda creyó de pronto haber traspasado la frontera entre la vigilia y el sueño. Al verla sonreír, él tomó el anillo y lo deslizó lentamente en el dedo anular izquierdo de ella. No hacía falta ajustarlo: estaba hecho como para ella.

Lo había comprado en la sucursal romana de una joyería muy famosa situada en Florencia, en la zona comercial del Ponte Vecchio. El encargado era un joyero de tradición, que aseguraba que sus antepasados le habían vendido al autor de *La divina comedia* el anillo que jamás se atrevió a entregarle a Beatriz, su musa, quien acabó casándose con un importante banquero mientras que Dante se consoló con la poesía y con saber que ella esbozaba una sonrisa, de vez en cuando, al reconocerse en los versos que él escribía.

Antes de que David le diera el primer beso, Fernanda recibió la propuesta de matrimonio. Ella sintió cómo el anillo se desplazaba por su dedo y cómo David, quien ya se había sentado otra vez, se acercaba muy despacio hasta donde estaba ella.

Durante varios minutos se sonrieron. La mano de ella, con el anillo de compromiso puesto, descansaba sobre la mano de él, quien le había prometido cuidarla y amarla hasta la muerte. Fernanda seguía en silencio; extasiada. Él no hacía nada más. Simplemente no se cansaba de mirarla.

La cara de David, todavía llena de ensoñación, había sido atravesada por un gesto parecido a la risa al recordar a Beatriz y a Dante Alighieri. Fernanda le preguntó que en qué pensaba.

—En ti y en mí. En la felicidad y en que Roma es maravillosa; ahí todo es extraordinario. La realidad, el arte y la ficción se mezclan en la vida diaria. ¿Te gustaría vivir ahí, algún día, conmigo?

Fernanda se sintió inmensamente dichosa. David no había mencionado París ni Tokio ni Praga ni Madrid ni el nombre de ninguna otra ciudad que no fuera aquélla con la que ella soñaba: Roma con sus gatos gordos asoleándose en grupo a la mitad de las calles empedradas, indiferentes a los coches y a los turistas que pasaban demasiado cerca. Roma con su Fontana de Trevi, para ponerse de espaldas y lanzar una moneda al tiempo que se pide el deseo de volver alguna vez o de no irse nunca. La ciudad romántica del Coliseo y las catacumbas. La de los pasadizos secretos.

—Sí. Nada podría ser mejor que algún día estuviéramos juntos en Roma —contestó y dejó escapar nuevamente la palabra "sí", entre suspiros y con la voz entrecortada.

Con los ojos cerrados, David se acercó poco a poco a ella. No necesitaba mirar para saber exactamente dónde se encontraban esos labios que besó primero tiernamente y luego con una pasión desbordada. Las manos de él avanzaban atrevidas sobre la delgada espalda; ya habían encontrado la cintura. Y su boca, que en apariencia besaba la mejilla, se deslizaba hacia el cuello con la intención de bajar por el cuello hasta la piel del pecho y...

—¿Quieres que vayamos a otra parte? —preguntó él levantando la cara.

Como respuesta, ella asintió con la cabeza. Donde estuviera él, estaba el paraíso. En realidad no importaba si se llamaba México o Roma.

Más tardaron en liquidar la cuenta que en encontrarse a punto de entrar en la habitación del hotel Camino Real, varios pisos por encima del restorán en donde acababan de comer el pato laqueado.

Les asignaron la suite 118. Y a la mitad del corredor, ante la mirada atónita del *bell boy* que sólo iba a acompañarlos y a entregarles las llaves electrónicas del cuarto —pues ellos sólo su amor llevaban por equipaje—, David tomó en sus brazos a Fernanda y así cruzó con ella la puerta que simbólicamente conducía a su nueva vida.

16

Entre David y Fernanda no predominó la ternura sobre el sexo. Tampoco el deseo sexual fue el único prodigio. El amor y el placer se mezclaron tan íntimamente como ninguno de los dos lo había sentido nunca.

Y esa noche, en esa cama, cada uno descubrió cada milímetro de piel del otro; su olor y sus sabores. Cada uno conoció el cielo en el cuerpo del otro.

David la había llevado entre sus brazos. La había cargado para que atravesaran la puerta de la primera recámara donde estarían juntos. Y cuando esa puerta se cerró a sus espaldas, se abrió para ellos un abanico de sensaciones placenteras. Fernanda cerró los ojos como quien va a recibir el regalo sorpresa más anhelado. Inmediatamente David la besó. Sus labios se oprimieron de un modo suave, casi lento; después fue rápido, voraz, desesperado. Las yemas de los dedos de Fernanda recorrían el pecho de David; buscaban los botones de la camisa, la piel del pecho. Era delicioso tocarlo a través de la ropa, debajo de la ropa, totalmente sin ropa.

Ella no supo en qué momento él se había desnudado. Estaba distraída sintiendo la estimulante lentitud con que él la despojó primero de la blusa y luego de la falda. Él la acariciaba con los ojos y con las yemas de los dedos.

Fernanda continuaba con los párpados cerrados. Entonces él la tomó de la cintura para mirarla solamente vestida con un brasier color azul celeste y una delicada tanga del mismo encaje. Ahora, con la mano derecha, David estaba tocándola en esa zona del cuerpo donde la tanga no es más que un hilo delgado. Fernanda suspiró, entreabrió los labios. Entre sus piernas, una gota de placer humedeció la tela.

Él estaba deteniéndola por la espalda, con la mano izquierda, exactamente al nivel de la cintura. Con la otra mano, le separó los muslos poco a poco mientras le estaba dando un largo beso en la boca. La lengua de David la penetró como si fuera una promesa de lo que él iba a hacerle de inmediato, al sur de la cintura. La abrazó toda. Rodaron sobre las sábanas.

La acarició hasta que el deseo se volvió líquido. Y suavemente él se metió en ella. Los inocentes suspiros dejaron de escucharse. Ahora la habitación se había llenado de una música creada por monosílabos ardientes. Sonaban los jadeos repetidos y salvajes. Y de las gargantas salían los nombres de David y Fernanda.

No había sido sólo sexo. No había sido sólo amor. Era todo. Era intenso. Y era no sólo todo el amor que ya sentía cada uno por el otro, ni tampoco únicamente la suma del amor de los dos, sino la certeza de que ese amor infinito era un bien renovable.

Sólo tuvieron tiempo para beber un par de sorbos del champán muy frío que algún empleado del hotel les había dejado en una cubeta metálica, mientras ellos habían estado terminando de registrarse en la recepción. No tuvieron más que unos segundos de descanso para reír con las mejillas iluminadas por el color rojizo del placer consumado, porque Fernanda reinició el ascenso.

Pequeña y delgada como era, se acostó completamente sobre el corpulento David. Él sentía que el cabello de ella lo rozaba. Sintió cosquillas. Los besos delicados con que ella iba recorriendo su piel bronceada lo hicieron sentirse feliz, profundamente protegido por el inmenso amor de esa mujer *petite*. Pero cuando los besos que iba dándole sobre la barba, sobre los ojos, sobre los pómulos, abandonaron su inocencia y se transformaron en un incendio sobre sus bocas, David se olvidó de la ternura y también se lanzó a ese mar erótico de abrazos y caricias.

Sin pensarlo, la tímida Fernanda cabalgaba sobre él, desnuda y libre como Lady Godiva. David estaba adorándola. Ella había dejado de sentir vergüenza. Su cuerpo era para él, y el cuerpo de él era para ella. No iban a guardarlos en la caja fuerte de los prejuicios ni el tabú. Iban a entregarse el uno al otro totalmente y sin límites. Y cabalgó sobre él, con toda el alma, siguiendo la ruta de sus propias sensaciones, hasta que llegaron otra vez a ese sitio en donde sus cuerpos exhaustos volvieron a encontrarse ya saciados.

La realidad apareció. La habitación del hotel reapareció también. Ellos eran dos adultos y se amaban libremente. Querían estar juntos. No había nada más de qué hablar. Ninguno lo dijo, pero se casarían cuanto antes. No iban a soportar el dolor de no estar cerca, de no compartir los días y los sueños. Así que se quedaron dormidos con los cuerpos desnudos y enlazados, sin más cobija que el calor que entre ambos se daban. Durmieron un par de horas. Y amaneció.

El desayuno solicitado al *room service* fue colocado sobre la mesa para dos que estaba situada junto a la ventana.

—¿Te gustaría que tuviéramos una mesita como ésta en nuestra futura recámara, para desayunar los domingos? He visto unas con cristal encima. A mí me encantaría…

—Todo lo que tú quieras —contestó él, abstraído.

—Hay muchas cosas que no sabes de mí, David —dijo Fernanda moviendo coquetamente las pestañas como si fueran alas de mariposa—. ¡Me gusta cocinar! Y tengo una amiga que es dueña de una escuela para chefs, y además de lo que me ha enseñado mi mamá, ella… No sé si te he contado que tomo clases de gastronomía los sábados con Mariela Quintanilla de Háusser. La chef famosa. Es mi amiga. ¿Qué tienes? ¿Te sientes mal? Pareces preocupado.

—Es que me leíste el pensamiento cuando dijiste que hay muchas cosas que yo no sé de ti… Hay algo muy importante de mí que yo no te he contado…

—¿Uno de esos secretos terribles e imperdonables? —preguntó ella jugando a emocionarse.

—Algo así.

—¿De veras? Quiero saberlo. Cuéntamelo todo mientras saboreo este cuernito —le pidió como si se tratara de una anécdota simpática leída en la sección de sociales de un periódico.

David dudó. Era improbable que su relación siguiera siendo la misma si él le confesaba que ese sentimiento auténtico que ahora existía entre ellos había nacido a partir de una situación falsa. Porque le había mentido sin querer, pero de todos modos la había engañado. ¿Cómo iba ella a reconocer como legítimo un amor pirata? Y las consecuencias se veían venir: Fernanda iba a ofenderse y ya nunca iba a creerle nada. ¿Quién puede tener confianza en un hombre que ha fingido y luego asegura estar profundamente enamorado? Porque la amaba en serio. La adoraba con cada una de las células del cuerpo y con todas las invisibles buenas intenciones que poseía su alma. Pero, desgraciadamente, el inicio no había sido real sino una especie de obra de teatro fraudulenta, porque nadie le dijo a Fernanda que aquello en lo que había participado genuinamente era casi un *sketch* de teatro. ¿Cómo decirle ahora a Fernanda que Vanesa la había compadecido porque iba a pasar sola su cumpleaños, y que a él le había encargado el trabajito de acompañarla aquella noche en que cenaron juntos en La Crêperie de la Amitié? ¿Con qué cara confesarle que cada palabra y cada gesto con los que él la había seducido, sin proponérselo, no eran espontáneos ni sentidos ni verdaderos… aquella vez? Porque en la cena romántica, él no había intentado nada, aunque ella era bonita y dulce y sumamente atractiva. Pues con una clienta él jamás intentaba nada que no fuera entretenerla primero y olvidarla después. Simplemente había estado ejecutando una rutina del amplio repertorio de Male Company. Eran recursos para trabajar. Los gestos y las palabras no eran espontáneos ni personales; no surgían inspirados por un sentimiento. Pero ahora en verdad amaba a Fernanda. Y su disculpa era precisamente que él no había tenido la intención de enamorarla.

Ahora estaba avergonzado y, al mismo tiempo, era más dichoso que nunca. La prueba de que él era un buen hombre era que aunque Fernanda le había encantado como mujer, él se había alejado de ella. No la había estado llamando por teléfono ni buscándola. David estaba convencido de que había sido la suerte la que los había reunido en el café El Ocho. Deseó creer que el encuentro entre ellos era obra del destino.

Normalmente, las clientas no se enamoraban. Sabían que todo era un montaje y se la pasaban bien. Porque cuando se está al tanto de que es un juego, resulta poco probable que alguno de los jugadores resulte herido. Pero Fernanda había recibido todos aquellos gestos de caballerosidad, seducción, ternura, comprensión y deseo erótico como si hubieran sido auténticos. No había podido defenderse porque ni David ni Vanesa le advirtieron que ella era, sin saberlo, parte esencial de una escena de ficción.

Esa lejana noche él había actuado ante Fernanda el típico parlamento que se usaba en Male Company para agradar a las mujeres solas en sus cumpleaños. No era suya la idea de sorprenderla con el pastel que tanto la había alegrado. Lo peor era que esa farsa había funcionado, y ahora Fernanda lo amaba y él no quería perderla. Ella iba a ofenderse si él le contaba lo que en verdad había pasado: el modo tramposo en que se le acercó cuando el accidente de coches aquella tarde de sábado en que él fingió ser también uno de los que manejaban casualmente por ahí, cuando en realidad él la había estado siguiendo toda la mañana de aquel sábado, para cumplir con una orden de trabajo.

Por supuesto que él estaba al tanto de que tomaba clases de cocina; la había visto con su uniforme, con el gorro de chef, que ahora, al recordarla, le parecía encantador en ella. Se veía graciosa con su delantal gigante.

Fernanda seguía untándole mantequilla a un segundo cuerno de hojaldre, sin imaginar lo que a David le preocupaba. Si fuera capaz de leer los pensamientos hubiera sabido que él estaba diciéndose mentalmente: "No tengo por qué confesárselo hoy; lo más probable es que Fer nunca se entere".

—Estoy lista para enterarme del misterio —dijo contenta, luego de limpiarse los labios con una servilleta de tela blanca. Estuvo delicioso el desayuno, y al mismo tiempo muy ligero, ¿no te parece?

David no le respondió con palabras sino con actos. La sola idea de que ella se alejara de él le había hecho volver a necesitarla. Quería besarla otra vez, acariciar la piel suave de su cuello, entrar en ese país que era ella y cuyas puertas eran sus labios delicados y ese túnel de placer que comenzaba entre las piernas de piel tersa.

Él entendía que si le explicaba todo lo que ella no sabía de él, lo más probable era que… No quería ni pensarlo. No quería que Fernanda se enojara. No quería hacerla llorar. Sobre todo, no soportaba la idea de vivir sin ella.

Con la convicción de que habría en el futuro otro momento más oportuno para sincerarse, prefirió dejar de pensar en el asunto.

—Lo que no sabes de mí —dijo él— es que no voy a dejarte salir de este cuarto en todo el día. Eres mía. Eres toda para mí.

Fernanda dejó escapar la alegría a través del sonido de esa risa que para David se había convertido en lo mejor del mundo. Ella se acomodó entre sus brazos. Nunca habían sido tan felices. Sin hablar, estuvieron de acuerdo en que así debía sentirse vivir en el paraíso.

Y volvió a amanecer. Para entonces, se habían pasado más de 48 horas escondidos del mundo. Habían disfrutado su primera luna de miel en aquella recámara sin planearlo ni decírselo a nadie. Pero al día siguiente ambos se vieron obligados a volver a trabajar, a reunirse con la gente de costumbre, a ocuparse de sus responsabilidades. Los dos tenían mil pendientes.

Desde esa vez todos los días hallaban el modo de verse. Acoplaban sus horarios, posponían compromisos. Y mientras más tiempo estaban juntos, menos querían separarse. Algunas noches no durmieron en el departamento de Fernanda, aunque pasaron ahí la noche. Otras veces, salieron a hurtadillas del cuarto de David pues ninguno quería perturbar la paz espiritual de la abuela.

Para ambos la vida se había vuelto formidable. Se acompañaban; hablaban de sus asuntos, de lo que pensaban, de lo que creían, de lo que les chocaba, y resultó que lo que más deseaban era estar en la misma casa. Y se entendían tan bien que, sin ponerse de acuerdo, ambos supieron que ese lugar no sería el departamento de soltera de Fernanda y tampoco la casa de Río de Janeiro donde había pasado David toda su vida.

Querían fundar juntos un nuevo espacio; llevar ahí a Tenorio y a Luna, la perrita golden retriever que había crecido a toda prisa, como el amor entre ellos. Estaban en condiciones de comprar una casa con jardín y un patio largo para que sus hijos jugaran seguros. Una casa pequeña que estuviera entre dos jardines. En el frontal habría estacionamiento para sus coches, y en el del fondo construirían una *suite* para que estuvieran cómodas las visitas, porque Erick podría quedarse a dormir ahí de vez en cuando, y tal vez algún día también los padres de Fernanda y la abuela Lilí. Y Fernanda también quería invitar a sus amigas. Christianne vivía muy lejos. Podría quedarse cualquier noche a merendar con ellos y hasta a dormir si se les hacía muy tarde conversando. Y ya sentían que iba siendo hora de tener un lugar propio y de que la gente a la que ellos querían se enterara de sus planes. Era el momento de que las familias supieran que iban a casarse antes de que transcurrieran cinco semanas: el azar había querido que la boda se celebrara el sábado 4 de abril.

Llevaban poco tiempo; pero ellos no podían esperar más. Estaban convencidos de que se amaban. No había nada fundamental qué pensar ni qué elegir. Todo estaba como debía haber estado siempre. Incluso la capilla de Chimalistac, tan solicitada, resultaba posible para ellos gracias al azar, pues una pareja había cancelado y ellos habían tenido la suerte de que el horario y el día perfectos fueran ahora para ellos, por pura casualidad. Ellos no habían elegido el 4 de abril, sino que el 4 de abril los había elegido a ellos.

—Esa pareja canceló por problemas de salud del padre del novio o algo parecido —les habían dicho en la oficinita de la sacristía, donde días después, entusiasmadísimos y tomados de la mano, fueron a pagar la música y las flores.

Regresaron a la iglesia para asistir al cursillo obligatorio. Fueron también juntos a la inmobiliaria. En la cartera de bienes inmuebles de Fernanda había buenas oportunidades en Polanco. Todos los días visitaban una o dos casas. Comprarían ahí para seguir viviendo relativamente cerca de la abuela Lilí y de los padres de Fernanda.

Habían decidido todo. Su vida se había vuelto emocionante y divertida. Ocurría de forma vertiginosa. La boda sería íntima. Ella no quería una especie de congreso para que los numerosos compañeros de la oficina de su papá se reencontraran vestidos de esmoquin. Deseaba una ceremonia solemne y acogedora. Invitarían a unos cuantos amigos y parientes. Sus damas de honor serían sus amigas más queridas. El brindis podía ser donde sus padres prefirieran, pero no debía ser multitudinario ni ostentoso. En Hawai pasarían su luna de miel. David ya había pagado las reservaciones. Los dos sentían que su vida era maravillosa, mucho más de lo que ninguno se había atrevido a desear.

17

—Ya tengo 29 años, papá.

—Eso no tiene nada que ver. Para los estándares de tu generación no eres una mujer quedada.

—¿Quién ha dicho que me siento quedada? Mi intención fue dejar claro que tengo edad de sobra para tomar mis propias decisiones. Soy autosuficiente. Hace más de tres años que vivo sola en mi departamento.

—¿O sea que te casas porque te sientes sola?

—¿Por qué no quieres entenderme, papá? Amo a David y quiero que el resto de mi vida comience cuanto antes —y cuando levantó la cara, su mirada irradiaba un resplandor especial.

—¿Y tiene que ser precisamente el mes próximo?

—Será dentro de cinco semanas con dos días, y menos de 16 horas, porque la misa es a las 19:30 horas, el 4 de abril —calculó mirando su reloj de pulsera.

—¿Quieres pasar el resto de tu vida con un extraño?

—Pues si paso el resto de mi vida con él dejaría de ser un extraño, ¿o no?

—No te hagas la inteligente conmigo. Estamos hablando de tu futuro. Y no conocemos a ese hombre ni a su familia. ¿De dónde salió el maldito?

—Algún día tu hija iba a casarse. No le digas "maldito". La estás ofendiendo también a ella. No arruines su alegría, Leopoldo. ¿Cuándo la habías visto enamorada?

La noticia de que Fernanda iba a contraer matrimonio había hecho muy feliz a su madre, quien decía apoyarla totalmente.

—Sus intenciones fueron serias desde el comienzo, papá. Ya me dio el anillo —y extendió la mano.

—Tiene buen gusto —aseguró la mamá mirando una vez más el brillo del diamante—. Es una piedra con muchas facetas. Además de hermoso, está grande. Yo digo que es una sortija cara. ¡Hazle caso, Leopoldo, te está mostrando el anillo!

—Pudo haberlo robado.

—Pero, papá, ¿cómo dices eso de David? Ni siquiera lo conoces.

—De eso estamos hablando. Justamente de eso. De que en esta casa nadie lo conoce, empezando por ti.

—Tu hija es adulta. Siempre ha sido muy sensata.

—¿Una adulta? Hace apenas unos días estaba peleando por un perro con su hermano. ¡Por favor! Casarse no es como cambiar de coche. Es un asunto muy serio y para toda la vida. ¿Qué te pasa, Fernanda? ¿Por qué de repente tienes que contraer matrimonio a toda prisa como si llegaras tarde a una función de cine? No importa si tus amigas de la universidad se casan antes que tú o si consiguen antes que tú los zapatos de moda. ¿Entiendes? Un marido no es un par de zapatos que cuando te saca ampollas puedes tirar a la basura o dejar olvidado en el fondo de tu clóset. Te estás comportando de una forma inmadura. ¿No te das cuenta de la clase de compromiso que se adquiere con el matrimonio?

—No dramatices, Leopoldo. Fernanda ya no es una niña y no vivimos en los países árabes. Aquí se permite el divorcio. Es lo peor que podría pasarles si al final resulta que no se entienden. No te pongas en ese plan. Ambos están bastante mayorcitos para saber lo que hacen. Además, ¿por qué no habrían de llevarse bien?

—Al matrimonio no debe irse con la idea del divorcio, mujer. ¿A ti qué te pasa? Ése es el gran error de nuestros días. Si tu hija quiere casarse con un desconocido y tú la apoyas, allá tú. Pero no puede hacerlo antes de un año. Y aunque en este país se permita el divorcio, yo no lo apruebo en mi casa.

—Pero no es para que te pongas así, Leopoldo. ¡Parece que ni se puede tocar el tema porque te enfureces! Si quieres convencerla, dale argumentos.

—Te recuerdo que soy el padre de la novia, ¿te parece poco? Y tú tampoco deberías estar de acuerdo. Tendrías que estar orientándola correctamente. Para eso eres su madre, Ingrid.

—¿Pero qué le pasa? —preguntó Fernanda a su mamá cuando estuvieron solas en la cocina.

—A los padres siempre les cuesta mucho trabajo perder a sus hijas. Además, tu novio no le dio su lugar, ni siquiera vino a pedir tu mano. Tu papá está padeciendo los celos normales y tiene miedo de que no te vaya bien. David no es un muchacho al que conozcamos de toda la vida, hija. No lo tomes a mal pero, ¿y si te está diciendo mentiras? ¿Y si no es quien dice ser? Ésta es una ciudad muy grande y peligrosa. No serías la primera en caer en las redes de un bígamo.

—¡Pero cómo dices eso, mamá!

—¡No abras así los ojos, Fernanda, que por eso salen arrugas! Lo que te estoy diciendo es cierto. En este país el registro civil es un desastre. Todo es corrupción. Con un poco de dinero cualquiera puede inventarse un pasado oficial, con acta de nacimiento falsa, título profesional y toda la cosa. ¿Quién te lo presentó?

—¿Qué?

—Te pregunto que cómo fue que lo conociste. Lo mismo es un buen hombre que… no lo es. No me da desconfianza, hija, pero tampoco le tengo confianza ya. ¿Me comprendes?

—Dijiste que me apoyabas.

—Creo que tu papá tiene razón y… perdona que ahora yo piense de otro modo, pero se me hace que no deben fijar la fecha de la boda todavía. Deberían esperar un poco.

—Ya conseguimos la iglesia.

—Escúchame, Fer. No estaría mal que tuvieran un noviazgo de un año; así podrían tratarse y conocerse mejor.

—Hay parejas de novios que duran cinco años y luego se divorcian a los dos meses de casados. El tiempo acumulado tampoco es una garantía de felicidad.

—¿Pero no crees que lo de ustedes va demasiado rápido? Dense tiempo. ¿Qué te parece si invitas a David y a su abuelita a cenar, aquí a la casa, y así vamos ablandando a tu padre?

—¿Mañana?

—Pero no hemos comprado nada…

—Mañana es viernes, mamá. De una vez hagamos la cena mañana.

—Ay, hija. ¡Qué prisa llevas! Está bien, que sea mañana.

Aunque ningún acompañante de Male Company había tenido que enfrentar nunca el reto de actuar la peligrosa escena de "conocer al padre de la novia", de alguna manera todos estaban educados en las artes de la persuasión, el control emocional, la seducción y la diplomacia, por lo que cualquiera de ellos podría hacerlo sin problema. Todos conocían la técnica de la improvisación y la psicología de los públicos, pues como actor hay que estar alerta ya que cada público es distinto, lo mismo que cada teatro. Y quien tiene experiencia sabe que puede haber funciones que resulten sorpresivas hasta para los que están actuando.

Acompañado de la abuela Lilí, quien vestía su abrigo de *cashmere* negro y su traje favorito, el de las grandes ocasiones, David llegó a la casa de los padres de Fernanda. Tocó el timbre. Erick y los ladridos de un perro de raza alaskan mestizo, cuyo redundante nombre era Alaska, les dieron la bienvenida. Atravesaron un amplio jardín y por una escalera de roca volcánica ascendieron hasta el segundo desnivel de la casa, donde estaba la sala rodeada de grandes ventanales.

Ganarse a Erick fue facilísimo. Ambos se entendían tan bien con los perros como con los humanos. Congeniaron porque tenían algunos gustos parecidos y entre ellos no había animadversión. David le prometió ayudarlo para que Alaska fuera capaz de hacer los mismos trucos de Lassie, un perro coli que era el protagonista de una antigua serie televisiva que Erick nunca había visto, pero que sirvió como pretexto para que comenzara a fluir la charla entre la madre de Fernanda y la abuelita de David.

—Ya estuvo bueno de hablar de perros. Esto no es la veterinaria —rugió el papá de Fernanda.

La señora Ingrid, quien conocía de sobra a su marido, le lanzó una mirada de dardo envenenado y se puso a ofrecer las botanas.

—Estos honguitos rellenos de espinaca y queso de cabra los preparó Fer —dijo para cambiar de tema.

—Pruébalos, David. Son buenísimos —confirmó Erick—. A mí me gustan un buen. Oye, hermana, a ver si me los haces cuando me inviten a comer a la casa donde vivas con David. Pero preparas bastantes, ¿eh? Nunca alcanzan. ¿Por qué hacen tan poquitos?

—Porque son el entremés, por eso. —La señora Ingrid miró severamente a Erick. Ni su hijo ni su marido parecían saber cómo comportarse en una situación importante.

—¿Y eso qué?

En ese momento, la señora Ingrid anheló haber nacido en la época de su abuela en la que, según contaban, todas las familias conocían los protocolos y nadie decía impertinencias cuando estaban en la sala alternando con personas invitadas.

Fernanda permanecía muda. Su mamá atendía amablemente a todos, les hacía la conversación. Ahora estaban hablando de lo bonito que era Oaxaca. La señora Lilí había vivido en un pueblo cercano a Huatulco cuando era niña. Erick pensó que le gustaría ir a acampar a esa playa con sus amigos. Se imaginó con sus bermudas corriendo con Alaska y se le antojó meterse al mar. Pensó que sería buenísimo.

—Señora Lilí, por favor pruebe estos higos miniatura. Están rellenos de avellana. También los hizo Fer.

—Son exquisitos. Muchas gracias por sus atenciones.

—Confío en que también les guste lo que yo he cocinado. Berenjenas parmesanas y *roast beef*. ¡Ah! Y el fetuchini Alfredo, que por supuesto va antes.

Como si para evitar los enfrentamientos fuera suficiente no hablar de religión ni de política, las señoras platicaron amablemente primero del clima, luego de los programas antiguos y de los actores clásicos como Rock Hudson, Elizabeth Taylor y James Dean. En general procuraron hablar de cualquier tema que facilitara una atmósfera propicia para que saliera bien esa cena tan importante para David y Fernanda. La esmerada anfitriona propuso un brindis con vino espumoso portugués.

—Por la familia.

Todos alzaron sus copas menos el señor Leopoldo, quien se echó un puño de cacahuates japoneses a la boca mientras los demás brindaban.

Faltaba poco para que pasaran a la mesa. David aprovechó que la señora Ingrid regresaba de la cocina, luego de dar un último vistazo. Entonces él comenzó a entregar los regalos.

A su futura suegra, David le obsequió unas rosas de invernadero y una caja que contenía un costoso búcaro de cristal azul marino de Murano para que ahí las colocara. Al papá, una botella de coñac envuelta en una caja de olorosa madera. A Erick, un estuche con los juegos de computadora que Fernanda le había contado que le hacían falta. Para Fernanda, una gargantilla de cristal de roca, marca Swarosvki, con aretes y pulsera. Y para la abuelita Lilí, una caja musical sobre la que giraba una bailarina de porcelana de Lladró.

Al recibirlos, todos quedaron igualmente complacidos y asombrados. El único inconforme fue el papá de Fernanda.

—La Navidad fue hace ya mucho tiempo. ¿A qué vienen tantos regalos?

—Podríamos decir que estamos celebrando que nuestras familias se conocieron, o que Fernanda y yo queremos participarles la fecha en que hemos decidido casarnos —y volteó a verla; lo desconcertó notarla exageradamente nerviosa.

—¿Y cuándo es esa fecha? —preguntó el señor Leopoldo con severidad.

—Fernanda va a anunciarlo formalmente a la hora del postre. Lo tiene todo planeado —comentó David complacido—. Pero es un hecho que nos casaremos muy pronto. Y estos son unos obsequios que les he traído de mi viaje. Estuve en Roma por trabajo. Deseo que les gusten.

—¡Este búcaro de Murano está hermosísimo! Ay, David, es usted muy espléndido. Y tiene magnífico gusto. Se lo agradezco en serio —dijo sinceramente.

—Ya estuvo bien, Ingrid. No es más que un florero.

A la mamá de Fernanda la habían educado con la frase célebre: "En alguien debe caber la prudencia". Recordó a su propia madre diciéndosela y, por hábito, reprimió el impulso de contestarle a su marido como se lo merecía.

—Me había dicho Fernanda que ese es su coñac predilecto, señor Salas —comentó David como si no hubiera oído el comentario.

—Sí. Ese es —contestó la señora Ingrid al notar que su marido seguía furioso y que no iba a responderle nada ni siquiera por cortesía—. Te lo agradecemos mucho, David. Abriremos la botella para acompañar el café, más tarde. Mil gracias… Mi hija preparó el postre para todos. Es *creme brulée*.

David encontró al fin un elemento para sentirse halagado. En algún momento le había platicado a su prometida que le fascinaba el sabor crocante del azúcar sobre la cremosa natilla francesa. Y le pareció encantador que ella la hubiera preparado personalmente para él. Entonces giró la cabeza para hacerle un guiño a Fernanda, pero no logró que sus miradas se encontraran.

—Desde ahora vas a tener que pasarte varias horas más en el gimnasio, David, si no quieres subir de peso o desairar a Fernanda. Está mal que yo lo diga; pero mi hija tiene muy buena mano para la repostería. Además de la *creme brulée*, anoche se desveló preparando una *panna cota*. Es para que te la lleves a tu casa. Le quedó divina, adornada con fresas y hojitas de menta. Me contó que tienes varios postres favoritos. ¡Lo que hace el amor!, ¿verdad, señora Lilí? La semana próxima podríamos tomar café aquí para que prueben la tarta de higo que prepara Fernanda y sigamos conociéndonos. Dicen que los enamorados consumen más dulce que el resto de la gente.

David notó que la señora Ingrid se esforzaba en serio por hacer agradable aquella reunión. Era la única, porque el papá se mostraba hostil y la propia Fernanda parecía distante, aunque sin dejar de portarse educada. No parecía que se sintiera nada más incómoda por estar soportando la conducta inapropiada de su padre, sino que se le veía mal, como si fuera muy infeliz. Daba la impresión de que en lugar de ser ella la novia enamorada, fuera una desgraciada a la que sus padres estuvieran casando por la fuerza con un hombre del que ella desconfiaba secretamente.

Él había esperado un poco más de colaboración de parte de ella. Días antes habían planeado juntos la estrategia para que el futuro suegro lo aceptara. Pero durante la cena, conforme los platillos se servían, David sintió que el único interesado en que el matrimonio se celebrara era él. Incluso hubo un momento en que tuvo la impresión de que, al sonreírle a Fernanda, ella había volteado la cara con disimulo, como tratando de ocultar una lágrima.

La abuelita Lilí pensó que el padre de Fernanda se conducía de un modo antipático, pero no era como para que aquella muchacha dejara escapar una lágrima y no se atreviera a mirar de vez en vez a su novio. Tuvo la sensación de que la novia de su nieto era demasiado frágil.

Ya estaban terminando de cenar, cuando el dueño de la casa tomó la palabra.

—Le agradecemos sus regalos, David, pero no eran necesarios. Le seré franco. Yo aprecio el dinero, pero mucho más la decencia y las buenas intenciones. Un hombre rico y alcohólico puede destrozar la vida de cualquier muchacha, aunque sea muy bien parecido como es su caso. ¿Es usted alcohólico?

David se quedó desconcertado. Había bebido media copa del vino que le habían dado. ¿A qué venía esa pregunta? Prefirió no responder y siguió escuchando.

—Todo lo que usted ve aquí —explicaba el papá de Fernanda—, estas comodidades, la seguridad y la alegría habitual de esta casa son fruto del trabajo conjunto de una familia honorable. Yo soy sólo un profesionista bien pagado. Mi mujer es directora de una preparatoria y nunca ha descuidado su hogar. Es una madre admirable. No somos millonarios, pero no nos falta nada y somos felices. Esto es lo que yo quiero para mi hija Fernanda. Estabilidad, seguridad y un hombre que verdaderamente la ame y esté dispuesto a todo por ella.

—Yo soy ese hombre —dijo David.

El interrogatorio se puso más agresivo:

—¿Alguna vez ha estado casado o comprometido? ¿Tiene hijos ilegítimos?

—No, señor.

—Tiene deudas.

—No, señor.

—Le gusta el juego.

—No.

—¿Cuáles son sus vicios? ¿Por qué no están aquí, con usted, sus padres? ¿Acaso es huérfano?

—Leopoldo, por favor. No estamos en una delegación de policía. Perdónelo, señora —le pidió Ingrid a la abuela Lilí al notar la cara de angustia que ponía la viejita.

—David es un muchacho decente —replicó la anciana rápidamente, aunque con voz apagada—. Y yo soy todo lo que tiene. Mi hija y mi yerno murieron en un accidente de carretera cuando él era un niño de kínder. Y años después, mi marido falleció de un infarto… Creo, creo… —la indignación la estaba haciendo hablar de forma dificultosa y vacilante—. Creo que no tener padres no es ningún crimen, señor Leopoldo Salas. Mi nieto David es un muchacho ejemplar —afirmó con orgullo, como reponiéndose—. Tiene buenos sentimientos y no merece que nadie lo interrogue como usted lo está haciendo. Y si no se defiende es por respeto, no porque le falte carácter.

Aquello se había convertido en un campo de batalla. A pesar de la turbación genuina de la abuela, que deseaba irse inmediatamente, el señor Leopoldo seguía pensando que David no le gustaba para yerno. En este mundo, según él, la gente atractiva siempre acababa siéndole infiel al cónyuge. Además, desde su punto de vista, la belleza era una cualidad para mujeres, no para los hombres serios. Y hasta en el remoto caso de que David tuviera buen corazón, la gente peligrosamente atractiva siempre ocasionaba problemas. No quería que su Fernanda sufriera de celos el resto de la vida.

—Pregúnteme lo que quiera, señor Salas. Comprendo que usted desee saber con quién va a vivir su hija el resto de su vida —y se giró hacia ella.

El señor Leopoldo observó que David miraba a Fernanda de una forma sinceramente amorosa. Ese gesto lo hizo recordar aquella incómoda noche en que él también fue interrogado (aunque no tan groseramente) por el padre de Ingrid acerca de la seriedad de sus intenciones.

Las intenciones, ¿quién podía medir las intenciones? ¿Era posible autentificarlas como se hace con un brillante sin factura, al que alguien acusa de ser falso? Cualquiera podía ocultar las intenciones, fingirlas, disimularlas. ¿Cuáles habían sido las intenciones de Philip San al llamarle por teléfono a Fernanda días antes? Le había asegurado que David no era quien decía ser. Le había ofrecido llamarla nuevamente para darle los datos de un lugar y un horario en el que ella podría ver en persona qué era lo que su prometido hacía todo el tiempo con distintas mujeres.

A Philip San nada le iba en aquello, había dicho. Él le daba esa información a Fernanda como un acto de caridad cristiana para que ella no cometiera el error de amar a un hombre mujeriego.

Fernanda rechazó las llamadas de Philip San. Le había colgado el teléfono varias veces y le había dicho que no quería oírlo. Ella amaba a David y por supuesto confiaba en él. No iba a prestar oídos a las calumnias con las que ese hombre Philip San quería sabotear su felicidad. Philip era un inmoral que ni siquiera le había dicho cómo había conseguido su número telefónico. ¿Por qué la molestaba? ¿Por qué estaba al corriente de algo tan íntimo como que ella y David estuvieran enamorados?

No le creía absolutamente nada. No entendía por qué alguien quería hacerles daño. Ante los primeros asedios de Philip San, Fernanda creyó que David no tenía la culpa de nada, ni podía ser responsable de nada que ese hombre siniestro inventara. Y trató de olvidar el mal sabor de boca que aquello le había causado. Inicialmente había decidido no decírselo a David. No quería hacerle pasar un mal rato.

Pero después, al día siguiente, esa misma tarde en que iban a conocerse sus familias, Fernanda entró a la página de la inmobiliaria desde la computadora de la casa de sus padres. Estaba alegre, pero inquieta. Se había comprado un vestido precioso. Le había encargado a Erick que se ocupara de la cámara fotográfica. Tenía todo listo para esa cena que sería muy especial. Así que para matar los nervios de los últimos minutos antes de que David y su abuelita llegaran, ella quiso checar por internet el avance de la solicitud del crédito hipotecario. Y en eso estaba cuando le llegó un *mail* cuyo *subject* decía simplemente: "Foto de David". Sin desconfiar, abrió tranquilamente el archivo.

Ella y David habían estado chateando y también comunicándose por medio del correo electrónico todo el día para comentar los detalles del viaje de bodas, de la casa que ya habían elegido y cuyos trámites para el crédito hipotecario habían iniciado en un banco, porque iban a comprarla entre los dos. De pronto, decepcionada, incrédula y dolida, miraba la foto de David con otra mujer. Él se veía enamorado.

¿Cómo podía adivinar Fernanda que él estaba trabajando como acompañante Male Company? La mirada de la mujer era sensual, casi atrevida. En ella no se traslucía ningún signo de enamoramiento. Cenaban a la luz de una vela. La foto estaba fechada deliberadamente con pequeños números amarillos en el ángulo inferior derecho. Había sido tomada la noche anterior y enviada minutos antes de que Fernanda bajara a la sala para esperar a que David y su abuelita llegaran.

No podría perdonárselo. Hablaría con él después. Le pareció un escándalo suspender la cena. No podría hablar con él delante de sus padres, de Erick y de la abuela Lilí. No quería que todos la vieran llorando. Por eso no había podido articular una sola palabra durante toda la cena, y con los labios apretados había mirado esquiva todo el tiempo hacia otra parte, mientras contenía el llanto.

David no había intentado abrazarla, porque ante ese señor Leopoldo Salas, —quien bien podía rivalizar en celos con el famoso Otelo de la tragedia shakespeariana, no resultaba prudente ni siquiera tomar de la mano a Fernanda. Cualquier demostración de amor físico entre ellos podría enfurecer hasta el colmo al futuro suegro. Sin embargo, al percibir que ella era presa de la angustia, David deseó tranquilizarla. Ingenuamente creyó que la conducta grosera de ese padre de familia era la causa de la aflicción de ella. Quería decirle que no era para tanto, que por supuesto eran desagradables esas frases majaderas pero que ella no era culpable de lo que hiciera su papá, y que por eso no debían darle importancia. Él podía soportar eso y mucho más por ella. Lo que no podía resistir era verla triste. Quería que se alegrara.

Se le acercó, la tomó del codo y le pidió que salieran un momento a la terraza. Les pidió a los comensales, quienes ya estaban en la sobremesa bebiendo café, que los disculparan porque para él, en ese momento, era imprescindible hablar un momento a solas con Fernanda.

Mientras la señora Ingrid trataba de sortear la incómoda velada, David y Fernanda salieron al jardín.

—Mi amor, no lo tomes así. Yo sé que es desesperante que las cosas no salgan bien cuando uno ha puesto mucho esfuerzo en organizarlas, pero no pasa nada. Como dice tu mamá, podríamos reunirnos otra vez cuando yo vuelva de Roma. Me imagino que ya no tienes ilusión de anunciar formalmente la fecha. A cualquiera se le habrían quitado las ganas en estas circunstancias.

—¡Me engañaste! —se quejó ella—. Tú no me quieres. No eres quien yo pensaba.

Las lágrimas corrieron imparables por las mejillas de Fernanda. La experiencia era violenta, como si la fuerza de la tristeza convertida en agua pudiera derribar las compuertas de una presa. Ella contenía la respiración para evitar que más lágrimas rodaran. David estaba atónito.

—¿Qué te pasa, mi amor? ¿Qué es lo que tienes?

—Esto es lo que me pasa —respondió entre sollozos y le extendió la foto impresa. La había doblado y se la había metido debajo de la manga de su vestido nuevo. No había podido hacer nada más que aguantarse el coraje, la vergüenza, la decepción durante la hora y media que ella llevaba de estar sufriendo en esa incomodísima cena.

Sin ver el papel, él intentó abrazarla.

—No importa cuál sea el problema. Tú y yo podemos enfrentar juntos lo que sea.

—Pero en esto no estamos juntos. No es un problema contra nosotros sino entre nosotros. Y acaba de suceder anoche —dijo señalando con el dedo índice hacia la foto que David sostenía con una mano—. ¿Cómo es que...

—¿Esto? ¿Qué es esto?

Entonces vio la imagen y comprendió una parte del asunto. El ángulo de la foto era perversamente perfecto. No buscaba delatar una supuesta infidelidad. Era peor que eso. En la foto, el rostro de David era el de un hombre enamorado. Cualquier director de escena habría quedado satisfecho al verlo. El problema era que la foto no pertenecía a un pasado en el que no hubiera estado con Fernanda, y no se trataba de él actuando en un teatro, sino de una comprometedora escena con una clienta que desgraciadamente no era mayor ni fea. La persona que hubiera mandado esa foto se había esmerado en hallar el momento en que David se hallaba con una clienta joven y muy bonita.

—Es mi trabajo.

—¿También es tu trabajo mirarme con amor a mí? Creí que esa forma de mirar era sólo para mí, creí que yo te la inspiraba —dijo ahogando una vez más el llanto.

—No es eso lo que quise decir, Fernanda, escúchame. Sólo a ti te amo. Sólo contigo tengo relaciones sexuales.

—¿Pero qué dices? Creí que conmigo hacías el amor —y se ofendió todavía más.

—Ella es una clienta —dijo señalando a la rubia de 20

años y bastante busto al descubierto, que aparecía con él en la foto. Me la asignaron en la oficina para que la separara de un hombre casado. La foto no es lo que parece.

—Exactamente así has estado también conmigo. Y tampoco es lo que parecía —y se limpió la nariz con un pañuelo.

—Te juro, Fer, que es mi trabajo. Iba a contártelo cuando hubiera renunciado. En el servicio no admiten hombres casados.

—Pero... ¿qué clase de negocio es ese en el que los trabajadores no pueden ser hombres casados? —y prefirió quedarse callada para no decir todo lo que estaba pensando, porque no quería lastimarlo.

"Es increíble", pensó, "soy una estúpida. Él me es infiel un mes antes de la boda y yo no quiero decirle nada que pueda herirlo. ¡Soy una idiota! ¡Me odio!", y siguió insultándose a sí misma mentalmente.

—Créeme, Fernanda. Es un trabajo como cualquiera. Admito que fue un error no decírtelo. Pero lo mantuve en silencio porque... no tiene nada de malo. No quiero perderte.

—No te creo nada. Y lo que acabas de decir es una incoherencia. Si no tiene nada de malo, ¿por qué no me lo dijiste?

—De acuerdo. Trabajo como acompañante. La empresa se llama Male Company y de una vez te lo voy a decir todo: originalmente fui tu regalo de cumpleaños, fue un favor que me pidió Vanesa Kuri. Ella es mi jefa.

Y se maldijo mentalmente por haber usado la palabra "favor" y por no haberle explicado a lo que él se dedicaba, cuando aquella mañana en el hotel Camino Real Fernanda dijo que había muchas cosas que no sabían uno del otro. Y prefirió quedarse callado en vez de explicarle que la intención de Vanesa había sido darle una cena romántica con acompañante, como regalo de cumpleaños.

—Mejor ya déjame.

En ese momento, la tristeza que sentía Fernanda estaba transformándose en furia e indignación. ¿Quiénes eran él y Vanesa para herirla a propósito? Todo el cuerpo se le puso rígido a causa del coraje. Pensó que el amor y la amistad valían poco.

—No quiero nada contigo, David. ¿A dónde puede ir una relación basada en el engaño? ¡Ciertos silencios también son mentiras!

—¿Por qué tienes que pensar lo peor? ¡Cálmate, Fer! Vanesa me contrató para llevarte a celebrar tu cumpleaños con una cena romántica, eso fue todo. Me dijo que quería darte un gusto, porque ella...

—Ya te dije que hemos terminado.

Sin esperar a oír el final de la explicación, Fernanda regresó a la casa. Primero pasó al baño de visitas y como pudo trató de arreglarse la cara. Realmente sólo un experto en maquillaje habría podido ocultar que ella había llorado. La nariz se le había puesto horriblemente colorada, los labios hinchados y los ojos irritadísimos por el aire frío de la noche. Mojó un pedazo de papel de baño y se lo pasó por los párpados inferiores. Retiró un poco del rímel chorreado. Se sintió lacia, extrañamente calmada debido al desahogo del llanto. Se reunió con la familia y, sin decir palabra, clavó la vista en una taza donde el café estaba como su estado de ánimo: negro y ya frío.

Un par de minutos después, David entró al comedor. La situación se parecía más al preámbulo de un entierro que a una petición de mano. El silencio y la tensión eran muy desagradables.

—Terminemos con este asunto —sonó la voz del padre

de Fernanda—. Si usted aspira a casarse con mi hija, sólo depende de ella aceptarlo. Pero es mi deber protegerla para que no se haga daño a sí misma. Y me da la impresión de que usted la ha deslumbrado. Entiéndame, David, ella es toda una mujer, no lo niego, pero es mi hija. Esto es muy precipitado y ella podría equivocarse al aceptarlo a usted como marido. A mi juicio, la vida no se mide por la edad sino por la madurez y el grado de peligro de las circunstancias. Mi propuesta es que pospongan su boda un par de años. Si su amor lo resiste tendrán nuestra bendición. Si prefieren fugarse, no serán la primera pareja que inicie su vida destrozando a su propia familia. Y tú quita esa cara, Fernanda. Pórtate como adulta. ¿Lloras porque te avergüenzas de que a tu padre le falten los modales? Pues ve imaginándote cómo lloran las mujeres a las que les va mal porque llegan al matrimonio como tú, con los ojos cegados por un enamoramiento fatuo.

—Siéntate un momento, abuela. Tengo algo que decir.

A pesar de la indicación, Lilí permaneció de pie. Mientras el señor Leopoldo hablaba, ella había caminado discreta y dificultosamente hasta el sofá de la sala y ya había cogido su bolsa. La apretaba con las dos manos. Todo su cuerpo se orientaba hacia la puerta principal. En verdad quería irse de esa casa.

Entiendo su desconfianza, señor Salas. Debe parecerle muy precipitada nuestra boda, pero yo quiero ser el marido de Fernanda, el padre de sus hijos. Quiero compartir mi vida con ella. El amor que ella me inspira es verdadero. Y si Fernanda pospone la boda, la razón tendrá que ver conmigo exclusivamente. Ella no llora por las descortesías con que usted, señor Salas, nos ha tratado irrespetuosamente a mi abuela y a mí esta noche, aprovechándose de nuestra visita. Yo no he venido a pedir su mano, señor, sino la de Fernanda. Y estoy dispuesto a esperarla toda la vida. Necesito que ella me perdone. Usted jamás sabrá qué fue lo que no hice a tiempo. Es un asunto privado entre nosotros. Y ya que esta ceremonia ha perdido por completo su carácter romántico, investígueme usted como lo haría un banco. Pida referencias. De ese modo descubrirá que también mi familia es honorable. Buenas noches, señor Salas. Gracias por la cena, señora Ingrid; todo estuvo delicioso. Un gusto, Erick. ¿Nos vamos, abuela? Aquí tienes tu abrigo —y la ayudó a ponérselo.

Para la abuela Lilí, lo que acababa de suceder era ya totalmente irreparable. Se sintió tan agotada como afligida. Pensó que esos muchachos acababan de terminar cuando debían estar empezando. Ella nunca había sido hábil para consolar a David con palabras. Su querido nieto mostraba en ese instante el mismo gesto que cuando era niño, cuando lo tomó de la mano y lo llevó al velorio de sus padres.

En el modo desgarbado en que David caminaba, la abuela descubrió inesperadamente que él había quedado prisionero de uno de esos amores que suceden, cuando mucho, solamente una vez en la existencia. Estaba herido de muerte. Había sido atacado por sorpresa.

A lo largo de los años, la abuela había atestiguado las numerosas veces en que David, queriendo o sin querer, había desatado grandes amores. Pero su caso había sido semejante al del individuo que transmite la enfermedad y no la padece. Había salido ileso, hasta el encuentro con Fernanda.

La abuela ignoraba la razón, pero podía darse cuenta de que este amor que el pobre estaba sintiendo ahora por esa mujer, iba a ser tan riesgoso y avasallador como es para un adulto de 35 años enfermarse de paperas. Hubiera querido ayudarlo. Deseó que hubiera médicos expertos. La gente llegaba a sufrir tanto del mal de amores y a soportar tantas complicaciones y desgracias que tal vez, pensó la abuela, a todos deberían vacunarnos al iniciar la adolescencia. Imaginó que David se quedaría soltero para siempre. Lo lamentó profundamente.

Con la mano temblorosa se aferró al brazo de su nieto para bajar la escalera de roca volcánica, pues sus ojos no la ayudaban a ver de noche. Detrás de ellos caminaban Fernanda, su hermano y su madre, afectados y silenciosos como la comitiva de un entierro.

Ya en la calle, Erick se despidió de mano, agradeció el regalo y fue el primero en desaparecer. Las señoras se abrazaron como dándose el pésame. Lilí le dio un beso con cariño a Fernanda y abordó el Jeep. Ingrid le dio un abrazo a David, murmuró algo parecido a que deseaba verlo pronto por ahí, que ésa era su casa, que lo lamentaba… y se metió al jardín. Lo atravesó con pasos rápidos y enérgicos. Se dirigió a su recámara. Iba a tener un pleito con su marido.

—¿Quieres que te llame mañana, Fer? Puedo aclararlo todo. Nuestra vida no tiene por qué ser esto.

—Dijiste que me amabas pero me mentiste.

—No voy a perderte, Fernanda. Debes oírme.

—¿Qué no viste la foto? Por favor, ¿cómo voy a creerte?

—Acompáñame mañana a Male Company. También podrías hablar con Vanesa. Sé que está en México.

—No sé si esté en México y tampoco me importa.

—Piénsalo, Fer, si tú y yo nos separamos ahora nos arrepentiremos toda la vida.

—Yo sí te amo, David. Pero no sé quién eres.

—¿Quién te dio esa foto?

—Yo la bajé del correo.

—¿Pero sabes quién te la mandó?, ¿revisaste quién era el remitente?

—Por favor, ya déjame. No quiero hablar de eso. No tiene caso. Todo es inútil, David, todo es inútil —y sintió que le costaba trabajo respirar, que no iba a poder detener el llanto, y que estar ahí con él, tan separados, le estaba doliendo incluso físicamente.

Él se acercó muy poco a poco y le rozó la espalda con ambas manos. Ella permaneció sin moverse. Él no la besó pero terminó sosteniéndola en sus brazos. David creyó que las cosas entre ellos podrían mejorar porque, durante unos segundos, ella recargó la cabeza en su pecho y dejó que él le acariciara el cabello. Ese abrazo apenas duró menos de un minuto. Entonces sintió que ella iba a escapársele y le dijo al oído:

—Por favor, por última vez, encuéntrame en El Ocho mañana a las 11 de la mañana. Déjame explicártelo.

Cuando Fernanda alzó la cara no se le veían los labios. Los tenía apretados con tanta fuerza que sólo se veía la piel blanca desde abajo de la nariz hasta la barba. Y una línea horizontal, muy tensa, ocupaba el sitio donde habitualmente había una sonrisa alegre de labios gruesos. De la cara de Fernanda había desaparecido también la mirada luminosa que David tanto amaba. Los ojos estaban opacos; parecían cristales turbios, empañados por la tormenta. Los párpados superiores estaban duros, hinchados. David se sintió furioso consigo mismo.

—¿Por favor? —le pidió él.

—Adiós —contestó ella y le dio la espalda.

Cabizbajo, David entró a su coche. Seguía preguntándose quién habría mandado esa foto y por qué.

Ya sola, Fernanda se quedó unos momentos sin hacer nada en el jardín. Luego se dirigió a la recámara de su infancia. Cerró la puerta con llave. Sin cambiarse de ropa, se tiró sobre la cama y empapó con su tristeza la almohada.

18

Aquella mañana de domingo Fernanda no llegó al café El Ocho.

A las 11:15 decidió llamar a David al celular para disculparse porque no iría a verlo. Casi no lo dejó hablar. Le pidió que pasara por la inmobiliaria cualquier día después de un mes para que recogiera sus firmas de los documentos del banco. Ella se encargaría de anular la hipoteca y todo lo relacionado con la casa que habían escogido juntos y que ahora, evidentemente, ya no iban a comprar. En cuanto a la iglesia, como ya habían pagado la ceremonia, la música y las flores... lo mejor era olvidarlo. No estaba dispuesta a presentarse ahí para decirles que no se celebraría la boda... su boda. Y de lo de Hawai... lo dejaba a juicio de David; si él quería pues que aprovechara el viaje o lo cambiara, y ya tenía que irse, no podía seguir hablando, y le deseaba buen viaje porque ambos sabían que él abordaría esa noche de domingo un avión con rumbo a Roma.

A partir de ese momento, El Ocho, tan grato habitualmente, se convirtió en un lugar muy triste. Al siguiente día, David se encontró con que Roma también se había vuelto una ciudad melancólica. Sin amor, sin imaginación y sin poesía. Las calles que él había recorrido seguro de que cualquier día andarían por ahí él y Fernanda, muy felices, de pronto no eran más que pavimento lleno de automóviles mal estacionados, estatuas de mármol viejo recubiertas de pátina. A cada instante, él proyectaba su tristeza sobre el mundo. No podía conciliar el sueño. Había perdido el entusiasmo. También el apetito. Se sentía fuera de lugar en todas partes. El mundo no era más que gente extraña caminando como hormigas nerviosas. Multitudes de romanos y turistas que nada tenían que ver con él. David se sentía profundamente solo. Nunca antes se había sentido así. Sufría como exiliado.

Pero intuía que esa sensación no iba a quitársele cuando volviera a su casa en México, y hablara en su idioma con su abuela y paseara con su perro Tenorio por las calles de su vida. Porque nada lograría disminuir esa sensación de estar perdido. Nada le llamaba la atención. Nada le divertía. Nada le gustaba. No era feliz en ningún lado.

Y pasó el tiempo. David seguía sin ser feliz ningún día de la semana. No imaginaba que una mujer pudiera dejar esa tremenda resaca. Podían pasar las horas, los días, los fines de semana y él no conseguiría ser otra vez el de antes. Eso también era el amor: la absoluta necesidad de una persona específica a la que se extraña dolorosamente y a quien no se puede sustituir por nadie ni por nada.

Desde luego, el último lugar a donde le habría gustado ir a David, después de aquella noche trágica en la casa de los padres de Fernanda, era a una escuela donde todo le recordara el amor. Y, sin embargo, su trabajo consistía precisamente en pasar varios días cada mes supervisando que los profesores de la Escuela del Amor enseñaran a los alumnos aquello en lo que él había fracasado.

En el pizarrón de uno de los salones se alcanzaba a ver un cuadro sinóptico con las características del amor platónico. Se le ocurrió que tal vez sería bueno dejar de enseñarles eso a los alumnos. El diplomado debía ser más práctico que teórico. Y algunos maestros, especialmente filósofos y psicólogos, tenían tendencia a la divagación enciclopédica más que a la enseñanza práctica.

En el aula contigua, los estudiantes habían terminado de ver un cortometraje. Las luces del techo se encendieron. El profesor Pedro Solís había congelado una imagen de una pareja de enamorados gritándose.

Con un gis en la mano, comenzó a explicarle al grupo la diferencia entre un desacuerdo y un pleito. Y como si estuviera dando indicaciones para salir ileso de un terremoto, empezó a dictar la lista de lo que se debía hacer en los pleitos amorosos para alcanzar el éxito de la reconciliación con el menor gasto de tiempo. La estrategia era sencilla: identificar el conflicto y hallar el modo de resolverlo sin desgastarse en señalar culpables.

Todas las reglas comenzaban en negativo. *No* eches en cara ningún problema pasado. *No* amenaces. *No* hagas referencia a los detalles de personalidad de tu oponente. *No* te burles. *No* agredas. *No* uses nunca la palabra "siempre". *No* digas nada de lo que puedas arrepentirte. *No* permitas que los sentimientos negativos te alteren. *No* te alargues en tus explicaciones. *No* te salgas del tema.

—Recuerden —dijo el profesor Solís— que el enemigo es la persona a la que aman. No se ensañen. No maltraten. No tiren golpes bajos. No la hagan pedazos. Usen la imaginación. Un buen recurso, por ejemplo, es decir una frase cariñosa al contrincante en el momento más inesperado, porque eso lo distrae y lo debilita. No lo olviden: el objetivo no es ganar en la discusión, sino conseguir que se termine pronto el pleito y que no deje secuelas. En el amor, ganar cada *round* significa no perder a la pareja.

David Sheridan los estaba mirando desde un pequeño cuarto oculto. Todos los salones podían ser vistos desde una cámara de Gesell que, como el punto central de un círculo, facilitaba el acceso en todas direcciones. Los estudiantes podían ser observados sin que lo supieran a través de una pequeña ventana armada con un vidrio especial. David analizaba la conducta del profesor que estaba organizando a los alumnos en parejas. El entrenamiento consistía en enojarse primero y en contentarse después. El reto era lograrlo en un periodo menor a 20 minutos. Usaban el método Stanislavski para rememorar algún enojo auténtico de su pasado inmediato y revivirlo con el compañero con quien realizarían el ejercicio. Cada estudiante debía meditar un par de minutos recordando alguna experiencia y focalizar el sentimiento de coraje. Quien no se enfureciera de veras sería reprobado. Cada pareja en conflicto contaría con un réferi. Al final del curso, si todos trabajaban bien, se haría evidente que los réferis ya no eran necesarios. En consecuencia, los alumnos serían aprobados.

Como parte del material didáctico había cámaras de video que grababan los gestos y señales corporales de los alumnos, para que luego los revisaran y así se hicieran conscientes de todo lo que expresaba cada uno con el lenguaje de su cuerpo cuando estaba ofendido o atacando.

—Corre tiempo —anunció el profesor Solís—. Esto hay que tomárselo seriamente. No es un juego. El ejercicio cuenta para la calificación. Quedan prohibidos los gritos, los insultos personales, los reproches, etcétera. ¡Todos a trabajar!

A través del vidrio de Gesell, David notó que todos los estudiantes, hasta los más jóvenes, peleaban durísimo. Las mujeres abusaban del chantaje y los hombres se quedaban callados. Después de cierto tiempo ellos se fastidiaban de oír y se salían del salón azotando la puerta: su solución era irse. Algunas de las alumnas lloraban; todas se quedaban con ganas de seguir reclamando. A uno de los alumnos le llamaron la atención porque había pateado un pupitre durante el simulacro.

David consideró que el diseño del curso estaba bien, pero que deberían insistir en la técnica. Prácticamente nadie había hecho caso del decálogo que comenzaba con *No*. Se habían agredido y habían lanzado reproches inventados; se inculpaban por supuestos errores cometidos desde el inicio de la relación. Era evidente que el pleito real y espontáneo sólo distanciaba a las parejas. Porque la gente, ya enojada, perdía el objetivo y buscaba desahogarse, lamerse las heridas y, por supuesto, también desquitarse. Había mucho que hacer para mejorar el temario de esa materia. Tal vez sería necesario un taller simultáneo donde las parejas que ya supieran pelear fueran practicando el arte de negociar. Lo importante era que al final del diplomado todos los estudiantes fueran capaces de discutir con "la pareja" e ir negociando soluciones a su conflicto, al mismo tiempo.

Sonó el timbre del descanso. Los alumnos salían a toda prisa. Iban riendo, comentando los pormenores del ejercicio; llevaban sus computadoras portátiles en sus mochilas, colgando del hombro. Otros abrazaban sus cuadernos y sus libros.

David cerró con llave la cámara de Gesell y caminó por el pasillo. Se encerró en su oficina. Durante los descansos de los alumnos, él dejaba de trabajar intensamente. Ser *workaholic* se había convertido en su terapia. Se sentó en la silla giratoria de su escritorio, puso un gesto melancólico que sólo se permitía esbozar cuando estaba solo e insistió en escribir otra carta de amor. Las mandaba por *mail*. Le había enviado también un par de versos de Pablo Neruda pero Fernanda no le contestaba.

Cada que David estaba libre, marcaba en vano un teléfono celular. Y a cambio de esa soledad que lo traía quebrado, la escuela le ofrecía pequeños grupos de estudiantes gritonas, cuyas reacciones medianamente histéricas lo tenían harto. Le parecía un fastidio que aullaran cuando lo veían pasar. Él no era un cantante de rock. Él era un hombre triste.

Lo único que David anhelaba era una relación personal, íntima y duradera con Fernanda Salas, la mujer a la que no había tenido modo de explicarle el equívoco. Y a pesar de lo que creyera el resto del mundo, él conocía bien a Fernanda y sabía que estaba decepcionada del amor y de la amistad. Y tal vez hasta de la familia, al menos de la conducta de su padre. Se sentiría tan sola como él. Pero esta vez no sólo los separaba la distancia.

En la ciudad de México, Luna ladraba cada día más fuerte; seguía creciendo sin parar como el amor que Fernanda sentía por David. ¿Por qué la decepción no mataba esa necesidad de estar con él? ¿Esa urgencia física de correr a abrazarlo? Estaba deprimida, abandonada a la nostalgia. Porque haber terminado con él equivalía a que él se hubiera muerto para ella. Pero como él seguía vivo realmente, la esperanza de volver a estar juntos era una tentación que, como navaja filosa, mantenía abiertas las incipientes cicatrices de su corazón. ¿Por qué todo se lo recordaba cuando lo que más necesitaba era olvidarlo? Añoraba sus palabras, su compañía, sus dedos rozándole la espalda, la vida que no habían tenido. En las manos de Fernanda había miles de caricias cuyo único destinatario era David. Quería tocarlo. Encerrarse en una habitación y desnudarlo. Porque no sólo lo extrañaba con el alma.

Cada que le solicitaban una cita en la inmobiliaria para

mostrar una casa, primero preguntaba si los clientes eran recién casados y, si era así, se los transfería a Christianne para que los atendiera. No soportaba ver a las parejas murmurándose frases lindas, dándose besos rápidos y planeando en voz alta lo que harían en cada recámara, sobre todo cuando hablaban del cuarto de los niños. No soportaba oírlos riéndose felices como ella había reído con David. Le hacía daño estar cerca de gente que se sintiera ilusionada y, peor aún… enamorada. Todavía no conseguía admitir que esa vida que habían creído suya se hubiera desvanecido. El amor perdido era tan doloroso como la muerte. Nunca más estaría con él. Y entonces le surgía de quién sabe dónde el deseo de mandar al diablo la dignidad, el orgullo y lo que fuera que la estaba deteniendo para no salir a buscarlo, para aceptar de él lo que fuera con tal de recuperarlo; pero aunque lo adoraba no podía hacerlo, porque ella seguía creyendo que era un mujeriego incurable y que nunca la había amado.

Ahora todo daba lo mismo porque estaban separados. Se sentía triste. Y al recordar el modo en que él le había pedido que le dejara explicarle aquella foto… Fernanda sentía culpa por no haberlo escuchado. Y así, los días iban pasando hasta conformar semanas. Cuando abría un clóset, le parecía ver la ropa de David acomodada junto a la suya. Si entraba a una recámara decorada en color pastel, imaginaba el bebé que podrían haber tenido. Imaginaba que tendría los ojos verdes de David y el cabello castaño rizado de ambos y la sonrisa de ella. Y así mismo, parada en la cocina más inhóspita, Fernanda podía imaginarse horneando un pay de manzana para la cena. De pronto él llegaría y los dos estarían alegres, besándose bajo la pequeña lámpara de cálida luz amarilla que ella había comprado cuando todavía estaban comprometidos, y que ahora se azotaba de un lado al otro de la cajuela de la Toyota. Pero Fernanda no se sentía con ánimo ni para sacarla de ahí, así que los golpeteos del ir y venir de la caja sonaban cuando ella pasaba un tope o daba las vueltas cerradas. Y cuando oía la caja y los ladridos de Luna volvía a pensar en que tal vez debería haber escuchado a David. Pero no había modo de que hubiera podido hacerlo. No podía borrar el recuerdo de aquella imagen donde él miraba amorosamente a esa rubia...

Sin embargo, como los sentimientos no son el único ingrediente de la vida, la parte financiera exigía su tiempo y su espacio. En su departamento de la calle de Francia, Fernanda despertaba deprimida, pero se levantaba y se iba a trabajar a la inmobiliaria y luego a seguir peleando con los del banco que no querían cancelar la hipoteca y exigían una penalización aberrante que estaba escrita en letra microscópica en la cláusula relativa al desistimiento de solicitud del crédito. Había que ampararse y consultar abogados. Así que iba y venía por la ciudad en su camioneta Toyota, con su perra Luna como compañía y el alma profundamente lastimada.

Borró todo lo relacionado con David de su cuenta y lo mandó a *correo no deseado*. No estaba dispuesta a recibir más fotos. No iba a permitir que la estuvieran torturando. Después de eso, no había vuelto a dedicarle un solo pensamiento a aquel hombre llamado Philip San, y si dejó su número grabado en los contactos del teléfono celular fue para colgarle de inmediato cada vez que el canalla la llamara.

Tampoco le dedicaba ni siquiera un pensamiento a que hubiera sido Vanesa quien había contratado a David para que celebrara con ella ese cumpleaños número 29 que nunca olvidaría en su vida, tanto por lo bueno como por lo malo que de esa fecha se había derivado. No le había reclamado nada a su papá ni a Vanesa.

El desconsuelo tenía avasallada a Fernanda. Hacer recriminaciones pertenecía a esa zona de sentimientos donde se ubican el coraje y la indignación. Y para desarrollar esos sentimientos es necesario tener energía. Pero para la tristeza, en cambio, basta con dejarse ir como quien suelta el cuerpo para desmayarse.

Los días seguían pasando. Ella intentaba sobreponerse, y se aferraba a su rutina, a la vida normal que tenía antes de conocer a David. Comía en casa de sus padres dos o tres veces por semana. Iba de compras y al cine con Christianne.

Pero Fernanda casi no comía, no dormía; no se compraba nada y entrecerraba los ojos durante las películas. Los domingos por la tarde llevaba a Luna al parque para que la entrenaran… y se obligaba a no pensar en que si no hubieran terminado sería David quien estaría enseñando a la perra golden retriever a caminar junto a ella, a sentarse, a no intentar comerse la comida de la gente… Tal vez estaría entrenando también, al mismo tiempo, al perro Alaska de Erick.

Y los viernes, tal vez por inercia, Fernanda veía el programa *El amor se encuentra en Roma*. Esa noche lo estaba oyendo sin ponerle atención. No lo veía realmente. Había encendido la tele pequeña que tenía en la cocina. Y preparaba de manera mecánica un quiche *Lorraine* y un *soufflé* de Grand Marnier porque al día siguiente tendrían examen de cocina francesa. Y aunque Christianne se tomaba a broma aquello de las clases de cocina y jamás estudiaba ni hacía las tareas, tanto Vanesa como Fernanda estaban muy interesadas en titularse.

Fernanda durmió mal. Apenas consiguió descansar un

par de horas. Despertó más temprano que de costumbre. Recordó que era sábado. Últimamente incluso se le confundían los días de la semana. Dejó a Luna encerrada en el zaguán y se metió a la ducha. Se puso el uniforme de chef y no se molestó en armar la maletita con su ropa de repuesto. Le daba lo mismo salir de la clase de cocina en esas fachas. La vanidad y la moda habían descendido a los últimos escaños de sus intereses.

Cuando llegó a la escuela, se dio cuenta de que había olvidado en su casa los platillos que había cocinado la noche anterior. Debía presentarlos para tener derecho al examen. Suspiró. Últimamente todo le salía mal porque estaba distraída.

Los alumnos esperaban. Era raro. La chef Mariela Quintanilla de Háusser solía iniciar la clase puntualmente: a las ocho de la mañana. Pero no había llegado. Y a eso de las nueve les avisaron que la *souschef* aplicaría el examen porque Mariela no podría asistir.

La primera en llegar al hospital fue Vanesa. Desde ahí telefoneó a Christianne y a Fernanda, quienes llegaron relativamente pronto. Una manejó desde su casa en Condado de Saayavedra; la otra, desde la escuela de Mariela. Ninguna de las dos iba bien arreglada.

—La tienen en observación. Parece que tuvo un sangrado importante y están esperando a que se nivele no sé qué para poder operarla —les explicó Vanesa con gesto de preocupación.

—¿Y el bebé? —preguntó Fernanda.

—No se sabe.

—¿Pues cuántos meses llevaba? —quiso saber Christianne.

—Alrededor de siete —calculó Fernanda—. A ver si no lo pierde. ¡Qué terrible!

Las amigas pasaron un largo rato en aquella angustiante sala de espera. Vieron llegar a Bernardo Háusser, el hijo mayor, y luego a Guillermo con Vivian, quienes andaban muy juntitos tomados de la mano. Se habían casado apenas en diciembre. Unos a otros se saludaron. Luego volvieron a colocarse en grupos en distintos sofás. La familia de Mariela por un lado, sus amigas por el otro.

Es increíble la lentitud con que se arrastran los minutos en las salas de espera. Mariela por fin había entrado a quirófano. Tratarían de salvar al bebé, pero primero a ella. Todos seguían ahí. Faltarían varias horas para que la pasaran del quirófano a sala de recuperación. Probablemente a media tarde ya la trasladarían a su cuarto. Todos permanecerían ahí el día entero.

Gérard regresó de hablar con uno de los médicos. El marido de Mariela era un hombre guapo que frisaba los 60 años. Se le veía profundamente abatido. Besó a las amigas de su esposa y fue a sentarse donde estaban sus hijos y su nuera.

—Vayamos a la cafetería —propuso Christianne.

—Sí. Desde ahí podremos informarnos si llamamos constantemente a la estación de enfermeras —contestó Vanesa.

Estaban juntas las tres, ante sus respectivas tazas de café. Pensando. En completo silencio.

—Todo va a salir bien. Los sietemesinos son más inteligentes que el resto de la gente. Hay que mandarle buena vibra desde aquí —sugirió Christianne.

—Estas cosas no dependen de la buena vibra —la contradijo Vanesa.

Christianne prefirió ignorar el comentario belicoso. Ella jamás picaba ningún anzuelo que acabara en pleito. Para distraerse, le dijo bromeando a Fernanda:

—Te van a mandar a trabajar a la cocina, ¿por qué no te cambiaste?

—Vine enseguida. Además no traigo otra ropa. Nunca me imaginé que íbamos a estar aquí, en un hospital. Pobrecita Mariela. Ojalá que no sea grave.

—Por eso hay que vivir intensamente, porque nunca se sabe qué nos va pasar al otro día —sentenció Christianne agitando su larga cabellera pelirroja.

—Yo estoy sufriendo intensamente cada día —pensó Fernanda y se mantuvo callada.

Regresaron otra vez a la sala de espera y le preguntaron a Gérard si había alguna novedad. Ninguna. Mariela continuaba en cirugía. Ellas salieron a la calle. En la ciudad hacía un frío extraño, aunque estaban a finales de marzo. Era evidente que la contaminación ambiental estaba dañando el planeta. El clima había cambiado. Había frentes fríos y ondas polares en plena primavera. Christianne prendió un cigarro y desvió la mirada retadora de Vanesa.

—¿Por qué no dejas de fumar?

—No te desquites con ella —dijo Fernanda—. Hay personas como tú que no fuman pero que hacen cosas mucho peores.

—¿Cosas peores? ¿Yo? —interrogó Vanesa.

—Sí. Tú. No te hagas la inocente. Eres una inmoral. Tú sólo finges. A ti no te importan las personas. Apuesto a que no te afecta el dolor de Mariela, lo que yo he sufrido ni si a Christianne le da cáncer de pulmón por estar fumando. No te preocupamos. ¡Eres una hipócrita!

—¿Y a ésta qué le picó? —preguntó Vanesa dirigiéndose a Christianne—. ¿Tú te enojaste en serio porque te dije que no fumaras, Chris? No te lo vuelvo a decir. Lo siento. Reconozco que estoy ansiosa.

—Yo no me enojé. A mí me vale. Primero que los gobiernos dejen de contaminar el mar con sus bombas nucleares y luego que me reclamen. Yo estoy en la intemperie y nadie va a impedirme que me fume en paz mis cigarritos. Si quieren ya métanse, ahorita las alcanzo. Y no se pongan locas. Mariela va a estar bien.

Pero Fernanda y Vanesa no entraron al hospital. Permanecieron en silencio, frente a frente, como los boxeadores en espera de que suene la campana.

Como por costumbre Christianne caminó por la banqueta. Iba a darle la vuelta a la manzana. No tenía humor de que nadie le llamara otra vez la atención mientras estaba fumando. Y ya había notado la mirada represiva que había caído exactamente sobre ella cuando una familia entraba al hospital mientras, en plena calle, seguía dejando salir rosquitas de humo por la boca.

—¿La recesión está golpeando tu negocio, Fer? —especuló conciliadora Vanesa.

—¿Qué tiene que ver la recesión con el daño que nos has hecho?

—¿Yo? ¿Qué daño? Yo no te he hecho nada.

—No te autoengañes, Vanesa.

—Mira, Fernanda, ¿por qué mejor no te calmas? Tú sabes que te quiero mucho, pero a nadie le permito que se porte así conmigo. Si yo hiciera un tango como tú sólo porque me siento estresada, ya estaría pateando el vidrio de esa puerta. El negocio nuevo me tiene enloquecida. Me preocupa mucho Mariela. Hay problemas por todos lados. En Roma, todo son gastos y más gastos y no he conseguido suplente para una de mis empleadas, la de más alta jerarquía…

—¿Sólo puedes pensar en los negocios? ¿Por qué para variar no te preocupas por los sentimientos de la gente?

—¿Qué te pasa, Fernanda? Tú platicas de tu inmobiliaria cuando quieres; que si te pagaron que si no te pagaron. Yo ni siquiera entro en detalles. Sólo dije que es difícil contar con empleados que tengan experiencia y que al mismo tiempo no estén faltando por enfermedad a la oficina. ¿Quieres que entremos a ver si ya saben algo de Mariela? Oye, contéstame. No estoy sola aquí. Se supone que estás conmigo esperando a Christianne para meternos todas.

—Tú no mereces tener amigas.

—Te aconsejo que te cheques la tiroides. Llevas ya varios meses con cambios súbitos de carácter. Lo digo en serio, Fer, tal vez tú no lo notes… pero nosotras sí. Ahorita estás completamente agresiva, por si no te has dado cuenta.

—¿Te crees superior a los demás, Vanesa? ¿En verdad tan poco me aprecias?

—¿Se puede saber de qué hablas?

—Eres una manipuladora. Yo no necesito que le pagues a un hombre para que me ame. ¡Vete al diablo!

Cuando Christianne regresó caminando tranquilamente después de haberse fumado su cigarro, pensó que algo muy grave le había ocurrido a Mariela. Fernanda lloraba, Vanesa no estaba por ahí.

—¿Está muy mal?

—No sé —respondió Fernanda limpiándose las lágrimas—. No han dicho nada.

—No llores todavía —la consoló abrazándola—. Ten confianza, Fer. Ya verás que no pasa nada malo.

Durante las siguientes cuatro horas y media, la familia de Mariela y sus amigas se reacomodaron varias veces. Fernanda terminó sola en un sillón lejano. Bernardo y Christianne salieron juntos a fumar un par de veces. Gérard y

Vanesa estuvieron conversando en voz baja con Guillermo y Vivian.

Por fin apareció el médico. Los familiares se acercaron. Las amigas se acomodaron detrás de Gérard. Mariela estaba bien. La bebé se había salvado. Se quedaría por tiempo indefinido en la incubadora, pero todo era normal. Se le habían realizado las pruebas de rutina. Ya no debían preocuparse.

Nadie notó que Gérard dejó escapar una lágrima de gusto, porque de inmediato traspasó la puerta automática que daba a la sala de rayos X, y por un pasillo interno se dirigió al área de recuperación. Los demás debían seguir esperando. Se les permitiría saludar a Mariela por turnos, ya en su cuarto.

Otra vez felices, los familiares bajaron a la tienda de regalos del mismo hospital a comprar globos y juguetes. Christianne se fue con Bernardo a la florería. Fernanda, todavía ataviada con su ropa de chef, se quedó sentada en la sala de espera. En verdad que el amor era una enfermedad incapacitante. Había vuelto a pensar en David. Ese mismo amor que la había hecho alcanzar el paraíso era el causante de que ella estuviera completamente deprimida y desesperada. Alguna vez había leído en una revista acerca del síndrome de abstinencia por el que pasan los adictos cuando intentan independizarse de alguna sustancia. Los síntomas del amor no correspondido eran los mismos. Nada le daba felicidad. Estaba enferma de una tristeza abismal e irreparable. Tal vez debería hospitalizarse o ingresar a una clínica para obsesivos. No podía pensar en nada que no fuera David. Necesitaba que la abrazara, la besara, le hablara al oído. Que hubiera estado con ella cuando tuvo miedo de que algo malo le pasara a Mariela y de que se alegrara con ella ahora que todo estaba bien. No podía dejar de extrañarlo.

Se fue sola a la tienda. Quería comprar un osito de peluche para la bebé y el más lindo álbum de fotos para Mariela.

Al día siguiente, el cuarto de hospital de Mariela parecía un salón de fiestas. En varias ocasiones, las enfermeras se asomaron a pedir que bajaran el volumen porque todo eran carcajadas. Numerosos parientes y amigos desfilaban por ahí para estar con la familia Háusser Quintanilla. Entre las visitas estaban las viejas parejas de amigos que asistían siempre a la fiesta de año nuevo en el rancho de Valle de Bravo, los que habían ido a la boda de Guillermo y Vivian. También los compañeros de oficina de Gérard, los empleados y alumnos de La Crêperie de la Amitié.

En el mundo hay parejas bendecidas, rodeadas de felicidad y afecto. Así eran Gérard y Mariela. En cuanto a ella la dieran de alta irían a dar gracias a la iglesia. Por lo pronto, ahí mismo en el hospital, la recién nacida fue bautizada con el nombre de Sofía Háusser Quintanilla. Los padrinos fueron Guillermo y Vivian. Era un bautizo por precaución, aunque ya todos estaban optimistas. Harían la fiesta en grande dentro de varios meses. Nadie podía abrazar a la recién nacida. Todos le daban la bienvenida al mundo desde el otro lado de un grueso vidrio.

19

En un grupo de cuatro mujeres íntimas, cada una es igualmente indispensable para mantener viva la amistad. Si alguna faltara, sería como si al mar se le quitara la espuma, el agua, la sal o la marea.

Fer, Chris, Mariela y Vane solían unirse en parejas o en tríos; pero todas sabían que lo mejor entre ellas sucedía cuando no había que echar de menos a ninguna. Y además de quererse muchísimo unas a otras, todas querían esa amistad formidable, que era hija de todas y que los acontecimientos recientes estaban poniendo en peligro.

Las cuatro se habían vuelto inseparables desde aquel año en que, sin conocerse de antes, habían coincidido por primera vez en el Maratón de Nueva York, y desde entonces ya llevaban casi siete años formando una molécula que las hacía felices y las ayudaba en esos momentos en que cada una enfrentaba un problema.

En una de las muchas visitas al hospital, en donde Mariela se pasaba las tardes viendo crecer a su pequeña Sofía dentro de la incubadora, le preguntó a Christianne qué era lo que ocurría entre Fernanda y Vanesa.

—Están peleadas.

—Ya me di cuenta. Nunca coinciden para venir a verme. Y ayer Fernanda esperó a que se fuera Vanesa para acercarse. ¿Qué es lo que pasa? ¿Por qué no has hecho nada para que se reconcilien?

—Tú eres la que sirve para eso. Yo no. Pero puedo decirte que he notado que Fer anda tristona también en la oficina y la he visto así desde antes de pelearse con Vanesa.

—¿No te ha dicho qué le pasa?

—No. Pero el otro día que comí en tu restaurante con Vane, a ella sí le pregunté. Me aseguró que no tiene nada contra Fernanda. ¡Ah!, y por cierto, todos tus alumnos te mandaron saludos el sábado. Especialmente Edgar.

—¿No te da pena andar de hombreriega, Chris? ¿Con cuántos hombres te acuestas? Ay, Dios mío, ¿por qué haces eso? ¿Cuándo piensas sentar cabeza?

—No soy tan promiscua como crees. En general me relaciono con uno o dos... o tres. Nunca me reprimo si uno nuevo me llama la atención y no me refiero sólo para el sexo, sino porque me gusta conocer gente y andar libre haciendo lo que me da la gana sin que nadie pretenda controlarme. El matrimonio no es un esquema que funcione para mí.

—El matrimonio es para todo el mundo menos para las monjas y los sacerdotes.

—No toda la gente está hecha para un mismo esquema. Oye, Marieliña, ya sabes que puedes decirme lo que quieras. A mí me vale. No me ofendo y tampoco voy a hacerte caso. Te lo digo sinceramente. Y... como no puedes estar sin querer cambiarle la vida a alguien, mejor invierte tu energía en conseguir que Fer y Vane hagan las paces.

—Tienes razón. Es horrible que estén enojadas.

—Oye, fíjate en Sofía, parece que se está riendo, ¿no? ¿Se ríen los bebés tan chiquitos? ¿Ya te dejan entrar a darle la mamila?

—Sí. Me saco la leche para dársela.

—Algo así me contó Fernanda. Yo la verdad creo que no voy a casarme nunca, pero te juro que voy a tener una niña como Sofía. ¿Sabes qué, Mariela? Acompañarte en todo esto me ha hecho darme cuenta de que sí quiero ser mamá. Aunque los niños den lata o se enfermen, es hermosísimo. ¿Cuándo van a darla de alta?

—Todavía no sabemos. Pero gracias a Dios está muy bien. Dice el doctor que es una niña sana, a pesar de haber sido prematura. Oye, ¿te conté que voy a ser abuela? Ya quedó embarazada mi nuera. ¿No dices nada?

—Pues me da gusto por ellos.

—¿Sabes que es lindo de ti, Chris? Que no te metes con nadie, no nos juzgas ni nos criticas. Yo sin querer te molesto, porque no me parece que fumes ni que andes con varios hombres al mismo tiempo. ¿No te gusta mi hijo Bernardo? Tú y él están cortados por la misma tijera.

—Cálmate, Marieliña, mejor métete con la vida de Vane y Fernanda.

—Siempre he sido metiche. Lo sé. Un día una psicóloga me dijo que soy así para no tener que pensar en mis propios asuntos. Y tal vez tenía razón. ¿Ya te diste cuenta de que cuando Sofía cumpla 20 años yo tendré casi 70 y mi marido casi 80? ¡Es terrible! Fui una irresponsable. Y eso por no hablar de que nos veremos ridículos desde el primer día. Tenemos edad para ser abuelos, no padres…

—Pues ya ni modo. Mejor no pienses en eso. No creo que a Sofía le vayan a parecer ridículos sus padres. De seguro los va a querer mucho.

—Me tocas el alma, Christianne. Lo que yo quiero decirte es que no estoy como para dar consejos.

—Nadie está para dar consejos. Ni te preocupes. Hay mil casos de gente como tú y están felices. Ahí tienes a Charles Chaplin y también a Santa Ana, la de la Biblia. Eres una madre hiperactiva y sanísima, igual que Madonna. Ya te lo había dicho, ¿no? Los médicos les dicen "madres añosas". Hay mujeres más viejas que tú teniendo hijos, de lo más contentas, y cuando no los pueden parir los adoptan. ¿Qué me dices de Sharon Stone? Creo que va por el tercero.

—Óyeme, tampoco me digas vieja.

—Ok, haré hasta lo imposible para que vivas engañada.

Christianne era naturalmente ligera. Tendía hacia lo superficial, tal como hace la espuma en un batido de chocolate con leche. Y en ese grupo de amigas, ella equivalía a la espuma del mar. Le sonrió a Mariela, y notó que Fernanda se acercaba.

—Hola. ¿Cómo está hoy Sofía?

—Juzga tú misma.

Fernanda se acercó al vidrio. La acarició con una larga mirada de ternura.

—¿Cerraste el trato de las bodegas de Aragón? —preguntó Christianne.

—Sí. Hoy cayó mucho dinero.

La tarde se deslizaba suavemente. Las tres mujeres conversaban del futuro de Sofía, del mundo en que le tocaría vivir; de que algún día le contarían que todas habían estado muy angustiadas por ella porque había nacido muy chiquita, con muy poco peso…

En eso estaban cuando apareció Vanesa. Iba vestida como era su costumbre: al último grito de la moda. Detrás de ella, Jaime, su chofer, cargaba tres cajas rectangulares. Y encima, una cajita.

—Sabía que iba a encontrarlas a todas aquí, por eso vine a esta hora. Traigo los avances de la moda de Milán. Un abrigo de seda para cada una y uno para Sofía. Le bordaron su nombre en el pecho.

—¿Te gastaste una fortuna en un abriguito de diseñador para mi hija? Es una locura, Vane, los niños dejan la ropa rapidísimo.

—Nosotras también.

Todas rieron menos Fernanda.

—¿Y tú sigues enojada conmigo? Pues, ¿qué te hice?

Fernanda se mantuvo callada y se cambió de lugar, lejos, como si Vanesa estuviera apestada.

—¿Quieren ir a la cafetería? Prácticamente ya terminó el horario de visita —sugirió Mariela.

—Yo quiero un capuchino con cajeta —pensó en voz alta Christianne.

—Adiós, muñequita. Pronto vamos a irnos a la casa. Mañana vendremos muy temprano papá y yo para acompañarte. Ay, Sofía —dijo Mariela, y se le humedecieron los ojos. Se le pulverizaba el corazón cada que dejaba a su bebé solita en esa máquina, respirando por un tubo. Pero en el hospital no estaba permitido que las madres se quedaran. La recién nacida seguía en cuidados medios. Por lo menos la habían dado de alta de cuidados intensivos relativamente rápido.

Fernanda se acomodó junto a Mariela y le acarició una mano. Christianne trató de distraerla con un comentario:

—Antes de que te des cuenta va a estar usando el abriguito que le trajo Vanesa. ¿El mío es rojo?

—Sí, Christianne, claro que el tuyo es rojo como tu cabello, bueno, más como tirando a color rubí. Ya lo verás.

—De veras gracias, Vane. ¡Vamos a probarnos!

Un par de metros detrás de ellas, Jaime avanzaba muy estirado por el pasillo del hospital. Sobre los brazos extendidos cargaba una pirámide de cajas que apenas le permitían asomar los ojos.

Una vez en la cafetería, el chofer deslizó los paquetes sobre una mesa. Se hizo la repartición. Mariela recibió una caja grande y una chica.

—Muy amable —dijo Fernanda a Vanesa al recibir la suya.

Mariela se quedó boquiabierta al descubrir que el mini abrigo de Sofía era idéntico al de ella.

—Se va a ver divina de color morado, ¿verdad? Le quedará cuando pese cuatro kilos. Es talla cero. Toca la tela… No va a molestarle usarlo. Es de un nuevo diseñador italiano. Antes de que Sofía cumpla el año él será reconocidísimo. Va a impactar las pasarelas.

—Está súper, Vane —declaró Christianne con su nuevo abrigo puesto—. Tengo una mascada negra para contrastar, se va a ver increíble. Saca el tuyo, Fer.

—Ahora no quiero.

—Se los pido por mi hija —rogó Mariela—. Ya hagan las paces. No resisto que estemos así. ¡Por favor! Cualquiera que haya sido el motivo de su pleito nos afecta a todas. ¿Qué fue lo que pasó? Por lo menos tenemos derecho a saberlo.

—Ahora que lo dices, a mí también me gustaría enterarme —declaró Vanesa.

Tres pares de ojos miraron fijamente hacia Fernanda.

—Vanesa le pagó a un hombre para que se enamorara de mí.

—¿Qué?

—Y no te atrevas a negarlo.

—¿De qué hablan? —intervino Christianne.

—Ya lo dije. Vanesa le pagó a un hombre para que fingiera estar enamorado de mí. ¿No les parece humillante?

—Sigo sin entender —insistió Christianne—. De veras no sé de qué hablan.

Como si Vanesa y Fernanda se hubieran quedado solas, pero esta vez no adentro de un cuadrilátero de boxeo, sino en una plaza de toros, Fernanda arremetió con furia:

—Tú le pagaste a David Sheridan para que me invitara a cenar el día de mi cumpleaños.

—¿O sea que es por eso? Pero eso sucedió hace meses. ¿Por qué estás enojada precisamente ahora? —preguntó Vanesa haciendo un elegante lance de capote.

—Él dijo que eras su jefa.

—¿Y eso qué?

—Que tú lo obligaste a invitarme a cenar —dijo Fernanda con saña, como si estuviera clavando banderillas en el lomo de un toro de lidia.

—¡Uf!, de veras que no se puede delegar nada en los empleados. Yo le pedí exclusivamente que te llevara a cenar y no le pagué ni un peso. Me lo hizo como un favor. ¿Él te dijo que yo le había pagado?

—Ya no me insultes más. No necesito que le paguen a un hombre para que ponga los ojos en mí. ¿Quién te crees para despreciarme? ¿Piensas que necesito esa clase de favores?

—Yo no te desprecio, Fernanda. Fue un regalo.

—¿Con qué derecho me compadeces? Tú tampoco tienes pareja.

—Pero es distinto. Para mí no es un problema no tener pareja. De hecho, me parecería un inconveniente para mi vida privada actual. Tu caso es otro, Fernandita. Tú dijiste que anhelabas tener cerca de ti a un hombre guapo, amable y romántico en tu cumpleaños. ¿Lo dijiste o no lo dijiste? Aquí hay testigos. Mariela y Christianne estaban ahí. Yo sólo quise cumplirte un deseo y como tengo los medios…

—A mí qué me importa que seas millonaria. Quédate con tu asqueroso dinero. Nunca piensas en los sentimientos de los demás —estalló Fernanda—. Te gusta manipular a la gente. ¡Me hiciste daño, Vanesa! ¿No lo entiendes? Íbamos a casarnos.

—¿Pero de dónde sacas que ibas a casarte con él? ¿No

te explicó David que los acompañantes no pueden contraer matrimonio?

—¿De qué están hablando? —volvió a intervenir Christianne—. ¿Ibas a casarte, Fer? ¿Y luego no? ¿Por eso estabas tan triste? ¿Y por qué no funcionó? ¿Por qué no nos dijiste nada? ¡A mí no me contaste nada y eso que nos vemos todos los días! ¿Por qué?

—Yo tampoco tenía ni idea de que David y Fernanda anduvieran juntos. Menos de que la cosa fuera tan en serio.

—¿Quién es él? —Mariela no entendía nada de nada.

—Él trabaja en uno de mis negocios. No les he contado nada de eso porque... porque no quiero que lo vayas a tomar a mal, Mariela.

—¿Yo? ¿Pero por qué iba a pensar mal de algún negocio tuyo, Vanesa?

—Porque se trata de un servicio de acompañantes para mujeres. Y supongo que eso a ti no te parece correcto, Mariela.

—¡Me dejas helada! Siempre supuse que esas cosas las manejaban las mafias y los proxenetas. Me parece un asunto muy feo.

—No tiene nada de feo ni de pecaminoso. No es lo que piensas. Mis empleados son hombres solteros que acompañan a mujeres viudas, solteras o divorciadas. Tienen prohibido el sexo con las clientas. Actualmente, hay en mi nómina casi 3 500 actores desempeñándose como acompañantes. Y sólo he tenido que despedir a uno por incumplir esa cláusula del contrato. Fue una lástima. Philip San tuvo sexo con una clienta y uno de los supervisores me lo informó oportunamente. Tuve que despedirlo.

—¿Philip San? Ése es el nombre del tipo que mandó la foto.

—¿Qué foto? —preguntaron tres voces casi al mismo tiempo.

—En la que David aparecía con una muchacha rubia.

—Esto es desesperante —se quejó Christianne—. ¿Quién es David y quién es la rubia?

—David Sheridan es un empleado... baila muy bien... —Vanesa fue interrumpida por un grito de indignación de Fernanda.

—El mundo no está lleno de empleados sino de seres humanos. ¡Qué insensible eres, Vanesa!

—Nada más falta que saques un catálogo como para venta por televisión —opinó Mariela.

—Desde luego que tengo catálogo. Aquí traigo uno. Pero no promuevo a los acompañantes por televisión sino por la web, y tienen muchísima demanda —respondió Vanesa Kuri con ese tono mercadotécnico que la caracterizaba.

—De veras que vamos de sorpresa en sorpresa —comentó Mariela.

—Tengo sucursales funcionando ya en tres países más de América Latina —contó encarrilada en el tema, mientras extraía de su portafolio un catálogo tipo revista, impreso en papel couché a todo color.

Se lo pasaron de mano en mano. Eran fotos de hombres atractivos. Lo mismo podrían estar anunciando trajes que corbatas o zapatos. No había letreros ni posturas extrañas. Sólo eran hombres muy bien vestidos. En las cornisas de cada página se destacaba una dirección electrónica: www. malecompany.com y un número 01 800. La portada del catálogo presentaba a un sujeto realmente espectacular. Tenía ojos verdes, cabello castaño rizado, tez bronceada... Debajo de cada acompañante no había un nombre sino un número. Fernanda alcanzó a distinguir que el modelo de la portada era David Sheridan.

—A este tipo yo lo he visto en algún lado —aseguró Christianne—. ¡Está increíble, qué bruto!

—Voy a tener que quitarlo de la portada —dijo Vanesa como si estuviera sola, en una junta consigo misma—. Voy a ordenar que no le agenden citas a David Sheridan; lo necesito en Roma. Creo que es momento de ascenderlo.

Si hubiera que pagar por sentir sorpresa, esas cuatro amigas estarían endeudadas. Durante un buen rato ninguna habló. Todas reflexionaban. Y cada una lo hacía según su personalidad y sus propios intereses. Mariela, por ejemplo, no admitía un mundo donde las mujeres no quisieran casarse o se divorciaran, y luego se vieran obligadas a comprar compañía; una compañía masculina incompleta y fingida, y para colmo tuvieran que pagarla por hora, como se paga un estacionamiento público. Le resultaba abominable, espantoso. Christianne, en cambio, consideraba una lástima no haber sabido antes que existía un servicio tan bueno. Iba a probarlo. Vanesa, por su parte, estaba asombradísima de que Fernanda y David hubieran seguido frecuentándose, al grado de que hubieran pensado en casarse. Sólo habían transcurrido cuatro meses desde el cumpleaños de Fernanda. David trabajaba 10 horas diarias y pasaba bastante tiempo en Italia. ¿A qué hora hacía la gente esas actividades tan intensas relacionadas con el amor? En verdad Vanesa estaba admirada. Pero la única que parecía ir poniéndose feliz conforme sacaba sus deducciones era Fernanda. Porque la información organizada en pensamientos la hacía concluir que Vanesa no estaba, como un titiritero con su muñeco, detrás del comportamiento de David, y que la odiosa rubia de la foto no era más que una clienta, y que esas miradas de amor que salían de los ojos de su amado David no eran sentidas auténticamente y, claro, como era actor...

—Entonces sí me quiere —dijo Fernanda con la voz iluminada, casi inaudible.

—¿Pero por qué te dedicas a eso?, ¿qué es lo que venden exactamente tus empleados? —cuestionó Mariela a Vanesa.

—Compañía grata por hora y sin compromiso. Amabilidad, consideración, estilo y cortesía. Bailan, platican, saben comer de todo; puedes llevarlos contigo a cualquier lugar y quedar como reina. Están sanos. Tienen modales elegantes. ¡Son un producto fino! Es simplemente un negocio. Yo identifico necesidades sociales novedosas, diseño los satisfactores, los estandarizo y los introduzco en el mercado. En el fondo, eso es lo que hacemos los empresarios. ¡No me mires de ese modo! Gérard y tú también son empresarios.

—Momentito. Que no es lo mismo. Porque nuestra materia prima son los alimentos. Y desde el punto de vista de los valores morales, no es igual poner a la venta un litro de puré de tomate en envase *tetra brick*, que la compañía de un hombre. ¿No crees?

—Pues para mí es lo mismo, Mariela. Y no quiero acabar peleándome con todas, pero es bastante más grave usar brillantes. Y la que esté libre de culpa que lance la primera piedra… preciosa. Te lo pongo así: en nuestra sociedad a nadie le parece inmoral un brillante de compromiso. Y por el otro lado, cualquiera sabe lo que sufren quienes los extraen de las minas de Sudáfrica. Es inhumano. En cambio, mis empleados tienen seguro médico, gimnasio, prestaciones de ley, incentivos…

—Es fantástico —opinó Christianne.

—Sí, es muy buen negocio, pero no te creas. Siempre hay problemitas. Ahora mismo estamos presenciando uno del que yo ni idea tenía.

—Pues conozco a varias conocidas que se van a poner súper felices cuando les cuente. ¿Y saben bailar de todo?

—Adiós —dijo Fernanda de repente.

—No te vayas todavía —le pidió Mariela—. Ustedes siguen sin hablarse bien. Ni Christianne ni yo queremos que las cosas sigan así. ¿Verdad, Vanesa, que tú no quisiste ofenderla?

—De veras necesito estar sola —interrumpió Fernanda a modo de despedida—. Salúdame a Gérard. Vendré un ratito mañana en la tarde a verlas a ti y a Sofía. Ciao, Chris. Te veo en la inmobiliaria.

Era costumbre entre todas saludarse y despedirse de beso. También era costumbre agradecer los regalos y llevárselos. Pero esa vez Fernanda se fue sin repartir besos y abandonó el obsequio.

Al darse cuenta de que la caja de Fernanda seguía apoyada sobre la alfombra de la cafetería y todavía sin abrir, Christianne se ofreció:

—Yo le llevo su abrigo. Lo ha de haber olvidado. Se lo doy temprano en la *office*.

—No se le olvidó, Chris. Bien sabes que lo dejó a propósito. Te garantizo que Fernanda sigue furiosa —opinó Vanesa.

Aunque Mariela no simpatizara con el giro de un negocio era una persona justa, y luego de un rato comprendió que no era culpa de Vanesa el estado emocional de Fernanda. A todas les dolía que Fer hubiera estado pasándosela tan mal, pues cuando no había llorado había estado como ida, víctima de una grave confusión. Pero Mariela no podía hacer nada para que recuperara a su novio perdido; lo que sí podía conseguir era que sus amigas se reconciliaran. A las dos las conocía muy bien. Vanesa no tenía conflicto; era muy práctica y sabía aceptar opiniones diversas, incluso opuestas a las suyas. Fernanda, en cambio, era muy sensible y, para colmo, en esos días tenía el amor propio bastante rasguñado.

Días después, durante una tarde de hospital, mientras Sofía respiraba a ratos artificialmente y a ratos ya con sus propios pulmones, Mariela estuvo hablando con Fernanda hasta que logró que comprendiera que, desde la perspectiva de Vane, aquella cena con David había sido un regalo sorpresa. Nada más. Por supuesto le parecía imperdonable que Vane no hubiera tenido el cuidado de contarle inmediatamente a Fer que los hombres podían ser "regalos de cumpleaños" y que cualquiera podía disponer de ellos como de un carro rentado. Pero total, el daño estaba hecho y lo importante era perdonarla.

—Ella no te mandó a David Sheridan con mala intención —insistía Mariela— ni porque te compadezca; tampoco porque se sienta superior a ti, Fer. Debemos considerar el incidente como una torpeza bien intencionada y punto final —Mariela Quintanilla de Háusser perseveraba en su labor de convencimiento, pues quería que todas siguieran tan amigas como siempre.

Fernanda accedió y admitió que Vanesa no era la manipuladora maquiavélica que ella se había imaginado. Pero sobre todo aceptó olvidar lo pasado porque su vida sentimental estaba a tal punto perjudicada que era autodestructivo no querer colocar la bandera blanca en ese flanco del campo de batalla.

Ya sin rencores de por medio, con la sólida amistad funcionando como las vías de un tren, avanzaban por la vida aquellas cuatro amigas, siempre unidas pero independientes, al igual que los vagones ferroviarios.

Fernanda se fue a Puerto Vallarta a revisar un hotel pequeño que un cliente deseaba que se vendiera a través de la inmobiliaria. Vanesa viajó a Cartagena a supervisar uno de los negocios de acompañantes y de ahí a Roma, a la Escuela del Amor, que andaba descabezada por las constantes ausencias de Enzia Tedesco. Por su parte, a Christianne se le antojó acompañar a Edgar a un festival de cocina criolla en Chihuahua.

Lo mejor de esa semana fue que Sofía se estabilizó. Sus pulmones funcionaban perfectamente. Así que la próxima reunión de las amigas sería en casa de Mariela para celebrar que la pequeñísima niña estrenaba su recámara.

Ese viernes 3 de abril, muy puntuales, a las 8:30 de la noche, fueron llegando todas según lo acordado. Intercambiaban regalitos de los viajes y anécdotas de lo que les había ocurrido. Vanesa estaba contenta. Ya tenía director nuevo en la escuela de Roma. Había despedido a Enzia y ascendido al subdirector. Por su parte, Christianne no paraba de hablar de la Sierra Tarahumara.

Fernanda estaba pacífica pero muy nostálgica, porque el día siguiente era 4 de abril, la fecha que supuestamente los había elegido a David y a ella para que se casaran en la acogedora iglesia de Chimalistac. Todo había quedado pagado y seguía reservado para ellos, porque ni ella ni David habían ido a cancelar. Si no estuvieran distanciados, al día siguiente podrían llegar al atrio, caminar por el pasillo y llegar hasta el altar. Sintió un escalofrío... Estaban separados a pesar de ese amor inmenso que había nacido entre ellos, y seguía vivísimo tanto en David como en Fernanda. Ambos lo sabían, se amaban aunque estuvieran lejos, aunque no se hablaran, aunque llevaran semanas sin verse. Su amor no se apagaba, aunque todo estuviera en su contra. Ni la suerte ni el destino ponían nada de su parte para que ellos se reencontraran.

David no mostraba ninguna iniciativa. Estaba dando tiempo para que Fer se serenara. Estaba decidido a recuperarla aunque tuviera que hacer uso de las mejores técnicas de sus grandes maestros: Cyrano de Bergerac, don Juan Tenorio o incluso del mismísimo Giacomo Casanova. Porque David pensaba que no sólo los actos contaban; también las intenciones. Un hombre puede caminar hacia su destino o hacia ninguna parte; puede esperar perdiendo el tiempo o esperar como parte de una estrategia. David caminaba hacia su destino, aunque en ese momento estuviera esperando.

Y él se lo había dicho a Fernanda aquella vez en que abruptamente, encendido de amor, le había entregado el anillo de compromiso. Ella era para él y él era para ella. Ambos se sabían protagonistas de un amor genuino, de esos amores únicos que no pueden reemplazarse ni olvidarse. Por esa razón, para David no importaban horas ni minutos de esa banda del tiempo que corre en agendas y calendarios. Sólo importaba el tiempo interior de Fernanda: cuando ella estuviera otra vez dispuesta a recibirlo, él se acercaría para amarla.

Mientras tanto, el tiempo corría. Impulsaba a las manecillas de los relojes a ir avanzando poco a poco, pero implacablemente, minuto tras minuto.

—¿A qué hora tienes que estar en la tele? —preguntó Mariela a Vanesa.

—No hay prisa. El programa comienza a las 11 de la noche. Con que esté 30 minutos antes ahí, checo todo. O sea que me iré como a las 10 para no arriesgarme. No creo tardarme más de media hora en llegar por tierra.

—¿Hoy no te vas en helicóptero, mi *lady*? —bromeó Christianne.

—No puedo porque Mariela no tiene helipuerto. Pero a esta hora llego sin problema. Ahí está afuera Jaime y el horario no es de tanto tráfico.

—Diviértanse mucho, que cenen rico —dijo Gérard—, Sofía y yo nos vamos para arriba a ver una película de acción. Pero a las 11 de la noche sin falta le pondré pausa para ver *El amor se encuentra en Roma*, Vane.

—Gracias por ese honor, Gérard. Supongo que mi programa no es de tu estilo; pero no te lo pierdas hoy, va a estar particularmente interesante.

Todas se acercaron a darle las buenas noches a Sofía, a quien su nana uniformada de enfermera (porque era una enfermera) ya estaba esperando.

—Vane, te pregunté a qué hora tenías que irte para ordenar que vayan sirviendo la cena. No tenemos mucho tiempo.

Bebían daikirís de mandarina y conversaban sentadas muy a gusto en la sala, disfrutando de esa sensación de armonía que brinda la amistad reposada que ha superado completamente los conflictos.

Vanesa y Fernanda andaban como si nunca se hubieran disgustado. Cariñosas entre sí, hablaban de música, del concierto que daría Elton John en la ciudad de México. Fue entonces cuando Vanesa fingió tomar una llamada en su teléfono celular y dijo con voz innecesariamente alta:

—¿Pero cómo es posible que no se haya presentado la concursante? ¡Qué barbaridad! —sin que hubiera nadie del otro lado de la línea, continuaba—. ¿Ya trataste de localizar a alguna actriz novata que conozca la mecánica del programa? —hizo una pausa como si alguien le contestara—. No. No. Ella no. Ese rostro es ya conocido, aunque la mujer todavía no sea famosa. El público se daría cuenta de que es una actriz y no una auténtica concursante. ¿Y qué pasó con la que teníamos de respaldo? No me digas eso, ¡pero qué noche tan complicada! No sé qué voy a hacer. Voy a pensarlo. Te llamo en un momento.

Vanesa fingió que había colgado, y sin esperar que sus amigas le preguntaran explicó:

—Tengo un problema terrible. Me dicen que le dio apendicitis a la concursante, que se estuvo aguantando los dolores porque quería ganarse el viaje a Roma y el resto de los premios, pero ya la trasladaron a un centro médico. Y la suplente, bueno, para qué les cuento. Es que los posibles concursantes son seleccionados por *casting* y siempre nos protegemos con una persona comodín, pero resulta que la que estaba prevista se ofendió porque no resultó ser la elegida y ahora no le da la gana participar en el *show*. El hecho es que no sé cómo resolverlo. ¿De dónde saco a estas horas a una mujer joven que conozca perfectamente el funcionamiento del programa?

Todas pusieron cara de duda. Entonces Christianne sugirió como en plan de broma:

—Pues llévate a Fernanda. Se sabe hasta los *jingles*.

Vanesa calculó el efecto de la frase. Christianne la había dicho sin saber lo que Vanesa Kuri tramaba.

—Es que no me atrevo a pedírselo a Fer. Ella nunca ha actuado ni está acostumbrada a la televisión —dijo a propósito como si Fernanda no estuviera presente.

—¿Pero no que los concursantes son personas reales? —preguntó Mariela—. Se supondría que ninguno está acostumbrado a la televisión. Yo lo he visto algunos viernes y no todos los que participan parecen modelos, ¿eh?, ni por su apariencia ni por como hablan. Y a veces se ponen bastante nerviosos, sobre todo al principio.

—Es una de las características del programa. Su credibilidad. ¿Qué voy a hacer ahora?

Curiosamente, a nadie se le había ocurrido proponer a Christianne. Porque como Vanesa había iniciado la conversación diciendo que necesitaba alguien que estuviera al tanto de la mecánica de *El amor se encuentra en Roma,* y como todas sabían que Fernanda era por descontado la más fanática, la única que nunca se lo perdía…

Por primera vez, la elegante millonaria que tenía todo resuelto en esta vida parecía necesitar desesperadamente ayuda… la ayuda de Fernanda.

—Pues si tú piensas que no te voy a dejar mal, cuenta conmigo, Vane. Lo haría con mucho gusto.

—No sé —dijo Vanesa con un gesto estudiado, poco natural, del que nadie se dio cuenta—. No me gustaría forzarte.

—Déjame hacerlo. Por favor te lo pido. Nunca te había visto necesitada. Y aunque por supuesto me da mucha pena salir en la tele, por ti lo haría… Quiero poner de mi parte para que resuelvas este problema.

—¿De verdad te atreves, Fer? ¿Lo vas a hacer porque tú quieres?

—Sí. Porque yo quiero. Qué pregunta tan rara. Claro que lo haré por mi voluntad. Oye, puedo ir armando el cuestionario ahí mismo, según se me vaya ocurriendo, ¿cierto?

—Claro. Los concursantes no tienen guión. Eso es parte del atractivo del programa. Eres un encanto, Fer, mil gracias. No tienes idea de lo que esto significa para mí —entonces oprimió un contacto en su teléfono celular. Esta vez sí hizo una llamada, pero en privado. Se encerró rápidamente en el baño para que nadie la escuchara. Habló con Fanny, la productora ejecutiva, y le confirmó que todo se llevaría a cabo según lo habían planeado en la junta de esa mañana. Incluso quedaba confirmado el nombre de la concursante femenina de quien habían estado platicando esa mañana en preproducción: Fernanda Salas.

Encantada por el modo en que los asuntos laborales se desenvolvían esa noche, Vanesa recuperó su copa de daikirí y preguntó triunfante:

—¿Les gustaría ir al estudio para ver a Fernanda Salas encontrando el amor?

—Yo prefiero quedarme en la casa, si no les importa… Es la primera noche de Sofía… ya saben, por si se ofreciera cualquier cosa.

—¿Y tú, Christianne?

—Me quedo con Mariela. Así la vemos de veras en la tele y no entre el cablerío, paradas detrás de los camarógrafos.

—Tienen razón. No hay nada como la magia de la producción televisiva. Es muy distinta la experiencia detrás de las cámaras. La magia está en la pantalla.

Mariela y sus invitadas cenaban entretenidísimas, gozando anticipadamente la aventura de ver a Fernanda interactuando a ciegas con tres hombres. Mientras tanto, cerca de ahí, en el estudio seis de la televisora, la productora ejecutiva se aseguraba de que estuvieran listos los *banners* para anunciar el inicio de inscripciones de la Escuela del Amor. Verificó que ya hubiera llegado la conductora Cordelia Sánchez. Le informaron que sí. Desde las nueve de la noche se hallaba en su camerino. Se tardaban una hora en maquillarla.

20

Esa noche de viernes, cuando a las 23 horas comenzó a sonar la música del programa *El amor se encuentra en Roma*, Fernanda no se hallaba en pijama en el sillón de su casa. No tenía el control remoto en su mano derecha. Más bien se sentía sin control. Iba a participar y el *show* era en vivo. Fernanda era la concursante femenina. Le costaba trabajo creerlo. Imaginó la pantalla de televisión de su casa. Ella estaría adentro y no afuera, como cualquier espectadora. Se sintió nerviosa, pero también electrizada por la emoción. Estaba rodeada de peinadores. También de maquillistas que daban los últimos retoques a su rostro para que no le fuera a brillar. Todos trabajaban al mismo tiempo en su cara, su cabello y su cuerpo. Nunca antes Fernanda se había sentido como un arbolito de Navidad al que muchas personas tratan de dejar bien adornado.

Después del primer corte ella entraría a cuadro. Jamás había estado en un plató. Sintió muy frío el aire acondicionado. Observó a los camarógrafos. Eran muchos y había mucha gente del *staff*. Un asistente del foro la estaba ayudando a colocarse el micrófono Lavalier. Había que ocultar el cable debajo del cabello para que no se viera.

Del otro lado del estudio, Vanesa se acomodaba la diadema con micrófono. Se había colocado, como de costumbre, detrás de las cámaras. Y estaba pensando en que llevar a Fernanda esa noche al programa había sido más fácil de lo que había previsto. Lanzó una mirada en redondo al foro y se alegró. Estaba orgullosa de sí misma, de su tenacidad y su aplomo, de la forma en que algunas veces las cosas le salían a la perfección, mejor que si hubiera hecho que la gente ensayara el programa.

Por su parte, Cordelia Sánchez, la sensual conductora, estaba saludando al público. Lucía un vestido plateado cuyo escote en la espalda terminaba en pico, justo en ese punto en que la espalda se divide en dos y aumenta de volumen.

Como cada viernes, la radiante Cordelia saludaba al público del sur de Estados Unidos y "a todas las amigas y a todos los amigos de América Latina". Conforme hablaba, en la pantalla iban apareciendo los números telefónicos para llamar al programa, para votar por el ganador, para participar en la rifa de un automóvil Mercedes Benz... La llamada costaba un dólar por minuto. Y en ese instante se desplegó un diagrama con los números locales y las claves lada para comunicarse con las operadoras desde el respectivo país donde cada quien estuviera disfrutando del programa de concursos más exitoso de la televisión:

—*El amor se encuentra en Roma* —aulló Cordelia Sánchez—. ¿Quién lo encontrará esta maravillosa noche? ¿Quién de nuestros concursantes ganará? Quédense con nosotros. ¡La batalla por conseguir el amor comienza! Bienvenidos al único programa semanal en donde el amor es el protagonista y ustedes, público queridísimo, testigos privilegiados de cómo nace ese sentimiento que transforma nuestras vidas y nos lleva a un destino inesperado.

A Fernanda le habían puesto un vestido de coctel; era magnífico, creación de un nuevo diseñador de Milán al que estaban promocionando esa noche.

No hacía falta haber sido productora de televisión toda la vida para darse cuenta del desenlace que tendría ese programa. Cualquier persona con un poco de malicia lo habría sospechado; por eso Fanny, la productora ejecutiva, ya se lo estaba imaginando, pues conocía perfectamente las reglas secretas del juego y además estaba al tanto de quiénes eran los protagonistas esa noche. Los demás, en cambio, estaban sumidos en la más inocente de las ignorancias. Ni el público, ni los concursantes varones y mucho menos Fernanda tenían la más remota idea de lo que Vanesa había planeado.

Desde el centro del plató, Cordelia Sánchez continuaba:

—Estos tres caballeros son los aspirantes a compartir una semana inolvidable en Roma con la bella, bellísima mujer seleccionada entre cientos de mujeres que como tú, que estás viendo ahora el programa, se inscribió en nuestra página web y ganó en el *casting*. Tú, que me estás viendo ahora desde tu casa. Tú, sí... tú podrías ser la próxima ganadora —prometía la rubia Cordelia Sánchez.

Los tres hombres fueron acomodados en sendas sillas, formando media luna sobre el escenario. Y a la derecha el *staff* colocó la silla de acrílico transparente donde habría de sentarse la concursante de esa noche, una mujer blanca, joven, de cabello castaño, que evidentemente era tímida. Se le notaba desde el modo de caminar hasta en la frecuencia con que bajaba la mirada.

Ese tipo de mujeres entre inocentes y despistadas le fascinaban al público.

—Esta noche algunos de nosotros usaremos antifaces —anunció Cordelia Sánchez colocándose sobre la cara una máscara que era exactamente una réplica de su propia cara—. ¿Les gusta el mío?

—Sí —rugió el público en el estudio. Cordelia lanzó besos al aire.

—Ahora vamos a los antifaces de los concursantes —aseguró Cordelia caminando hacia los tres hombres que ya estaban sentados en sus sillas, de frente al público. Cada uno se colocaba el suyo pasando el elástico por detrás de la cabeza—. Los antifaces que usarán ellos son muy especiales porque los obligarán a tener los ojos tapados. Estos orificios oculares nunca fueron abiertos por el fabricante. Por eso no pueden verse entre ellos. No pueden mirar al público del estudio. Y mucho menos ver a la mujer desconocida y misteriosa que elegirá al hombre ideal, al hombre perfecto con quien pasará una semana completa en Roma en una suite lujosísima en el hotel...

El público aplaudía una vez más. De manera simultánea, las edecanes repartían antifaces de raso negros con lentejuelas, entre las filas de butacas ocupadas por aquellos que habían llegado muy temprano para asistir al programa en vivo.

Desde la casa de Mariela, en la gran pantalla de televisión todos estaban viendo a Fernanda.

—Se le nota nerviosísima —comentó Christianne—. Ha de ser fuerte aparecer en tele, ¿no creen? —Mariela y Gérard asintieron con la cabeza pero sin decir palabra.

Christianne reía. Iba a burlarse de Fernanda toda la semana siguiente en la inmobiliaria. Mariela, en cambio, estaba tensa, claramente inconforme.

—¿Qué está haciendo la pobre Fer en ese circo romano? ¿Va a tener que irse de viaje con alguno de esos tres individuos? ¡Pero si son unos extraños! ¡No puedo creerlo! ¿Ya te diste cuenta, Christianne? Vanesa le ha vuelto a hacer exactamente lo mismo.

—¿Qué le está haciendo? —preguntó Gérard más por ser amable que por interés auténtico en los enredos que tanto apasionaban a su esposa y a sus amigas.

—Es la segunda vez que Vanesa la une con un hombre desconocido. La primera vez fue para que Fer, supuestamente, celebrara su cumpleaños. Ahora es muchísimo peor, Gérard, créeme, ahora va a mandarla con un quién sabe quién a pasar una semana en Roma. ¿Por qué está haciendo eso Vanesa?

—Pues porque así es el programa, Mariela. Siempre mandan a los ganadores a Roma —le respondió su marido.

—Es que no sabes de lo que te hablo, mi amor. Vanesa tiene mil relaciones. No necesitaba realmente a Fernanda para salir del apuro. Te juro que aquí hay gato encerrado.

Las críticas de Mariela se quedaron sin respuesta. Tanto Christianne y Gérard como la enfermera de Sofía querían enterarse de lo que contestaban los concursantes.

La conductora terminó de anunciar los premios y Fernanda recibió la indicación, por el audífono que le habían colocado, de que formulara la primera pregunta.

—Número tres —pidió con una voz realmente dulce—. Imagina que es la noche en que fuiste a pedir la mano de tu novia. ¿Tú le perdonarías que no te hubiera escuchado cuando intentaste explicarle que no le eras infiel, aunque una foto bajada por *mail* parecía incriminarte?

—Ni loco perdonaría a una novia como esa —respondió el número tres—. Es más, no sólo no la perdonaría sino que la mandaría al demonio por no tener una fe ciega en mí.

En el público se oía un rumor general, bastante fuerte. El número tres había traído una súper porra de Tijuana y se oía que le gritaban: "¡Duro con ella! ¡Duro con ella!"

—Número dos. ¿Serías capaz de esperar a una mujer toda tu vida?

—Supongo que sí. Sólo tendría que estar seguro de que *she is the one*. La que de veras va a quererme y hacer todo por mí.

—Número uno. ¿Cuántas veces te has enamorado?

—Una.

—Número tres. ¿Cuántas veces piensas que podrías enamorarte en la vida?

—Todas las que fueran necesarias —respondió soltando una carcajada.

Su público lo apoyaba con ganas. Gritaban como si estuvieran en un estadio y no en un estudio. La cámara los enfocaba. Hacía paneos. Llevaban una manta enorme que decía: "Arriba Tijuana, y si no, que lo diga el mapa".

—Número uno. ¿Qué te gusta de una mujer?

—Que sea capaz de inspirarme. Que me acepte como soy, pero que al mismo tiempo me incite como hombre a mejorar.

La cámara dos hizo *close ups* de muchachas que se mostraban conmovidas por la respuesta del número uno.

—Número tres. ¿Qué es lo que más te atrae de la personalidad de una mujer?

—Que tenga los senos grandes. Y de la cara… me gustan de labios gruesos, como los de Angelina Jolie.

Buena parte del público masculino se había puesto de pie, y con los brazos en alto hacían la ola.

—Número uno. Si quisieras reconciliarte con la mujer con quien estuviste a punto de casarte, pero a quien no has vuelto a ver porque las cosas salieron mal, ¿qué le dirías si inesperadamente te encontraras con ella?

—Le propondría que olvidáramos el pasado para no volver a abrirnos las heridas. Le pediría que empezáramos desde cero y le diría un par de versos de un poema de Pablo Neruda: "Que no nos separe la vida y que se vaya al diablo la muerte".

En el público algunas mujeres se emocionaron. Estaban en el minuto 37 del programa y luego de anuncios comerciales siempre comenzaba la sección en que se estimula al público para que haga las llamadas telefónicas y vote por el ganador. Las maquillistas entraron a supervisar el estado de los concursantes. Colocaron polvo en el rostro del número tres, que estaba sudando mucho, y regresaron al área de camerinos a toda prisa.

A Fernanda le estaba llamando mucho la atención el número uno. Su voz, especialmente. Sus respuestas le gustaban. Le parecía el único sensible entre los tres concursantes. Porque el número dos era un narcisista y, a juzgar por sus respuestas, consideraba que el amor de una mujer era como la devoción de un súbdito a su rey, o la de un fanático religioso a un dios. Y en cuanto al número tres… o era un exhibicionista o era un canalla cínico y misógino. De pronto se sintió preocupada. Ella no podía aceptar ese viaje a Roma. No estaba dispuesta a pasar una semana conviviendo con un extraño, por mucho que durmieran en habitaciones separadas. Y aunque había visto desde la primera vez, cada viernes, aquel programa, no sabía lo que ocurría tras bambalinas, ya en la realidad. ¿Irían a obligarla a viajar con el concursante al que el público eligiera mediante las llamadas telefónicas? Le pareció que no. Aunque no pudo seguir pensando en eso porque le hablaron:

—Prevenida —escuchó que le decían por el audífono. Haz una pregunta fuerte, atrevida, para que se luzca el número tres. Es el favorito. El público se está divirtiendo —le ordenó la productora ejecutiva.

—Número tres —obedeció Fernanda sin saber todavía qué era exactamente lo que iba a preguntarle—. Número tres…

—¿Qué quieres?, preciosa. ¿Ya empecé a ponerte de

nervios?, ¿ya te quité el habla? Elígeme, muñeca, y verás cómo te hago inolvidable la ciudad de Roma… —y se levantó de su silla con los brazos en alto como cuando los jugadores de futbol anotan un gol desde media cancha.

Su porra se estremecía en las butacas.

—Uh, uh, uh —se oía en el estudio—. ¡Duro con ella!

—Número tres, ¿tú crees en el amor para toda la vida?

Una risa ronca y estentórea fue la respuesta. El número tres auténticamente estaba reventándose de risa.

—Claro que sí, mami —contestó finalmente—. Creo en todo lo que tú quieras. Acabemos de una vez, yo soy la medicina que necesitas. ¡Llévame a Roma!

—Número dos —titubeó Fernanda—, ¿tú crees en el amor para toda la vida?

—Sí. Considero que cuento con todas las cualidades para que cualquier mujer me ame eternamente.

La productora ejecutiva estaba encantada, realmente complacida. El *rating* iba en aumento. El número tres tenía cautivado al público. Era una especie de macho rudo, rapado y musculoso que no se inhibía por tener los ojos cubiertos. Se ponía de pie, se contoneaba; empujaba hacia adelante la pelvis, mostraba los bíceps… Seguramente había ido al programa con la intención de que lo descubrieran los productores de películas de acción; parecía ilusionado, decidido a ser llevado a Los Ángeles ahora que el cine mexicano estaba triunfando en Hollywood.

"Pero… ¿qué estoy haciendo aquí?", se preguntó Fernanda mentalmente. "¿Qué pensaría David si estuviera viendo la televisión y me encontrara compitiendo para viajar a un país lejano, en compañía de un hombre desconocido? Sería horrible que él me juzgara mal y no me permitiera explicarle por qué de pronto acepté participar y… ¿Cuánto faltará para que esto se termine?", se quejó como si estuviera sentada en el sillón del dentista y no en el foro de su programa favorito.

—En cinco minutos salimos del aire —le indicó la productora ejecutiva—. Elige al ganador mientras vamos a un corte.

—¡Y aquí estamos de regreso! —anunció victoriosa Cordelia Sánchez—. ¿Preparados para la gran noticia? Quiero un *close up* de esa cara bonita, de esa boca bonita… ¿Verdad que nuestra concursante es bonita? Además posee el poder de la intuición, como todas las mujeres… Y aunque todavía tiene los ojos cerrados, estamos seguros de que elegirá al hombre que le conviene. ¿Verdad, querido público?

Una música tipo suspenso antecedió al instante en que Fernanda se puso de pie y se giró hacia donde estaban sentados los concursantes. Sus rostros seguían cubiertos con los antifaces ciegos.

—Escojo al número uno —dijo con un gesto de incertidumbre, como cuando se abre una lata de conservas a la que le han arrancado la etiqueta.

Cordelia se acercó al ganador, lo tomó de la mano y lo jaló hasta que estuvieron en el centro del foro.

Él era alto. Ella pequeña. Parados espalda contra espalda, Fernanda se veía delicada. Mientras tanto, los dos perdedores habían sido sacados rápidamente de cuadro. Un telón de utilería cayó detrás de los ganadores que seguían en silencio, muy cerca, sin verse las caras todavía.

Y por primera vez en ese programa, la música que se escuchó fue la marcha nupcial.

—Ahora, que se quiten los antifaces —ordenó Vanesa a Cordelia, por el micrófono de su diadema. La conductora acató la instrucción e inmediatamente se hizo a un lado para que el público apreciara la expresión de los afortunados ganadores, viéndose sorpresivamente las caras.

Fue tan auténtica la cara de asombro de David cuando vio a Fernanda… Fue tan intensa la alegría de ella al encontrarse con él, que el público, desde las butacas, aplaudía imparable. ¡Eso era el amor! Eso era exactamente. Algunas lágrimas de ternura rodaron por mejillas femeninas, en la zona de butacas del estudio. El foro se encontraba sumergido en la magia.

Según lo que todos habían visto en la pantalla, aquellos dos concursantes, que supuestamente no se conocían, se habían enamorado en *El amor se encuentra en Roma*, delante de todos, durante ese ping pong de preguntas y respuestas.

—El destino los ha reunido aquí —declaró la conductora—. Y se casarán en Roma en un escenario insólito: la Escuela del Amor.

Como si estuvieran solos, David había tomado a Fernanda en sus brazos. Ella, con la inocencia de una virgen italiana pintada por Rafael o por Leonardo da Vinci, lo miraba como anhelando el beso de amor que se anunciaba inminente entre los labios de ambos. Era un milagro que estuvieran ahí. Fernanda abrió los ojos y volvió a cerrarlos. Abrazó a David con todas sus fuerzas. Lo quería cerca de ella toda la vida. Él reconoció el anillo de compromiso en el dedo anular de ella.

En la parte inferior de la pantalla de televisión apareció la página web para invitar al público a solicitar su inscripción en un diplomado del amor. El telón de utilería, que había caído detrás de Fernanda y David un par de minutos antes, era precisamente una copia de la imponente arquitectura romana, sede de la original escuela.

—Sencillamente, esto no puede ser. Los han manipulado —dijo Mariela desde el sofá de su casa—. Vanesa los usó para hacer un anuncio comercial. Todo es un engaño,

Gérard, ese muchacho era el novio de Fer y se pelearon. Es un fraude para el público… ¡No puedo creerlo!

—Yo creo que Vane lo hizo con buena intención —interrumpió Christianne—. Es cierto que organizó el programa… pero es obvio que fue para reunirlos.

Mariela se había puesto seria.

—Pues no estoy segura…

—Acuérdate, Mariela, Fer estaba muy triste. ¿No te parece que fue buen plan de parte de Vane? Yo creo que en este mundo no hay amor, por más grande que sea, al que no le caiga bien una dosis de amistad.

En el estudio, ya fuera de la transmisión, cuando la conductora y los concursantes salieron de escena, cuando desde sus casas la gente veía subir los créditos del programa que rápidamente se sucedían unos tras otros sobre la pantalla, Vanesa caminó hasta el centro del foro, se paró frente a David y Fernanda, y les dijo:

—Fer, quiero presentarte al director de mi Escuela del Amor. Él es David Sheridan. David, ya conoces a Fernanda Salas. Ella es una de mis mejores amigas. Y esto que ha pasado aquí, entre ustedes, es mi regalo de bodas.

De inmediato, Fernanda se dio cuenta de que durante esa hora de programa, Vanesa la había hecho recorrer un camino ya trazado, como hacen en un laboratorio los científicos con un conejillo de Indias al que encierran en un laberinto. Pero no le importó, era inmensamente feliz. Por fin David estaba otra vez cerca de ella. Lo miró a los ojos y comprendió que él tampoco sabía nada. En ese instante, la realidad con sus cámaras de televisión, sus reflectores y el *staff* quedaron eclipsados. ¿Qué importaba nada? Ella y David estaban uniéndose en un beso: el resto del mundo había desaparecido.

La escuela del amor, de Beatriz Escalante
se terminó de imprimir en octubre de 2009 en
Litográfica Ingramex, S.A. de C.V.
Centeno 162-1, Col. Granjas Esmeralda
C.P. 09810, México D.F.